I coralli

Edizione pubblicata in accordo con Piergiorgio Nicolazzini Literary Agency (PNLA)

www.einaudi.it

ISBN 978-88-06-26740-7

Marina Pierri

Gotico salentino

Einaudi

A Filomena Buonsante che, davanti a una finestra sul mare, mi ha insegnato il gioco di carte piú importante di tutti.

Gotico salentino

«Queste», disse lo Spirito, «sono ombre di cose passate. Non possono accorgersi di noi».

CHARLES DICKENS, *Canti di Natale.*

Albero genealogico della famiglia Quarta

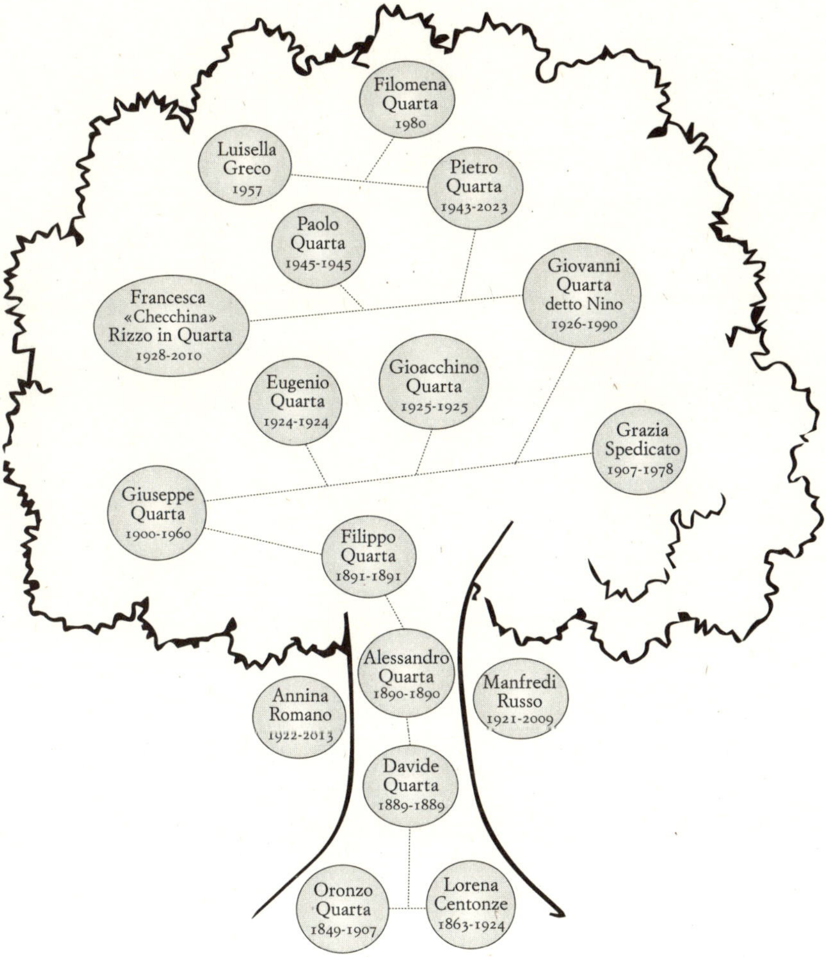

DATA: 14 settembre 2023, 16.10
OGGETTO: Braci azzurre

Cara dottoressa,

gli ultimi sei anni, visti da qui, sono un corridoio angusto attraverso il quale mi sono trascinata come ombra tra le ombre. Mio padre è diventato uno spettro mentre era ancora in vita. Sono salita e scesa da Milano al Salento trattenendomi in paese alcuni giorni tutti i mesi, trascorrendo il tempo scrivendo articoli mentre lui dormiva, talvolta per sei o dieci ore consecutive, svegliandosi soltanto per mangiare, mentre le sagome ciarliere della televisione ci esoneravano dal supplizio del silenzio. Ciondolavo tra le stanze del suo appartamento caotico in attesa che fosse – ancora una volta – il mio papà. Il sortilegio funzionava per pochi minuti: diceva due parole, andava in bagno, beveva inutili caffè solo per sprofondare nuovamente in un sonno parente stretto del coma. I gusci di piccione sui balconi mi ricordavano che ero ancora viva; che non camminavo io, ma papà, nelle tenebre d'un purgatorio di tre vani.

Ora, invece, sento di essere prossima a valicare la soglia che conduce a una nuova Filomena, una di cui non vedo l'ora di far la conoscenza e che oggi avverto crescere dentro di me. In attesa che sia io, finalmente, ad assumerne la forma.

Sono tornata.

La Dimora Quarta è avvolta in una caligine gialla che pennella di bronzo la sua cornice verde palustre. Sulla facciata a calce, sbrecciata dall'incuria, campeggia ancora la dicitura latina incisa con il punteruolo:

opera del bisnonno Giuseppe, che pare invocasse spesso il soccorso, dal limbo, delle anime dei suoi tre fratelli sbocciati e appassiti senza che vi fosse tempo per innaffiarli con l'acqua santa.

Ogni tanto mia madre racconta del momento in cui mi lesse, e tradusse, il motto per la prima volta: «Questo è il luogo in cui la morte si diletta nell'aiutare la vita». Ero molto piccola; scoppiai a piangere. «Due o tre anni e già sapeva», avrebbero mormorato in paese dopo l'incidente. Benzina sul fuoco.

Ecco, sono qui da nemmeno un'ora e già fatico a frenare i ricordi. Questa corrispondenza potrebbe diventare tediosa; per lei, intendo. È sicura di quanto mi ha detto? Detesto imporre la mia presenza, e tuttavia le sono riconoscente. Mi sto calando nel pozzo di una vita mai desiderata a bordo di un secchio sfasciato; sapere che sono le sue mani a tenere la corda, dottoressa, mi rassicura.

L'agosto salentino si spezza dopo il quindici del mese, e settembre raccoglie le ultime gocce nella sua grondaia. La brezza si raffredda, il tramonto impone una felpa leggera e le narici apprezzano il sodalizio tra acqua salmastra e macchia mediterranea. Ma mentirei se dicessi che Palude del Salento gode della stessa fama di località limitrofe quali Nardò, Galatina e, piú in là, Porto Cesareo oppure Gallipoli. Per questo non posso che coltivare dubbi sul successo della mia impresa: chi sceglierebbe questo posto, per trascorrere i mesi estivi?

Palude non è sulla costa. Spacca il centro tra lo Ionio e l'Adriatico cucendo un punto rosso su tela di terra arsa. Offre campagna brulla e ulivi non morti, mutilati e caparbi, da cui si spreme assai poco negli ultimi anni. Le foglie di vite sembrano soffrire di artrite reumatoide. La campagna è neghittosa come la gente che la abita. Fino ai primi del Novecento al posto del paese c'erano soltanto gli acquitrini che lo battezzano e su cui, nel tempo, sono sorte case basse. Negli anni Settanta mio nonno, Nino Quarta, pensò di uniformare il colpo d'occhio del paesaggio facendole passare a calce mescolata con smalto rosa confetto. Eppure, a nessuno verrebbe in mente di menzionare il mondo di Barbie.

Quando ho messo piede nella Dimora Quarta, ero quasi serena; la fronte e le ascelle asciutte. Fino a che non mi sono avvicinata all'ingresso.

Il portone, a doppia anta, era socchiuso.

Che Alba avesse dimenticato di girare la chiave nella toppa – dopo il suo ultimo sopralluogo mirato ad accertarsi che tutto fosse in ordine – era difficile; la conosco da quando siamo piccole e di lei si possono dire molte cose, ma non che sia distratta.

Che il vento avesse spinto le ante bianche in bassorilievo era da escludersi; il cielo estivo appariva immoto come un lago ghiacciato. Che qualcuno o qualcosa si fosse infiltrato tra le mura che mi spettavano mio malgrado, per scomodo retaggio, era una possibilità remota; non sembrava ci fossero segni d'infrazione.

Affettando fermezza, sono entrata.

L'androne brillava. Il pavimento di chianca lucida specchiava i raggi immacolati e sbilenchi illuminando le étagère a becco di civetta: ecco gli sprazzi di dizionario decorativo appresi da mio padre.

Un odore intenso di erica, mirto e cappero mi ha dato il benvenuto; i vasi erano colmi di infiorescenze mietute dal giardino. Alba non ama le piante. Avrei scoperto, o cosí mi ripromettevo, a chi dovevo quella forma di ikebana capace di preservare tanto la sciatteria della campagna quanto il rigore della composizione.

Il mogano della grande scala semicircolare avrebbe dovuto essere polveroso, perché di polvere visibile nella luce di latte c'erano nugoli; nugoli di scintille irrequiete che si posavano su ogni cosa e ora anche su di me.

Di Filomena Quarta, (ex) giornalista domiciliata a Milano, sembra sia rimasto proprio poco. In questi mesi di psicoterapia le ho parlato spesso delle mie amiche e dei miei amici; eviterò di ripetermi in questo carteggio, di dettagliare fino a che punto mi mancano. Ho bisogno di concentrare i miei sforzi e ragionare su quanto esiste qui, non su quanto ho lasciato alle spalle. Lo ha detto lei stessa, sulla porta del suo studio, l'ultima volta che ci siamo viste di persona: «Non ha perso niente, è tutto – siamo tutti – qui». Una bugia bianca. Non c'è ritorno. La frattura tra quella che ero e quella che sono, o dovrò diventare, è cosí macroscopica che posso infilarci una mano. Eppure, non ho scelta.

Perfettamente ammodernata, dieci camere da letto, a pochi chilometri dal mar Ionio: trasformare la Dimora Quarta in un Bed&Breakfast, ammesso che ci riesca, è l'unica maniera che ho per far soldi, e in fretta. Devo essere concreta. Sono stanca delle fatture pagate a novanta giorni. Non me la sono passata bene, negli ultimi anni, in attesa dell'eredità di mio padre dissolta in una singola notte.

Perciò continuo a chiedermi, dottoressa: chi glielo fa fare? Le ho detto chiaramente che non posso piú pagarla, che non ho un centesimo da spendere per le sedute online adesso che sono tornata al Sud e ottocento chilometri separano le mie terga dalle sue eleganti sedute di modernariato. Invece «scriva», mi ha sussurrato. «Scriva. Non è quello che sa fare? La leggerò, anche se non sempre potrò risponderle».

Era luglio. Le cicale frinivano tra le toppe d'erba rammendate sull'asfalto squagliato, i rider sfrecciavano nelle viuzze ombrose di Milano con le mani avviluppate in parallelepipedi di cartone rivestiti di scotch e gli avvocati mangiavano piadine male riscaldate in bar squallidi, scrollando reel a tutto volume. Papà era ancora caldo nella bara. La colpa è sua. È morto dirottando la vita di una giovane donna (*sic*) di quarantadue anni, piena di spirito e di perseveranza, dalle volte celesti di un futuro promettente alle pozzanghere di un passato imbarazzante.

Ho mosso alcuni passi in avanti e occhieggiato lo studio del nonno e del bisnonno, adiacente alla sala da pranzo. Ogni cosa, linda e manutenuta.

Dalla parte opposta, la grande porta spalancata sul salone. Quel salone, dottoressa. È lí che, nel 1986, ho visto Orlando Trispét per la prima volta. È lí che dorme il mio trauma, accoccolato sul tappeto come una bestia, proprio sotto il dipinto a olio del trisnonno Oronzo che sorride benevolmente dalla cima del camino e sembra domandarmi di attingere alla riserva del coraggio Quarta; lo stesso grazie al quale sono stati posti, uno sopra l'altro, i mattoni di un piccolo impero edile.

Ma non sono audace, al momento. Scivolando come una donnola verso la maniglia, ho serrato la stanza e messo la chiavicella di metallo nella tasca dei pantaloni di cotone. Nessuno indosserebbe dei jeans con questo caldo, anche se la campagna, qui, è piuttosto fresca.

Oltre il salone c'è la camera che occupavano Manfredi e Annina quand'erano in vita. Ho gettato istintivamente la mia valigia sul materasso malconcio, poi il mio sguardo è finito sul dipinto dell'angelo custode: tra le braccia issate del baldacchino. L'angelo, di genere indecidibile, è avvolto in una casacca bianca e in un drappo vinaccia; gli arti tesi a indicare la strada, le ali ciclopiche a riposo, su cui cascano lunghe ciocche eburnee. Scorta una bambina che indossa un abito rosa antico e uno scialle stretto da una mano sullo sterno; con l'altra, trascina il filo di cotone di un carretto giocattolo.

Questo dipinto mi riscalda il cuore. Consciamente so che osservare il quadro, e la cornice antica incisa a sagome passeriformi, significa ricordare Annina. Mi manca molto, dottoressa. Vorrei che fosse qui, anche se è morta ormai quasi dieci anni fa.

Ma la cornice era storta. L'angelo custode e la bambina resistevano vistosamente a quello che, dalla mia prospettiva, appariva come il richiamo all'oblio del ciglio di un burrone. La Dimora era perfetta cosí come gliel'ho descritta: non un ninnolo di ceramica fuori posto, non un filo di sporco. Ho registrato l'asimmetria del quadro, l'ho trovata bizzarra, ma non ero preparata a quanto è accaduto poco dopo.

C'era almeno un'anomalia nel silenzio della campagna. Un crepitio. Un mormorare delle cose. Ho perlustrato la camera, fin quando mi sono accorta che nel camino i carboni erano accesi.

Il fuoco è arancione e rosso, lo so bene, lo sappiamo tutti, ma il colore delle braci cangiava tra le sfumature dell'azzurro e dell'ottanio.

Mi sono stropicciata le palpebre, tentando di non guastare il trucco. Le sfumature erano svanite. E, in ogni caso, chi mai avrebbe acceso il camino mentre il termometro segnava trentatre gradi?

Il fuoco si spegne con l'acqua, pena morte da monossido di carbonio e bla, bla, bla. Sono, perciò, schizzata in cucina per riempire un bicchiere al rubinetto e versarlo sui tizzoni.

Ah, la cucina! Questa bella cucina con isola centrale che immediatamente evoca la nonna Checchina, e di nuovo Manfredi, e Annina, e farina, pasta fresca tirata da dita esperte, inconfondibile odore di pomodoro, crema al limone, latte, carezze e biscotti infornati. Tutte le credenze erano squisitamente rifornite dei servizi della bisnonna Grazia, che piú di qualunque membro dei Quarta amava il lusso. Mi sono immersa nella bifora sopra il lavabo. Ossia nell'intrico di eucalipti, e faggi, e lecci, e pini marittimi dalle fronde opalescenti.

Quando sono tornata in camera da letto, il camino taceva come se non avesse mai ospitato ceppi negli ultimi quindici anni. Nessuna traccia dei carboni blu di pochi minuti prima. Soltanto fuliggine omertosa.

Istintivamente, mi sono rivolta verso il dipinto dell'angelo. Era dritta.

Ho scostato la tenda della finestra alla francese: il pericoloso lago ghiacciato del cielo si era frantumato in decine di nembi neri.

Dai vetri aperti, gli opulenti verdi del bosco, gli stessi che avevo visto poco prima dalla cucina, si erano mutati in una scala di gialli.

I cardellini s'erano ammutoliti. Le tortore mi schernivano con il loro ululato.

Un refolo improvviso di maestrale ha portato con sé grida che posso solo aver allucinato.

Tutto questo è durato una manciata di secondi. Un singolo battito di ciglia mi ha restituita al paesaggio estivo e a ciascuna delle sue voci rassicuranti. Tuttavia, l'eco di questi inspiegabili turbamenti, che non esito a chiamare *presagi*, non è svanita.

Ho la sensazione che la Dimora Quarta non abbia smesso, a distanza di tre lustri, di sottopormi al suo *gaslighting*.

Con il trascorrere dei giorni andrà meglio, secondo lei?

Ha detto che non sempre potrà rispondermi, dottoressa; suppongo sia una maniera educata per farmi sapere che non mi risponderà mai. Va bene. Basta che mi legga.

Per fortuna, poco fa mi ha chiamato Alba. È in arrivo.

DATA: 15 settembre 2023, 23.40
OGGETTO: Scrivere

Mia cara dottoressa,

le farà piacere sapere che ho chiesto ad Alba di trasferirsi qui, nel palazzo, indefinitamente. Mi ha detto che ci penserà. Non pagherebbe l'affitto, ma si accollerebbe le spese: luce, gas, riscaldamento quando sarà, Tari, canone delle piattaforme di streaming, eventuali migliorie. È una boccata d'aria per molteplici ragioni.

In primo luogo, come sa, al momento sono priva di disponibilità economica. In secondo luogo, l'idea di trovarmi da sola con i ricordi dei nonni, di Annina e di mio padre mi immalinconisce.

In terzo luogo, la Dimora e i suoi presagi mi spaventano. Alba non ha idea di chi abbia riempito i vasi di fiori di campagna, acceso il fuoco o lasciato la porta d'ingresso socchiusa il giorno del mio arrivo. Molto bene, non trova?

E, tuttavia, ho racimolato il coraggio per restare. Sebbene mi senta un'ospite indesiderata.

Le tortore gemono sui cornicioni, strozzate dall'arsura e dal maestrale. Il cappero ricadente vibra quando i gechi grossi come palmi inghiottono piccoli insetti.

Qualche volta l'ecolocazione difettosa condanna un pipistrello a schiantarsi contro il vetro temperato delle finestre alla francese. Le rane che occupano gli acquitrini sono lavandini gorgoglianti posseduti dagli spiriti delle tubature occluse.

Generazioni di topi abitano le fronde delle washingtonie e quando i gatti riescono ad arrampicarvisi con la prospettiva di un banchetto, gli squittii di nidiate agonizzanti e i lamenti cupi delle matriarche feline tingono le chiome di cremisi.

Anche quando sono già stesa nel mio letto mi alzo, mi affaccio verso le selve di tronchi ed esploro con gli occhi la vegetazione fitta per dare un nome ai suoni molesti che potrebbero essere generati da qualunque cosa e da chiunque, inclusi i potenziali membri di sette pagane sanguinarie che – nella mia fantasia – si sono organizzati in sedi ipertecnologiche e multiaccessoriate nel cuore del bosco. E mi hanno designata come vittima squisita.

A tutte le ore del giorno e della notte, nel naso si insinuano prepotenti le note olfattive proprie della macchia mediterranea. Ma il mio pensiero va alle torbiere; depositi asfissianti di marcescenza vegetale che mi immagino irretiscano cadaveri di bruchi mai mutati in farfalla, larve di mosche soldato, carcasse di libellule, carni putrefatte di carpe koi importate e condotte a fine precoce da scorpacciate di girini. Curioso come tramite l'incontro con il mirto, il limonium, le tamerici e i cisti e i giunchi, il tanfo degli sfagni frollati finisca per acquisire sfumature distintive: la carta d'identità di un villaggio che, seppure in parte, si rifiuta di sottostare alla dittatura della bonifica. Qua una volta era tutta palude.

È una piaga smarrire le proprie origini, ed è per questo che mi sono imposta di restare nonostante il rapporto ambivalente con l'*Unheimlich* che caratterizza i miei luoghi d'infanzia. Lei ha definito la mia passione per la letteratura perturbante, lo ricordo bene, «un meccanismo di coping sano». E, sí, suppongo di dover fare di necessità virtú. Mi lascerò ispirare dai misteri di questa nuova vita per il progetto prossimo venturo che sono qui a comunicarle: scrivere il mio primo romanzo. E sarà un romanzo perturbante, per l'appunto.

Dottoressa, sa quanto io tenga alla scrittura. Ne abbiamo discusso; abbiamo discusso della mia vergogna. Di come e quanto tema il salto. Non ho paura di cadere, quanto di risultare poco plausibile. Una giornalista che ambisce a diventare una scrittrice cosí come ai tempi, ormai vent'anni fa, ambí a diventare una giornalista dopo essere stata una blogger.

DATA: 16 settembre 2023, 18.16
OGGETTO: Il Santo

Cara dottoressa,

dopo tre giorni di acclimatamento tra le mura della Dimora, ho fatto il mio ingresso in paese in una di quelle mattine dorate e fresche acciambellate sul limitare dell'estate.

Non è stato semplice. Mi sono sentita vulnerabile. Non ero piú la milanese che veniva a trovare i suoi genitori per le feste, o per trascorrere alcuni giorni assieme prima di tornare a una vita costruita a propria immagine e somiglianza. Ero, e sono, la figlia di Pietro Quarta. Nonché la nipote di Nino Quarta, Giuseppe Quarta e soprattutto di Oronzo Quarta, il mio trisnonno: il fondatore del paese. I Quarta, da sempre, sono i proprietari diretti e indiretti di Palude del Salento. Ciascuno ha accettato la sua eredità di buon grado fino a che non sono arrivata io a rifiutarla.

Ho parcheggiato la macchina davanti a casa del Santo perché volevo farlo; volevo piantarmi là di fronte come un palo, concentrarmi sulla mia memoria e, infine, affrontarlo a viso aperto dopo trentasei anni.

Non credo di averle mai parlato del Santo; o forse sí, ma in maniera affrettata e casuale. La nostra reciproca conoscenza si lega ai fatti del 6 novembre 1986, il sessantesimo compleanno di nonno Nino cui ora – tra l'altro – è intestata la strada sterrata che, dalla circonvallazione di Palude, conduce alla Dimora. È stato uno degli eventi di maggiore rilievo per il villaggio dagli anni Ottanta a oggi. Ha un'idea di quanto poco da fare ci sia qui?

Posso quasi vederlo. Il Santo ha la testa piena di riccioli castani e i lineamenti ancora verdi. Spesso gira per strada a petto nudo: «Ha fatto voto a san Sebastiano», si mormora, perché qui, nella Terra del Rimorso, il confine tra sacro e profano è una linea tratteggiata tra corsie di sorpasso. Sul torace ha peli corti e ispidi, con il senno di poi suppongo si depili. Non va mai in spiaggia, è fatto noto; la sua pelle di dolomite è oggetto di scherno per i paesani fatti di porfido e di ardesia. Quando cammina per la strada ha un'aria trasognata, gli occhi irrequieti che pescano indizi in altri mondi: la sua disattenzione verso ogni forma di realtà è plateale. Mi piace molto, ma quando mi soffermo su quel corpo efebico con lo sguardo, papà mi rimprovera di scarsa educazione. Fino a che la mia curiosità nei suoi confronti non viene appagata. Dopo il sessantesimo del nonno, Annina e la nonna Checchina spingono i miei genitori a portarmi da lui. Deve *visitarmi*.

Mi sembra ieri. La casa sta al piano terra, è quasi sera. All'ingresso veniamo accolti dalla riproduzione in gesso, *life-size*, di un Cristo Redentore nerboruto e avvenente, nonché da un invito caldo ad accomodarci. Santa Lucia, palle degli occhi sul piattino, supervisiona l'attività dei fornelli mentre da una porta aperta su una camera spoglia osservo la stampa di san Lorenzo sulla Graticola sovrastare la testiera del letto. In soggiorno, sul centrotavola di merletto, sta piazzato un mazzo di carte gualcite a faccia in giú, circondato da candele di Padre Pio in cilindri scarlatti. Attaccate ai muri, decine di acquasantiere effigiate ad angeli paffuti e tracimate da chissà quale tenuta di campagna confiscata dall'Agenzia delle entrate.

Al Santo, mamma non deve raccontare nulla di quanto m'è accaduto: sa. Le voci in paese sono cani randagi, ma forse non è tramite i pettegolezzi che ha appreso di me. Ogni cosa vede, anche prima che avvenga. Cosí si dice.

– Hai conosciuto Orlando Trispét al compleanno del sindaco, – ride, e aggiunge: – Dio, non me lo sarei perso per niente al mondo! – Si china all'altezza della mia faccia. Non è particolarmente alto ma una bambina di sei anni la supera, eccome. – Pensare che io non sono stato invitato.

Come mai, gli chiedo.

– Perché sono *invertito*, – risponde con un candore pari al mio, i denti che riflettono il baluginare dei ceri accesi nella penombra.

E cosa significa, domando prima che mio padre riesca a fermarmi.

– Che mi piacciono gli uomini.

Faccio spallucce.

– In piú, sono una strega. Ma tu non dirlo a nessuno. Lo sanno già tutti quanti.

Dal Santo imparo quello che la mia famiglia m'ha tenuto nascosto: Orlando Trispét, il fantasma malefico di una suora, infesta la Dimora Quarta dai primi del Novecento. Perché sia lí o chi sia davvero, nessuno osa immaginarlo. Chi giura di conoscere la verità è certo di mentire.

Il Santo mi mette a sedere su uno dei trabiccoli di legno che circumnavigano il vasto tavolo a tre piedi, mio padre mi poggia le mani sulle spalle come per impedirmi di scappare. Per il soggiorno vola la parola «test». Devo «ripetere i numeri pronunciati da una voce senza bocca».

– Ma io la bocca la vedo, – rispondo. – Non ha i denti.

Appartiene a una donna molto anziana che, quasi fossimo davanti a uno specchio, tiene le spalle del Santo come papà le mie. È vestita di nero e lunghi coriandoli di capelli bianchi sfuggono al velo di pizzo. Sembra allegra. Mi saluta con la mano. – Unu, noe, zeru, suntu comu li anni toi, stria. A li muerti sí ttaccata e li muerti su' ttaccati a tie.

Corrispondo il saluto. Ubbidisco. Ripeto la frase, ma in italiano perché a casa mia il dialetto è vietato: – Uno, nove, zero, sei come gli anni tuoi, bambina. Ai morti sei legata e i morti sono legati a te.

Il Santo butta indietro i riccioli come una diva; cavalca la risata dello spettro che solo noi due siamo in grado di vedere. – È la zia Giustina, è morta l'anno scorso. Novantadue anni non le sono bastati. Vuole restare.

I miei genitori sembrano indignati dalla condotta acerba della strega ch'era venuta cosí caldamente raccomandata. Si guardano le scarpe e si fanno il segno della croce. Mio padre, piú superstizioso di mia madre, farfuglia: – *Ecce Dominus*.

Il Santo agguanta le carte sul tavolo, spiega che è solo per essere sicuri, che forse ci sono altri messaggi. Da dove dovrebbero provenire questi messaggi non è chiaro. Ma non sono tarocchi, sottolinea quasi a voler dissipare l'aura volgare del rituale: – Sono Lenormand. Sibille francesi.

La Bara, il Giglio, le Stelle, la Chiave, la Casa, il Diario. Quel mazzo l'avrei comprato piú tardi, da grande, solo per dargli un'occhiata e seppellirlo in un cassetto.

– Il Diario sta a significare che c'è un segreto, – la voce del Santo si fa abissale, come se provenisse da una fossa profonda sei metri. Tira un'ultima carta. – La Falce, – esala. Le sue pupille nere, dilatate fino a inghiottire le iridi verdi, mi bucano l'anima.

Mamma domanda, impaziente, cos'abbia visto.

La mano sinistra del Santo elimina la stesura dal tavolo con la stessa efficacia di un tergicristallo sul parabrezza. Ricongiunge le carte al resto del mazzo.

– Sono fatti lontani, – risponde. – Non è il momento.

Mio padre, che ha la miccia corta, si arrabbia. Alza la voce, lo insulta. Io muoio d'imbarazzo. Probabilmente ce ne andiamo sbattendo la porta.

Ma non finisce lí. Arrivano giorni concitati. Decine di persone fanno la fila davanti alla porta della nostra casa in paese, in via Eleonora Duse, al civico 13. Non avevamo mai fatto caso a quel numero. Ora a mamma e papà sembra un presagio della sciagura che si è abbattuta sulla loro unica figlia.

Lo zio Peppino vuol sapere se *la stria* – cioè io, «la bambina» – *ca ite li muerti* può chiedere alla trapassata cognata dove è finito il plico del catasto, se no gli tocca tutta la trafila a Maglie. Concetta Longo, l'ortolana, qual è la combinazione della cassaforte della bottega perché non se l'è segnata. Cosí risparmia i soldi del fabbro e si rifà la pompa della terrazza. Luigi Rizzo, cugino distante e proprietario dell'unico ferramenta di Palude, pretende i numeri del totocalcio dal bisnonno sostenendo che glieli ha già detti in sogno, ma non c'è verso che se li ricordi. Pina Mazzotta vuole un colloquio con il marito crepato dieci anni prima di infarto, poveretto, ma preferisce tacere di cosa si tratta.

Mia madre li manda via uno per uno. Io ignoro il vociare e rimango seduta nella mia cameretta sul letto, le ginocchia penzoloni, a fissare i poster di John Taylor dei Duran Duran, di Jovanotti e di Tom Cruise trovati nei «Cioè».

– Nu abita 'cchiu nisciunu addhai.

Una voce mi fa tornare al presente.

– Non c'è il... – la parola «Santo» mi muore in gola.

Alla mia sinistra, davanti all'uscio, sta seduta composta su una Thonet dalla lacca a croste una donna minuta di una cinquantina d'anni. È vestita a lutto, il velo di pizzo dismesso sulla clavicola per fare respirare i lunghi capelli raccolti in una treccia brizzolata.

– Noni, – la donna in nero alza il mento. – Se ite ca siti stata mutu tiempu fore casa.

Mi guardo intorno. Mi fischiano le orecchie.

– Grazie, – sussurro, sicura dell'anonimato garantito dai miei occhiali da sole.

Torno alla macchina.

– Ne vitimu, stria. A li muerti sí ttaccata...

– ...e li muerti su' ttaccati a tie, – pronuncio di getto.

Mi volto. Non c'è nessuna sedia; nessuna signora. Ma una volta in auto mi pare di udire una risata oltre il finestrino, mentre pigio sulla frizione.

DATA: 17 settembre 2023, 20.20
OGGETTO: La malumbra

Cara dottoressa,

oltre alle generazioni di topi, a Palude ci sono le generazioni umane. Famiglie che da decenni si succedono negli esercizi commerciali di maggiore rilievo. Se vado in paese a bere un caffè al centralissimo bar *Tiziano* – cosí denominato in parte per omaggio al suo padrone Tiziano Pascalis e in parte per omaggio al celebre pittore cinquecentesco, la cui sembianza aerografata complimenta la saracinesca dell'esercizio –, il figlio Antonio, dietro il bancone, mi guarda con un'espressione nella quale si rapprende quanto può immaginare.

Si tratta di quella forma particolarmente caustica di sfottò reiterato che è il risultato di ammirazione e disprezzo nei confronti di chi ha avuto il privilegio o la tenacia di andare a cercare fortuna altrove; della fierezza sardonica di chi è rimasto, e del restare ha fatto motivo di orgoglio arrogante; del fascino esotico che ci viene attribuito; della spocchia che accompagna il percepirsi inferiori, e deriva dall'insicurezza di essere percepiti come inferiori a propria volta. Anche se non è vero.

– Tornata sei, eh? – Antonio, viso d'oliva che tradisce un'estate passata piú tra le mura della bottega di papà che sul telo mare, sta pulendo il catamarano di metallo sfolgorante da cui gocciolano espressi e cappuccini. Giocavamo per strada quando eravamo molto piccoli. Viveva a due usci dal mio. A cinque anni mi aveva regalato una lucertola ammazzata e, in cambio, aveva preteso un bacio a stampo. Dopo l'incidente al compleanno del nonno i suoi genitori gli avevano proibito di vedermi, e non solo a lui: ho passato buona parte delle elementari senza compagni di banco. Ci siamo ritrovati al liceo che non parlavamo piú la stessa lingua; non mi riusciva di capire i suoi interessi, dal calcio all'entomologia. Con l'università, perdersi di vista era stato sin troppo semplice.

– Eh, dovevo.

– Mi dispiace molto per tuo padre, Fí, – dice mentre coccola una tazzina con lo straccio viola. – C'è gente brutta a questo mondo. E non solo a questo mondo –. Un'alzata di sopracciglia. – Comu faciti ad affittare il palazzo mo', co' la malumbra?

Sapevo che l'avrebbe detto. Sospetto che la mutazione in Bed&Breakfast della Dimora sia inconcepibile per la gente di Palude, mai sazia di storielle e opinioni sediziose su noi Quarta. Il nonno è stato sindaco dal 1980 al 1987. Dopo la festa per il suo sessantesimo, nemmeno lui è piú riuscito a ricevere che amici intimi. Il paese non gli ha voltato le spalle; era un danno collaterale. Le ha voltate a mio padre, a mia madre e a me, che ci rifiutavamo di accondiscendere alla fame morbosa di ultraterreno.

– Non c'è nessuna malumbra, – rispondo senza intonazione, incuriosita da occhi azzurri che non ricordavo cosí profondi e miti.

– Oh, – chiosa Antonio, passando lo straccio su una seconda tazzina, e su una terza, – la saccio io la fatica di Perrone per convincere gli operai della ditta sua stessa, – si punta le dita a rastrelliera sullo sterno, – a fare i lavori. Nienti, nun ci uliano scire. Per fortuna, uno era parente mio e sono riuscito a convincerlo.

Difficile risalire al momento esatto in cui la leggenda di Orlando Trispét si è installata tra le superstizioni dei paludati, ossia gli abitanti di Palude del Salento. Io per prima conosco molto poco del mio ramo paterno; papà era tutto fuorché un uomo nostalgico o ciarliero, e dopo la mia visione i contatti con i nonni si sono fatti laschi.

Come ben sa dalle nostre sedute, il mio trisavolo Oronzo Quarta, contadino, ha condotto le opere di bonifica di un terreno melmoso ereditato dal suo datore di lavoro nel 1906, e lí ha fatto erigere quella che oggi è la Dimora Quarta. Ma non ebbe il tempo di godersi granché: morí nel 1907 di infarto, o cosí dice la lapide al cimitero. Il suo matrimonio non fu fortunato. La mia trisnonna Lorena perse *tre* figli prematuri, per anni il dolore le impedí di riprovarci. Solo il quarto, il mio bisnonno Giuseppe, sopravvisse, nonostante numerose polmoniti avessero cospirato per portarlo via.

Giuseppe si sposò con la bisnonna Grazia da cui, dopo *due* parti prematuri che non lasciavano speranza ai neonati, nacque Nino, il nonno, che se ne è andato nel 1990. Infarto, anche lui.

L'ultimo è stato mio padre, cui pure è toccato sopravvivere a una brutta polmonite infantile e a un fratello sbucato anzitempo prima che il terzo arresto cardiaco lo uccidesse, sebbene nelle circostanze differenti di cui abbiamo già discusso. Mia madre non ha perso nessun figlio; a malapena voleva me, del resto, tanto che sono stata concepita quando i suoi trenta volgevano già verso i quaranta. Detestava e detesta tuttora la famiglia di mio padre. La irrita che ne debba portare il nome.

In effetti, le mie poche nozioni circa la dinastia Quarta vengono da Annina.

Annina, che tendeva il lino ricamato a mano sui materassi.

Annina, che sferruzzava calzerotti di lana in decine di tinte diverse.

Annina, che faceva la pasta dei biscotti con il matterello, e con le dita ancora imbiancate sfogliava *Il Mago di Oz* al mio capezzale per leggerlo ad alta voce.

Annina, che cantava per addormentarmi.

Annina, che come sua madre e sua nonna prima di lei, era stata impiegata una vita intera presso i Quarta.

Quando qualcuno ha menzionato Orlando Trispét alla festa di Nino, circostanza che – come sa – ha misteriosamente generato la mia visione, la leggenda di una monaca fantasma che abitava la casa padronale dei fondatori era già echeggiata molte volte tra gli alloggi rosa pastello di Palude.

Era il 6 novembre del 1986, il compleanno di mio nonno Giovanni Quarta, detto Nino. Nino per tutti, in paese. Nino Quarta, il Costruttore.

C'era odore di besciamella calda, crema pasticcera, Violetta di Parma e fumo di Muratti 100's.

Palude intera si era presentata alla festa.

Il nonno compiva sessant'anni. Lo vedevo e gli contavo ancora tutti i capelli in testa, a differenza di papà. Chiacchierava e gesticolava con la sicumera di chi è stato sindaco una volta, e lo sarà per sempre. Aveva denti strepitosi. Canini sporgenti che stavano stretti nella cerniera difettosa del labbro superiore.

E poi, certo, c'erano tutti gli altri: borghesucci, bottegai, arricchiti, impoveriti.

Gli occhi si aggiravano tra la folla, perché di folla si trattava. Gente alla moda, che quantomeno si sforzava di essere alla moda e magari era andata a comprarsi una cosuccia a Lecce per far bella figura. Grandi spalline. Ombretti argento. Calici alzati.

Nonna Checchina faceva avanti e indietro dalla cucina perché era una *control freak*. I nonni erano ricchi. I soldi festeggiavano i soldi, gli altri stavano a guardare.

Erano circa le 8 di sera e il cielo bruciava. I contadini si erano ritirati dai campi.

Manfredi, il marito di Annina, preparava i rustici per cui manifestava un ineludibile talento. Ma non era lui, lo chef. Era la nonna, di solito. Solo che stavolta le toccava fare gli onori di casa.

Annina non si sentiva a proprio agio ai fornelli, ma era uno spicchio di sole che illuminava anche di notte. A fare i letti era imbattibile e non c'era un filo di polvere sui mobili. Aveva sessant'anni anni di guance setose e scavate, e non poteva fare a meno di lavorare. Si muoveva in modo cadenzato e accudente, l'incarnato pallido tinto dalla couperose, il grembiule che svolazzava sui fianchi opimi quando piú finestre aperte generavano corridoi di scirocco.

Io stavo abbracciata alle ginocchia di mamma; la faccia schiacciata sul denim puntellato di strass rotondi, che titillavo con le dita. Qualcuno il cui volto ho perduto, forse lo zio Peppino, stava bisbigliando al suo orecchio.

Qualcuno il cui volto ho perduto, forse lo zio Peppino che era sceso dal nord per l'occasione, stava domandando a mamma se fosse vero che la Dimora era *abitata*. E non si riferiva ai vivi.

Due parole: Orlando Trispét.

La vedevo. Era vestita di bianco, il velo scuro calato sulla faccia. Si guardava attorno, ieratica e spaesata insieme. Sembrava cercare qualcosa. Qualcuno. Me. Si accorgeva di me, rimaneva fissa nella mia direzione, sollevava il braccio; la mano tesa come a chiedermi di prenderla.

Gridavo.

Gridavo che c'era una suora alla festa, e nessuno l'aveva invitata.

«È Trispét!» strepitava una voce isterica dal fondo del salotto. «È qui!»

Decine di teste ruotavano in direzione del mio metro d'altezza. Qualcuno toglieva la puntina dal giradischi che suonava *La Bamba*; chi scuoteva il culo sul posto e beveva Primitivo amaranto intenso, si fermava e abbassava il calice di cristallo del servizio buono. Un attimo, e il salone s'era trasformato in una stalla interspecie durante un temporale fragoroso: c'era chi miagolava, chi latrava, chi muggiva, chi nitriva e agitava la coda.

Annina cadeva in ginocchio tra sagome frenetiche che agguantavano cappotti e si precipitavano in cortile, verso il cancello, verso la strada sterrata che riporta in paese; alzava gli occhi al cielo, si faceva il segno della croce e congiungeva le mani, ma non sembrava pregare. Aveva lo sguardo lontano e i muscoli del collo tesi in un canto. Quel che fosse, la melodia era inudibile nel caos.

La nonna Checchina diceva «aspettate», afferrava braccia, provava a persuadere, ma per poco non veniva stirata dall'urgenza di prendere il largo e fuggire dalla casa infestata dei Quarta.

Papà fumava in un angolo, l'espressione acre come se avesse un pugno di sale sotto la lingua. Scuoteva la testa tra sé e sé.

La festa era rovinata.

La festa era finita.

Nonno Giuseppe farfugliava a mia madre in dialetto, di portarmi di sopra; lei m'afferrava per le coscette, caricava me e il mio vestito di taffetà rosa al collo biascicando «la bambina non l'ha fatto apposta»: qualunque cosa significasse, ero l'unica ad ascoltare.

La monaca svaniva alla stessa velocità con cui s'era manifestata.

– Io ci credo, comunque, – dice Antonio per sottrarmi ai pensieri in cui m'ha tuffato la sua storiella degli operai, lo sguardo sulla melma che gorgoglia nel lavello. – Qui a Palude ci sono stati tanti altri fatti difficili da spiegare.

– Me lo prepari un caffè?

– Ai tuoi ordini, – è tutto contento di potermi sequestrare ancora per qualche minuto.

– A quali fatti ti riferisci? – Saranno vent'anni che io e Antonio non scambiamo piú di due chiacchiere di circostanza.

– Tu lo sai come è morto il mio bisnonno?

Stringo gli occhi rovistando mentalmente tra i plichi della storia di Palude depositati nel mio archivio personale. Nulla. Scuoto la testa, porto la tazzina di espresso bollente alle labbra.

– Pare che avesse smesso di dormire –. Antonio si fa il segno della croce. – Del tutto, intendo.

– Era insonne?

– Non *voleva* prendere sonno. Diceva che, altrimenti, se la sognava.

– Ma chi?

Sono interessata alla paura rappresa sulle labbra di Antonio mentre parla; agli incisivi inferiori sovrapposti e appena ingialliti, eppure curati, che lo rivelano mio coetaneo; al neo a sinistra della bocca; ai capelli castano chiaro lunghi alla spalla, riga al lato, che gli ondeggiano davanti al naso nubiano. Mi chiedo quando abbia smesso di conoscere uno dei miei pochissimi amici di Palude.

– Secondo te? – risponde lui sbattendosi la pezza viola di spugna attorno al collo. – La malumbra –. Si china verso di me, le spalle oltre il confine del bancone, gli occhi azzurri spiritati, la voce suggestiva mentre si ritrae con lentezza e bisbiglia: – Quando cedette finalmente alla stanchezza, lo trovarono con le mani e le gambe unite come un capretto macellato, la bocca spalancata incapace di urlare, le pupille trasparenti e un'espressione di agonia sulla faccia di pietra.

Mi scappa una risata.

Annina sosteneva di conoscere lo spettro di persona. Forse non proprio di persona, ecco, perché non aveva mai visto la suora; le si era palesata in un paio di circostanze che non era dato approfondire. Ma c'era ben poco da sfottere, le piaceva ripetere, perché era un'anima in pena e la pena non sfogata, prima o poi, si trasforma in rabbia.

Se fossi stata prepotente, le stanze della Dimora avrebbero pianto le lacrime di Orlando Trispét.

Se non mi fossi messa il cappotto, Orlando Trispét mi avrebbe avvolta nei suoi stracci pallidi, maledetti e fetenti della torba dove pare sia stata seppellita senza tabbuto e senza lapide. Se non avessi smesso di correre qua e là, Orlando Trispét mi avrebbe fermato il cuore con il dito come aveva fatto con i miei antenati. Se non avessi detto le preghiere, Orlando Trispét avrebbe messo due fila di denti nella bocca della notte che m'avrebbe divorata. Se non mi fossi comportata da signorina, anche il mio grembo avrebbe generato solo frutti aspri perché «Trispét non bulia ca li Quarta si cumpritaunu prima cu nascíanu».

Insomma, per quel poco che mi ricordo, Annina trattava Trispét come si tratta un'alleata particolarmente temibile. Aveva bisogno di blandirla e contenerla. Infatti, sulla testiera del rozzo letto a baldacchino su cui ora dormo io, confezionato da Manfredi con il legno fradicio dei pini caduti nel bosco, aveva fatto appendere il famoso dipinto dell'angelo che sosteneva avere una funzione specifica: la protezione. Suppongo che dietro le ammonizioni iperboliche e i comportamenti elusivi ci fosse una genuina preoccupazione per la nostra incolumità; la sua, quella del marito, la mia, quella dei miei nonni e dei miei genitori. E che la stessa preoccupazione l'avessero covata anche sua madre e sua nonna.

La superstizione, dottoressa, è illusione di controllo. Piuttosto che convincerci di esistere in balia della genetica e del caso, fabbrichiamo falsi destini che giustifichino l'anarchia della realtà e li chiamiamo profezie, premonizioni, presagi e fantasmi. Cosí, in tutti questi anni, mi sono abituata a concepire la nostra peculiare situazione. La sciagura si accompagna alla frenesia del contagio. I paludati dovevano temere, e temono ancora (specie considerato quanto è avvenuto a papà), i miasmi dei vecchi dolori emanati dalle stesse stanze in cui le scrivo. Orlando Trispét è il nome di battesimo dell'angoscia che strozza i Quarta dai primi del Novecento.

Ma non è vero che il demonio si dimentica di fare coperchi. Se non altro, siamo stati molto ricchi.

Giuseppe Quarta ha aperto la Quarta - Edilizia salentina nel 1921, a ventun'anni, con l'intento specifico di portare a compimento l'eredità di quel padre buono e geniale morto troppo presto, Oronzo.

Il mio bisnonno Giuseppe e poi nonno Nino, suo figlio, di edifici ne hanno innalzati parecchi: a Galatina, a Galatone, a Soleto, a Corigliano, a Sogliano, Cutrofiano e Aradeo fino a Sternatia, Galugnano e Monteroni di Lecce.

Mio padre, Pietro Quarta, ha assunto il controllo dell'impresa trasformandola in garanzia d'efficienza nel restauro di vecchi immobili. Un po' perché costruire in Salento senza rompere vincoli paesaggistici è diventato molto complicato con gli anni, e menomale. Un po' perché era un conservatore, nel senso che gli piaceva piú prendersi cura di quanto già esisteva che immaginare ciò che non c'era ancora.

Che brutta fine, dottoressa. Com'è futile e struggente morire d'infarto per aver dimenticato di mettere il chiavistello alla porta, mentre la propria casa è invasa dai criminali. È vero, non era troppo presto e non era troppo tardi. Papà aveva ottant'anni e un diabete mellifluo malcurato. Orlando Trispét se lo sarebbe preso in ogni caso; l'ultimo maschio dei Quarta. Non ce ne saranno altri perché, mi dico, non avrò mai figli.

– Ridi? – chiede Antonio mettendo il braccio ad anfora sull'anca. – Certo che ridi. Dimenticavo che solu ui Quarta siti speciali a stu munnu.

DATA: 18 settembre 2023, 11.52
OGGETTO: Tremila euro

Dottoressa,

da quando Alba si è trasferita qui in pianta stabile il mio umore, per fortuna, è migliorato. Mi sforzo di non focalizzarmi sui brutti ricordi, sebbene né la Dimora né gli accadimenti – anche i piú apparentemente casuali – sembrino collaborare. Mi accingo a compilare un resoconto dei fatti di ieri per dettagliare la misura delle mie difficoltà.

Palude è incastonata in un esagono. La circonvallazione segue il corso degli acquitrini bonificati, da cui si diramano statali verso gli altri paesi della zona. Anche il centro è tutto una segnaletica, quasi a voler evidenziare la natura transitoria del villaggio, la sua qualità di tappa mediana utile solo a far sosta mentre si è diretti altrove. Sono pochi quelli che nascono o arrivano a Palude e ci restano.

Percorrendo la circonvallazione, poco prima dello sbocco per Sogliano, si trova un lungo sentiero sterrato ritagliato nella gramigna. Chi lo imbocca è ammaliato dall'intrico misterioso di pini marittimi, tamerici ed eucalipti che occhieggia sinistro all'orizzonte, ma non ha idea che conduca diritti a una tenuta.

A sinistra si estende un'ampia coltivazione di corbezzoli i cui rami, in inverno, si caricano di bonbon scarlatti.

A destra non c'è nulla. Nemmeno i pali della luce. Non è una passeggiata che consiglierei di fare a piedi, onestamente; specie di notte. Ha tutta l'aria di ospitare il tipo di maniaco che ti prende per un braccio, ti stordisce con un fazzoletto impregnato di formaldeide, ti sbatte in una vecchia Panda con i finestrini a manovella e, se va bene, ti ammazza *prima* di farti a pezzi.

Dopo tre o quattro chilometri emerge candido, dallo strappo nella seta smeraldo del bosco, il décolleté di calce della Dimora Quarta. Le siepi di ginepro coccolone e le querce virgiliane ne ritagliano il perimetro.

Mio nonno diceva che la luce è scultrice, dunque il viso del palazzo ha molti occhi.

Nella mia immaginazione, sono la nuova signora di questo maniero. Nei fatti, sono l'affittacamere forzata di un casolare il cui intonaco soccombe al sale che impregna l'aria da est a ovest. Il tufo e la calce sono la sostanza stessa di cui è fatto il Salento se si eccettuano il sole, il mare e il vento. Chi ha una casa qui, pure abitata soltanto nei mesi estivi, è avvezzo a calpestare le briciole dei muri cascate dalla bocca dell'umidità che ha sempre fame. Quando si varca il cancello di ferro arrugginito, le suole sono sepolcri imbiancati.

Da quel cancello sono finalmente penetrati i traslocatori con la mia roba. Abiti, tv, poster incorniciati, la poltrona da lettura (dono di mia madre per i miei quarant'anni), chili di libri, il materasso in lattice acquistato con i miei soldi, e generalmente quanto non era in dotazione del mio appartamento in affitto di Milano. Nonostante la *controra*, la ditta Traslochi Pascazio ha inchiodato di fronte al suddetto cancello alle 2 del pomeriggio.

Dal furgone scendono quattro ragazzi con la pelle conciata dal sole. Nessuno di loro mi guarda in faccia mentre le ante di lamiera sferragliano e il contenuto del cargo viene depositato davanti alla Dimora senza alcun riguardo nei confronti delle mie indicazioni sulla stanza in cui mettere questo o quel cartone.

– Nui moi ni nde sciamu, scusati sapiti? – dice quello che sta al volante mentre mette in moto, e già fa marcia indietro. «Noi adesso ce ne andiamo».

Credo, spiazzata di fronte alla montagna di effetti personali della mia vita prima, di avere iniziato a strepitare che erano completamenti pazzi se pensavano di lasciare il materasso a sudare a trentacinque gradi a un passo dalla porta, senza darmi alcuna mano a metterlo in casa.

– Ma manco la bolla mi fate firmare? – le mie parole si sminuzzano nella scia di terriccio sollevato dalle ruote del camioncino.

Prendo il telefono dalla tasca e chiamo Vito Pascazio, titolare traslocatore, che è sempre stato un signore perbene e mi conosce da quando sono piccola; ma non mi risponde. Non mi risponde nemmeno Alba, con cui, in ogni caso, avrei potuto fare poco piú che sfogarmi, considerato che non smonta mai dall'ufficio prima delle otto. Ho, dunque, giocato la mia ultima carta.

– Antonio, stai dormendo?

– No, no, – una voce strascicata dall'altro capo, – mi ero solo poggiato un secondo.

Gli racconto la situazione senza rispettare le pause del dialogo, condendo il resoconto della disavventura con una serie di constatazioni furibonde sulla conclamata inaffidabilità delle imprese locali; sulla maleducazione strafottente; sul malcostume patriarcale salentino, sul malcostume patriarcale in generale, e forse alla fine piagnucolo pure.

– Noni, Fí, – sussurra Antonio ancora mezzo addormentato. – Te l'ho detto ieri.

– Che cos'è che mi hai detto?

– Non c'entra che sei femmina. È la malumbra.

– Cioè, non vogliono entrare in casa perché hanno paura di Orlando Trispét?

Uno sbadiglio dissimulato: – Eh.

– E io che cosa ci dovrei fare?

– Aspe', aspe'.

Antonio mette giú.

– Dice, – sento una sbavatura di imbarazzo nella sua voce quando mi richiama, – che forse tornano piú tardi, ma non promettono niente.

Non promettono niente.

– Fí, – ora una certa preoccupazione. – Ci sei?

– E dove dovrei essere? – digrigno i denti.

– Stavo pensando, – dice in tono pensoso, – posso venire io con quelli di Perrone, che tanto conoscono la casa. C'è quel mio parente che ti dicevo, è un brav'uomo. Raccatto lui e il suo compare. Dammi mezz'ora.

Naturalmente, dottoressa, ho accettato.

Alle 17, cioè tre ore piú tardi, sto strisciando il cancello – i cui cingoli hanno perduto la guerra contro le intemperie – sul granito del cortile, lasciando entrare Antonio nell'Ape del padre con due tizi che non ho mai visto prima.

– Ecco qui, – dice Antonio senza scusarsi per la lunga attesa, i capelli grossi di umidità e profumati di shampoo da supermercato per maschi insicuri della loro virilità, un sorriso fiero che sottintende «hai visto che non sono come gli altri» sulla bocca, i sandali da frate, i calzoncini di lino perché dopotutto tiene alle apparenze e probabilmente alla mia opinione sul suo conto, – ho portato a Pino e a Fabio.

Pino e Fabio fanno un cenno afono con il capo senza porgermi la mano, ciondolando in attesa della dissoluzione dei convenevoli.

– Pino mi è cugino di secondo grado, – aggiunge Antonio, tutto soddisfatto del suo network.

Pino sorride con mezza bocca per corroborare l'effettiva esistenza del legame di sangue.

– Quanto è beddhru qua, – dice Antonio una volta nell'androne, guardandosi attorno. Si segna.

– Ti vedo, sai.

– Nu fazzu nienti, – risponde mentre procede di stanza in stanza, impermeabile alla mia osservazione, e disegnandosi una croce sullo sterno in ogni ambiente.

Siamo nel 2023 e non voglio tediarla con una descrizione meticolosa della planimetria, dottoressa. Dunque, ho pensato di allegarle un'immagine del piano di sotto.

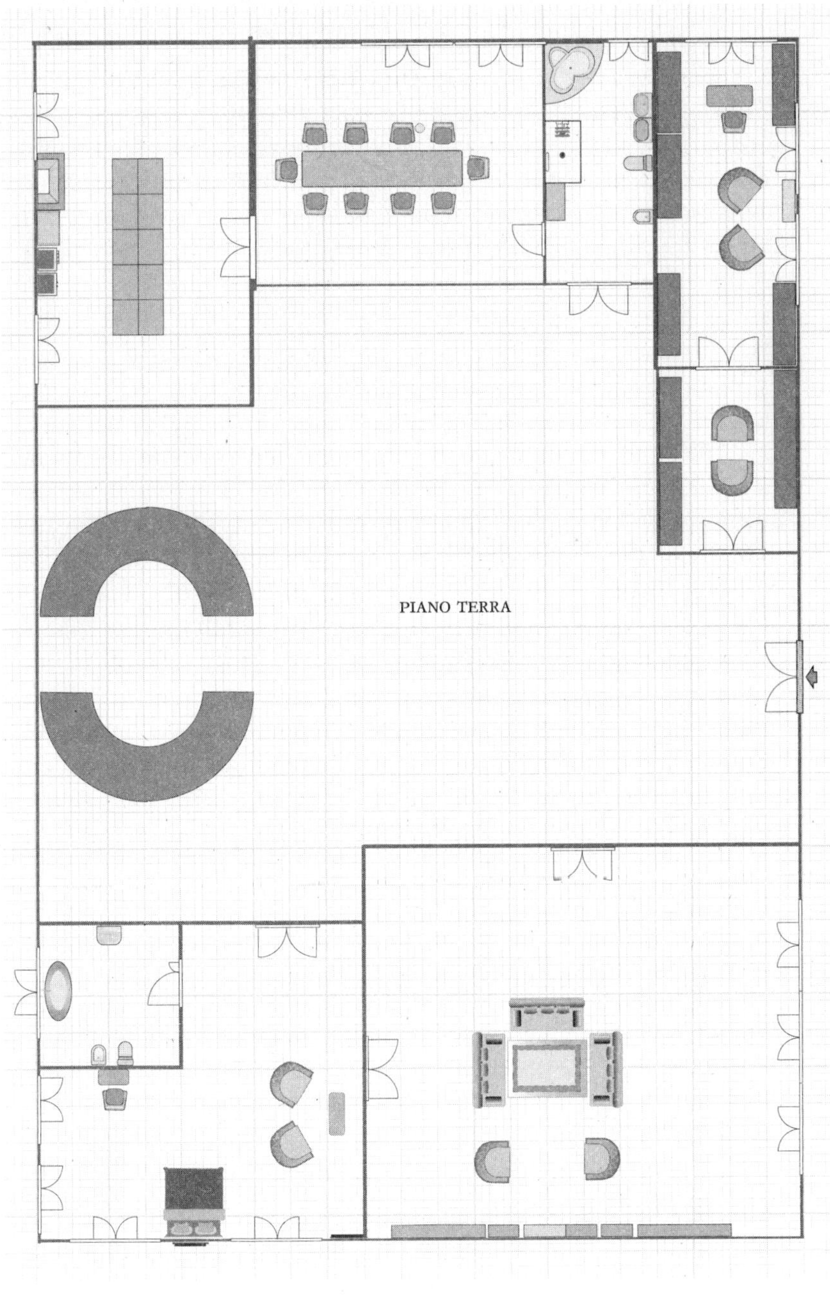
PIANO TERRA

Abituata come sono al mio appartamento angusto della Barona, vivere qui mi fa sentire la miliardaria che non sono. Lo spazio è il regalo dei luoghi che la gente, in media, non desidera occupare, ma non si tratta solo di questo. Antonio ha ragione: io stessa mi trovo a compiacermi del lusso frugale della Dimora. Il nonno Nino, oltre ai soldi e all'ambizione, aveva buon gusto. Non si sarebbe messo in casa specchi, damaschi e ori, oli su tela di risulta o statue di gesso di costosi e brutti putti soltanto per sfoggiare il pregio della sua stirpe sfortunata, ma danarosa. Era un uomo grandioso, e se avesse potuto comprarsi *trumeau* e angoliere di Bugatti o Maggiolini, lo avrebbe fatto; ma la sua vita cominciava e finiva nel tacco dello stivale, aveva una passione per la cura dei mobili di campagna e una sua idea, per quanto morigerata, dello sfarzo.

– Tutto allo stato dell'arte, come si dice, – conclude Antonio con particolare apprezzamento nei confronti dei condizionatori e dei termosifoni che papà e Alba si sono preoccupati di installare qualche anno fa, quando l'idea del recupero della Dimora ha iniziato a concretizzarsi. In inverno fa un freddo maledetto, ma tra marzo e luglio, e da settembre a novembre, il clima è piuttosto temperato: il polmone del bosco non è mai in dispnea. Persino ad agosto si può occasionalmente condurre una vita degna di essere vissuta.

Pino, capelli neri di cane a pelo corto, e Fabio, calvo, entrano imitando Antonio e omaggiando lo Spirito Santo con le dita.

Il primo dei miei beni ad avere l'onore di essere trasportato è proprio il materasso, che chiedo di mettere nella mia camera da letto, cioè quella che era stata di Manfredi e Annina. A oggi è la piú umile della casa . Il dipinto dell'angelo custode mi rasserena; i sacchetti di bacche di ginepro, raccolte dai cespugli qui attorno da Annina stessa, sono rimasti ciottoli senza odore nei cassetti; alcuni abiti della coppia sono ancora appesi, sotto naftalina, nell'armadio.

Fabio si accolla il vecchio materasso e lo butta sul retro dell'Ape di Antonio.

– Quai durmiti, dottore'? – chiede Pino con aria casuale, depositando il nuovo materasso sulla branda a rete che cigola di soddisfazione. – Curaggiusa siti.

– In che senso?

– In questa stanza i muri sono di carne. Se li pizzichi per mettere un chiodo, strillano.

Mi guardo attorno scoprendo che morirò di freddo o di monossido di carbonio, quell'inverno: nessun termosifone in camera, solo il vecchio caminetto.

– Giuru subbra alla capu mia. Quando abbiamo fatto i lavori qua e suo padre, buonanima, era ancora vivo, ogni volta che un trapano si avvicinava all'intonaco sentivo gli urli in queste orecchie, – fa Pino infilandosi gli indici nei timpani, setacciando le pareti con gli occhi aguzzi. – La malumbra ci tiene a 'sta camera, pe qualche mutivu –. Occhi aguzzi ora puntati verso di me. – Voi la incontraste, mi sbaglio? A Orlando Trispét. Siete voi la stria ca ite li muerti.

Erano molti anni che non sentivo un paludato pronunciare il nome del nostro spettro per esteso, dottoressa. Portava male. Del resto, la malumbra era sufficiente.

– Nu suntu chíui stria, – cioè «non sono piú una bambina» rispondo provando che, certo, conosco e parlo anche io il dialetto, a dispetto dei vecchi dettami paterni.

Fabio nel frattempo è tornato.

– Ma vedete, io vi capisco –. Pino si ravvia i peli di cane sulla testa sudata. – Che ce ne avete acqua? Che caldo, matri mia.

Riprende il discorso in cucina, tenendo stretto il bicchiere nel palmo grosso quanto la mia testa: – I morti voi li vedete da sveglia; io, mentre dormo. È una cosa della famiglia nostra. E ogni famiglia ha le cose sue.

– Allora, anche voi avete avuto un'infanzia complicata.

– Noni. I sogni non si fanno a comando. Quando vengono, vengono. E nisciunu ci può mettere becco.

– Il dono come a voi c'ha, dottore', – conferma Fabio. – Per esempio quando dovevamo venire a fare i lavori acquai, nel 2022, Pino sunnau a soruma, a mia sorella, Giovanna, che morí l'anno prima, poveretta.

– Disse: «Nu tuccare la stanza te l'angelu». Scuoteva la testa. «Non è il momento».

– Non capimmo allora, e non abbiamo capito ancora –. Fabio poggia il suo bicchiere vuoto sull'isola della cucina. – Ma cosí è, con certe anime. Parlano per indovinelli.

– Comunque, – Pino mi guarda con occhi rotondi di emoji commosso, – proprio a vostro padre ho sognato. Ieri e oggi.

Ho un'extrasistole.

– Dottore', voi non ci crederete, – continua tirandosi fuori dalla tasca un cartoncino piegato a metà, – ieri mi disse che dovevo cercare la scheda 9116 e nessun'altra. Ho girato tutti i tabaccai e i bar del paese. Io sto a Copertino, – arriccia le labbra, – nienti. Ho pensato, mah, troppo pesante aggio mangiatu. Stamattina presto, però, di nuovo è venuto. «Maestro Pietro, non l'ho trovata la scheda», gli dissi. «Perché l'hai cercata nel posto sbagliato», mi rispose e aggiunse, – suono di deglutizione di una caraffa di saliva, – che la vincita era per il disturbo mio e di Fabio.

– Disturbo per cosa?

A quel punto Fabio mette una mano sulla spalla di Pino.

– Vedete, con maestro Pietro non ci siamo lasciati bene, dopo i lavori qua, – il cartoncino ormai torturato tra le dita olivastre. – Diceva che il compenso richiesto era alto assai per quello che avevamo fatto.

– Ma non era, – scuote la testa Fabio. – Non era.

– Brutto fu. Porte sbattute, male parole, minacce. A tribunale, andammo –. Un morso al labbro inferiore. – Quando seppi che era morto, derubato dentro casa sua…

– Avete pensato che l'avesse meritato? – dico, tradendo stizza.

– Macché, dottore', – scoppia a ridere Fabio, amaro, dando un buffetto sulla nuca del socio. – A frignare si mise. Comu nu piccinnu.

Gli occhi di Pino sono diventati lucidi. – Maestro Pietro tosto era, ma non cattivo. E voi gli somigliate assai.

– Disturbo per cosa? – domando una seconda volta cercando di frenare il tremore del labbro.

– Ha detto che avreste avuto bisogno del mio aiuto per tre volte, – mi mostra finalmente il biglietto. – Ecco. Qua, al tabaccaio prima dello sbocco, vendevano la 9116 –. Tre disegni di banconote con la stessa cifra: ha vinto tremila euro.

Il labbro tremante mi casca.

Pino annuisce e rimette il gratta e vinci in tasca. – Adesso finiamo di portare dentro la roba vostra. Ma premettetemi di dirvi questo: state ccorta. Orlando Trispét qua sta, – fa ruotare l'indice puntato verso le volte dei soffitti. – A voi vuole. Mutu l'iti fatta spittare.

DATA: 19 settembre 2023, 16.12
OGGETTO: La fotografia

Cara dottoressa,

Alba è uscita di casa molto presto per andare al lavoro. Ha portato con sé – dall'appartamento che condivideva con la sua ex compagna di quasi otto anni, Silvia – pochissime cose, tra cui una televisione nera sessantacinque pollici ultrapiatta, appena acquistata dall'Unieuro di Maglie, e un divano grigio ratto a tre sedute. È orribile: spezza l'armonia delle gradazioni muschio, prato, bottiglia, biliardo, Chartreuse, trifoglio o giada mescolate al bianco e il nonno lo getterebbe dalla finestra seduta stante. Eppure, in qualche modo, ci somiglia piú delle Cassina, delle vasche da cui nessuno ha staccato le etichette di fabbrica, delle tolette antiche.

Intanto, è tornato Antonio per aiutarmi a sistemare i cartoni dei libri.

Gli ho chiesto di depositarli nello studio del nonno: il cuore della Dimora Quarta. Ho trovato il mio vecchio compagno di scuola col naso all'insú tra i compassi antichi, i goniometri, le livelle, le squadre raccolte e conservate con cura dal bisnonno Giuseppe; ciascun attrezzo fa bella figura in cornici di mogano realizzate dagli artigiani del paese i cui figli sono volati altrove chiudendo le botteghe di famiglia, ora salette fumose Sisal e Tutto-A-Un-Euro. Tra le librerie ingolfate di volumi pregiati balenano fotografie solenni dei palazzi multipiano costruiti, e degli entourage di soli maschi che hanno reso possibile la baldanzosa presenza sul territorio della Quarta - Edilizia salentina. Sorrisi smarriti nel secolo scorso, delle cui gengive forse papà avrebbe potuto identificare i proprietari, ma non io.

– Ti ho girato il numero di Pino, – dice Antonio con un cartone aperto in mano, le pupille che roteano a destra e sinistra senza incontrare le mie, un certo imbarazzo dettato dal suo stesso eccesso di riguardo nei miei confronti. – Ieri mi ha raccontato una storia strana su tuo padre, venendo in qua.

– È un oniromante, non lo sapevi? – rispondo trovandomi a constatare che le sue braccia bionde e nervose sono ben tornite, specie adesso, tese per lo sforzo, striate dagli estuari porpora dei capillari. – Dammi quei libri, che li poso.

– *Oniroche?* – Antonio ha occhi, naso e labbra agglutinati come se stessero venendo risucchiati da un aspirapolvere.

– Significa che è in grado di decifrare alcuni messaggi sul futuro tramite i sogni. Per essere precisi, la sua è medianità onirica, ma non c'è una parola altrettanto bella per descriverla.

Quando, finalmente, mi ripassa il cartone: – Ah, questo intendi. Certo, è una cosa della nostra famiglia. Ti raccontavo di mio bisnonno.

Incastro i miei libri tra i pertugi della biblioteca di Nino, una forma di mescolanza estrema tra le nostre anime letterarie. Lui: Sottsass, Loos, Calvino. Io: da Walpole fino a Byatt, Waters, Enriquez. Come ben sa, dottoressa, è stata la passione per la letteratura gotica a salvare la mia salute mentale in tutti questi anni. In tema di salute mentale, e senza voltarmi, chiedo dunque ad Antonio: – E tu, come stai?

– Come vuoi che stia?

– Hobby? Fidanzate all'orizzonte?

Non lo vedo, ma so che si stringe nelle spalle. Cavargli di bocca due parole su di sé era difficile anche quando aveva quindici anni.

– Mi piacciono i lombrichi, – risponde con un filo di voce. – Sono creature straordinarie.

Mi giro per guardarlo e «figo», commento con le palpebre sgranate per fingere un interesse.

– Solitamente la gente fa la faccia schifata. Sempre insetti sono.

Schiocco la lingua. – Quand'è che hai pensato io fossi *la gente*?

Antonio prende la taglierina per separare i lembi scotchati di un altro cartone. – Fidanzata ne avevo una a Muro. Ma è partita, come tutti.

– Tu, no.

– Sono troppo affezionato alla campagna. Ma mio padre vuole venderla –. Tira su con il naso. – E vuole venderla proprio perché ci sono affezionato.

Stringo le labbra senza sapere cosa dire. Ho sempre pensato che io, e solo io, fossi titolata a lamentarmi. – Avrai tempo per raccontarmi chi sei diventato.

– Nessuno, – risponde Antonio senza emozione, osservandomi in tralice attraverso le ciocche sudate. – Quella che è diventata *qualcuno* sei tu. La *giornalista*. Ti ho googlata ieri sera, una sfilza di articoli hai scritto, brava.

Difficile, a questo punto, capire chi stia vincendo la gara di paternalismo.

– Ho chiuso con il giornalismo, – rispondo, secca. – Stare qua significa essere tagliata fuori da tutto. Ma non ho intenzione di smettere di scrivere. Tanto vale che, nel tempo libero, mi concentri su un romanzo.

– Oppure, puoi organizzare delle sedute spiritiche e farti pagare.

Mollo su uno scaffale i libri che mi sono rimasti in mano e lo fulmino. – Prima di tutto: detesto quando gli uomini mi dicono *brava*. Non ho bisogno di essere infantilizzata. Secondo: io sedute spiritiche non ne ho mai fatte, e mai ne farò. Terzo: sono tornata qua per fare l'affittacamere, non la ciarlatana, ma evidentemente pensi che nessun turista verrà mai a stare in questa casa.

– No, no, ’spetta, – Antonio scatta in piedi. – Tu non sei una ciarlatana. Sei una medium vera, lo sanno tutti.

– Ma non dire cazzate. Ho visto solo due morti in vita mia. Entrambi quando facevo la prima elementare.

– Due? E in tutti questi anni, nienti? Che razza di stria ca ite li muerti sei?

– Me lo chiedo anche io.

Antonio muove un passo, solo uno, nella mia direzione. – Forse funziona solo se stai in paese. Non hai paura di vedere a tuo padre, a Checchina, a Nino, ad Annina, mo’ che sei qua? – Si guarda attorno. Sta imbrunendo. – E se ti si presentano nel cuore della notte?

– Sei venuto a darmi una mano a traslocare oppure a terrorizzarmi? – chiedo.

Sorride: – È che questa casa mi ricorda *Hill House*, la serie su Netflix. L’hai vista?

– Adatta un libro che conosco molto, molto bene.

– Matri mia, mi ha fatto cacare sotto, – ride Antonio mostrando incisivi cosí piccoli da farmi sospettare non abbia mai superato la prima dentizione. Si sposta di fronte alla scrivania di noce. – Guarda qua, – indica.

Tra le pergamene di laurea, i diplomi e i certificati di partecipazione a questo o quel convegno ammonticchiati uno sull’altro come in attesa di essere appesi da decenni, noto un quadretto impolverato. È uno stralcio sottovetro del «Nuovo Salento», quotidiano nato nel 1895, che testimonia della fondazione di Palude con una foto di Oronzo Quarta, il trisnonno, e la sua squadra.

CONTINUA LA BONIFICA DEGLI ACQUITRINI DEL BARONE

In seguito alla scomparsa del Barone Eugenio di Cutazzo Sodero Rosafio di Corigliano D’Otranto, avvenuta alla età di ottantasette anni, le paludi dette Del Barone ubicate a nord-est di Sogliano Cavour e a sud-ovest di Galatina, in un suggestivo scorcio di campagna, sono state lasciate in testamento al fidato impiegato Oronzo Quarta. Quarta, sposato con Lorena Centonze nel 1887, e oggi di anni cinquantasette, non è stato, come si suol dire, con le mani in mano e nell'apprendere di cotanto dono ha progettato la bonifica modernissima degli acquitrini con i macchinari cosiddetti idrovore coadiuvato da contadini e sodali dai maggiori borghi del circondario. Sono cosí partite le operazioni atte a originare il nuovo comune di Palude del Salento, ove i primi mattoni sono stati posti a testimoniare del battesimo, con la speranza che altri vi vengano a edificar dimora e cercar fortuna. Il qui presente giornalista ha assistito alla breve cerimonia tenutasi di fronte al bianco casolare pioniere, che da oggi servirà da alloggio per Quarta e possibilmente da sede centrale per le rimanenti manovre di risanamento.

VITO GRECO
Giovedí 9 novembre 1906

Un trafiletto, non molto di piú, accompagnato da una fotografia. Vi è ritratto da lontano, centrale, Oronzo – che doveva essere un uomo assai carismatico – circondato da una quindicina di contadini torvi con tanto di pale, bastoni e forconi di fronte all'edificio fresco di costruzione, incorniciato dai lecci e dai pini, che oggi è la Dimora. Ai tempi, naturalmente, aveva un solo piano ed era poco piú di un rettangolo verniciato alla bell'e meglio, ma accanto si trovava già un cartello con cinque parole di cui le prime due illeggibili, come coperte dalla vernice nera: PALUDE DEL SALENTO.

– Da piccola mi chiedevo perché nessuno, in questa foto, sorridesse. Non era un momento di trionfo?

Antonio arriccia la bocca. – La vita doveva essere brutta, ai tempi. Si vede che questi non vedevano l'ora di tornarsene a casa dalle mogli, anziché prestarsi a sciccherie che non capivano.

DATA: 20 settembre 2023, 12.21
OGGETTO: Mary & Jane

Mentre spacchettavo ulteriori cartoni di libri, che annoverano almeno dieci edizioni diverse del *Frankenstein* in italiano e in inglese (e altrettante biografie di Mary Shelley comprensive di alcune appendici che ne riportano piú che parzialmente i carteggi), ho pensato ch'è arrivato il momento di raccontarle dell'idea per il mio romanzo.

Di tutte le autrici gotiche che ho letto, Mary Shelley è quella che sento piú vicina. Da che ricordi, ho sempre desiderato una macchina del tempo per incontrarla e chiederle delle circostanze principali della sua vita. Non tanto di quanto accadde con la cricca di Villa Diodati, John Polidori e Lord Byron, nel famoso «anno senza estate» sul lago di Ginevra: quella è la sezione meglio documentata del suo tempo. E nemmeno del periodo seguito alla morte di Percy Shelley, forse meno scintillante e piú gradevolmente ordinario, dopo patimenti generati da figli morti, tradimenti e debiti. La mia curiosità si è spesso concentrata, piuttosto, su ciò che avvenne a Villa Magni, vicino a Lerici e precisamente a San Terenzo, in Liguria.

Furono mesi difficili, quelli a Villa Magni. O almeno credo. Mary e Shelley abitavano nella villa con i coniugi Williams (Edward, e soprattutto Jane) e si parlavano a malapena. Lui sosteneva che lei fosse anaffettiva e arrogante; in realtà era concentrato su Jane, e sui soldi che non bastavano mai. Faceva a gara a chi ce l'aveva piú lungo con Byron. La competizione di cazzi della cosiddetta *Corsair Crew*, «Cricca Corsara», si giocava, in gran parte, sulla possanza delle loro barchette. Pensi che pur di fare sembrare la sua *Don Juan* piú possente, Shelley aveva fatto allungare il bompresso e aggiungere una falsa poppa con fine esclusivamente estetico. Byron era ricchissimo; Shelley in debito. Era il massimo su cui poteva puntare: le apparenze.

Per molti fu proprio la *Don Juan* truccata a uccidere Shelley, specie considerato che non sapeva nuotare. Con lui, al momento del naufragio, c'era anche Edward Williams.

Shelley e Williams erano salpati il 1° luglio 1822 alla rotta di Livorno. Stavano trafficando per fondare un giornale di nome «The Liberal», che secondo le loro teste bacate avrebbe garantito un introito costante, ed erano andati a trovare degli amici, cioè gli Hunt. L'8 luglio, incuranti delle avvisaglie d'un cielo cupo, i due s'erano messi a navigare verso casa, attesi da Mary e Jane. Il 12 luglio una lettera ignara di Leigh Hunt veniva recapitata a Villa Magni: non un campanello d'allarme, ma una sirena dispiegata. Hunt si augurava che il viaggio dei mariti fosse andato bene. Ma com'era possibile, se i due uomini non erano mai tornati?

Jane e Mary si gettarono praticamente in strada, coltivando la speranza che i mariti fossero vivi. Passarono notti nelle locande e dormirono quasi nulla fino a che, il 19 luglio, vennero a sapere dei corpi spiaggiati vicino a Livorno. Furono cremati un mese piú tardi, a Viareggio.

Mary, venticinque anni, era malferma e malnutrita. Gli Shelley erano vegetariani ma non era come essere vegetariani oggi, si suppone non avessero nemmeno le basi o i mezzi economici per un'alimentazione equilibrata. Cosí, l'autrice di *Valperga* era rimasta incinta per la quinta volta e aveva avuto un aborto spontaneo quasi letale. Di cinque bambini e bambine, del resto, solo uno ne era sopravvissuto a quel punto, cioè Percy Florence.

In tutto questo, la stessa Mary ha confermato in alcune lettere che tra lei e Jane non ci fosse un'amicizia meramente platonica. La faccenda non sorprende. Jane era stata l'ultima fiamma di Shelley, che da sempre credeva nel libero amore. Non starò qui a sottolineare che aveva già lasciato due suicide, presumibilmente per crepacuore, dietro di sé: la prima moglie Harriet Westbrook, e la sorellastra di Mary, Fanny Imlay, o cosí pare.

Dottoressa, se ha letto *L'amica geniale* di Elena Ferrante, mi capirà se scrivo che Shelley era il Nino Sarratore dei romantici. Infatti, Mary traeva godimento dal compiacerlo e aveva provato ad assecondare i suoi tentativi di realizzare un nucleo famigliare non convenzionale. Si sviluppano rami storti quando tentiamo di adeguarci alle traiettorie disegnate per noi da altre persone, ma la crescita non si arresta. La mia tesi è che dunque, sí, ci sia stato qualcosa tra le vedove. Mi sono chiesta se non fossero stati proprio i giorni di attesa di notizie sui mariti, i piú gloriosi del loro flirt. «Amore» sembra una parola grossa ma, anche qui, cosa ne sappiamo? Mary era consapevole che avremmo letto le sue lettere, forse, e dico *avremmo* perché pensava a noi; a me e a lei, alla gente che oggi passa per la Bodleian Library e a quella che oggi consulta online gli Shelley Archives e forse continuerà a farlo anche nel 2100. Vedeva lontano. Sapeva con certezza che nessuna delle parole che scriveva sarebbe rimasta sua.

Questo lungo panegirico per informarla che ho deciso di scrivere una sorta di romantizzazione del lasso di tempo in cui Mary Shelley e Jane Williams hanno cercato i mariti morti in giro per Liguria e Toscana. Il mio tropo narrativo preferito è quel che nelle fanfiction si definisce *friends to lovers*, e credo di aver bisogno di cullarmi in qualcosa che mi dia gusto e piacere, in questi giorni di aggiustamento e prima che la Dimora mi dia il suo da fare.

Piú ci penso, e piú questo romanzo mi pare un'ottima idea. Mio compito sarà mantenere una buona salute mentale. Corrispondere con lei, sebbene unilateralmente, mi aiuta; mi fa sentire meno sola e sembra dare continuità a questa metamorfosi. In momenti come questo mi sento piuttosto ottimista. Mi dico che ce la farò. Che devo concentrarmi sulle cose importanti. E la cosa importante è la mia scrittura.

Di Orlando Trispét o di qualunque altro morto, per il momento, nessuna traccia. Si può definire medium una che, in vita sua, ha visto o creduto di vedere a sei anni un paio di miseri fantasmi? La conversazione di ieri con Antonio mi ha fatta riflettere. Forse ora che papà non c'è piú ho chiuso con Milano, con la professione che ho svolto per vent'anni e probabilmente con un intero capitolo della mia storia: è tempo che inizi a mettermi in dubbio.

Nel contesto in cui sono cresciuta, il confine tra devozione e superstizione era estremamente labile. Non mi sorprenderebbe se le mie fantasie fossero state impropriamente alimentate. Chissà se le è mai venuto in mente che i miei ricordi fossero una tensostruttura montata ad arte per resistere alle intemperie psichiche di una famiglia intera. Il risultato dell'equazione tra la vita in un villaggio dimenticato negli anni Ottanta, una bambina piuttosto sola e i genitori che, sotto sotto, speravano fosse speciale.

Intanto, Alba sta trasformando una delle camere da letto vacanti del piano di sopra in una sorta di lounge di gioco e visione.

Non le ho ancora raccontato per bene di Alba, mi rendo conto. Lo farò presto. Nel frattempo, butterò giú un primo scheletro del romanzo su cui spero potranno crescere muscoli e pelle.

DATA: 24 settembre 2023, 00.55
OGGETTO: Una piccola scossa

Cara dottoressa,

spero che il silenzio degli ultimi tre giorni non l'abbia allarmata.

Sto bene.

Ho letto, mangiato, dormito, scritto, ammirato il bosco dalle finestre della camera da letto e continuato a dettagliare, con la mia roba, le scenografie della nuova casa. Ho persino tirato fuori il mio vecchio pannello di sughero su cui stanno appuntati i ritratti delle mie scrittrici e scrittori preferiti: Mary Shelley, Charles Dickens, Shirley Jackson, Mariana Enriquez, Ann Radcliffe, Henry James, Edgar Allan Poe, Stephen King, Umberto Eco, Virginia Woolf, Emily Brontë, Ursula K. Le Guin. E Courtney Love. Ok, Courtney Love non è una scrittrice, ma è lí da sempre.

Nulla che fosse degno di nota è accaduto. Fino a ieri. Quando ho preferito dormire con Alba, piuttosto che sola.

Avevamo deciso di guardare un film nella lounge. Suppongo sia questo il nome ufficioso della stanza da letto il cui riadattamento corrisponde al bisogno di personalizzare spazi che non avevano mai previsto di essere abitati da gente come noi. Presto – se tutto va bene – saremo invase dagli ospiti: entro l'inizio di novembre metterò la Dimora sui servizi online di affitto breve. L'hôtellerie non era tra i rami di impiego che avrei immaginato per me stessa, ma giochiamo le carte che ci passa il grande croupier; chiunque sia. E gli hotel mi hanno sempre affascinato.

Allegata, la solita piantina su cui conto nove ampie camere – nessuna delle quali dotata di tv per una vera «esperienza di detox digitale nel cuore selvaggio del Salento», come scriveremo sull'annuncio – con baldacchino e bagno privato.

Erano le venti, poco meno. Stavamo immerse nel crepuscolo di oro colato di una lunga e ingloriosa giornata. Ci siamo accoccolate sul divano brutto. Abbiamo bevuto svariate birre e mangiato quello che c'era in frigo, cioè quattro uova al tegame con la scamorza. Infine, ci siamo lasciate andare al palinsesto. Davano *Beetlejuice*. Non so se ce l'ha presente, dottoressa. Il film di Tim Burton del 1988.

– Incredibile, – strilla Alba, entusiasta. – Quando ero piccola sono andata a vederlo con mio padre allo Stellare, – cioè il cinema di Palude che nel frattempo ha chiuso ed è diventato un hard discount. – Chiesi alla cassiera se fosse adatto ai bambini di otto anni, e quasi mi prese per il culo. Con il senno di poi, no che non lo era –. Si mordicchia l'unghia del pollice e si abbraccia le ginocchia, divertita dallo sfoggio di maturità di quella versione *mignon* di sé. – Tu lo hai mai visto?

Scuoto la testa. La maggior parte dei film e delle serie tv le ho guardate proprio grazie ad Alba, coltivatrice di una cultura audiovisiva con cui farei fatica a rivaleggiare.

– Allora non ti dico niente, – stira le labbra, mostrandomi il diastema; una fiammella gialla di gioia accesa nelle iridi nocciola.

Le nostre anime si sono specchiate l'una negli occhi dell'altra sin da quando eravamo ragazzine. Per i nostri compagni di scuola, io ero la cessa che vedeva i morti e lei il maschiaccio leccafiche. Nelle ore di educazione fisica, quando non andavamo a fumare nei bagni, io leggevo *Giro di vite* e lei ballava da sola ascoltando *Dookie* dei Green Day nel Discman. Mentre tutte noi ci contendevamo i cerchietti color confetto e verde acqua Naj-Oleari, l'unico in-

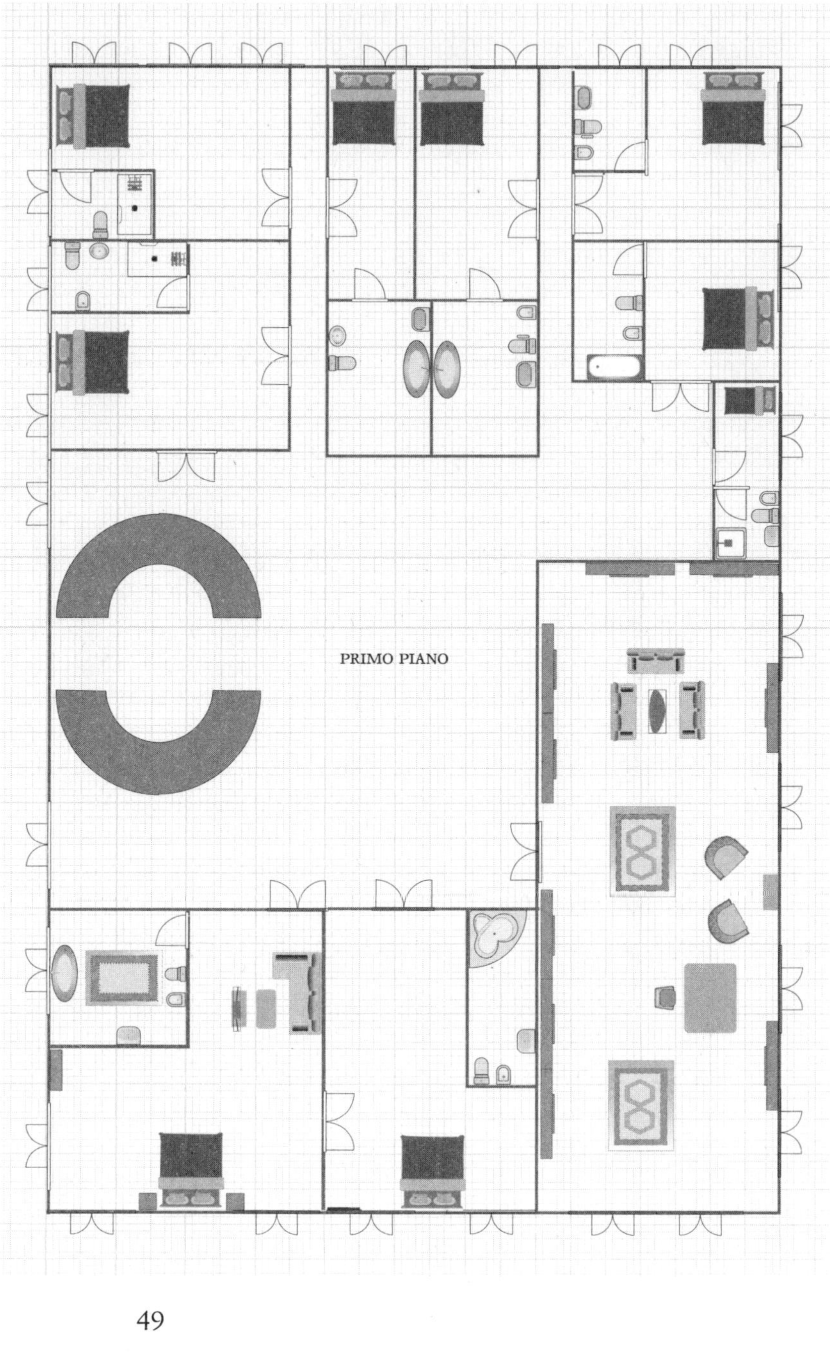
PRIMO PIANO

dossato da Alba era quello di metallo delle sue cuffie. Aveva i capelli cortissimi e li ha ancora. È sempre stata una *tomboy* – sarebbe a dire, una persona dall'espressione di genere androgina – con tocchi ora punk, ora grunge, ora rockabilly a seconda degli ascolti del periodo. Indossava, e indossa ancora, canottiere a coste candide, tagliate sulla vita con le forbici; giacche e gilet rubati a suo nonno; pantaloni corti alla caviglia. Con *creepers* in inverno e sandali francescani d'estate.

Per tutta la durata del liceo, io e Alba abbiamo condiviso sottobraccio l'aria satura di vecchia fòrmica che appestava i corridoi. Non le importava niente che mi dessero della fattucchiera, o mormorassero che mio padre era un tirchio, un bigotto e uno stronzo, anzi; la cosa la incuriosiva, la commuoveva e rafforzava – indirettamente – la sua identità di *diversa*, cioè l'unica che desiderasse e rivendicasse con orgoglio. Lei scribacchiava nel mio diario di cotte impossibili per questa o quella ragazzina piú grande e si struggeva quando finiva a fare il terzo incomodo dei maschi della scuola che, da amici, si trasformavano in rivali. Io rimuginavo su giovanotti schivi e smilzi che ascoltavano i Soundgarden o leggevano Herman Hesse, e facevano fatica a paragonare una ragazza lentigginosa, con gli occhi bistrati e un guardaroba modesto, al femminino acqua e sapone introiettato come forma platonica di fidanzata gradita alla mamma. Ma le storie di conquista di Alba mi lasciavano di rado indifferente. Ho compreso definitivamente di essere bisessuale verso i ventuno anni, durante una vacanza studio negli Stati Uniti; quando sono tornata, Alba mi ha risposto che lo aveva sempre saputo e da lí in poi è stato un dato di fatto che non meritava ulteriori spiegazioni.

So di averle detto che il mio tropo del cuore è il *friends to lovers*, ma mi creda se le dico che tra me e Alba non c'è stato, né ci sarà mai nulla dal punto di vista sentimentale e carnale. Sono figlia unica, come ben sa, e Alba è la forma umana piú prossima a una sorella che avrò mai.

In ogni caso: ho scoperto che *Beetlejuice* racconta di una coppia di fantasmi e di una giovane donna che sta piú di là, che di qua.

– Mi ha sempre ricordato te, – dice Alba quando una giovanissima Winona Ryder appare sullo schermo.

– Magari.

– Che c'entra, – Alba si stappa la terza birra, – è una medium.

– Ti ci metti anche tu? – rispondo, secca. – È ora di modificare questa narrativa.

– Oh, ma ringrazia Iddio. Quando mai ci è interessato essere *normali*? – Si gratta una guancia color fragola. – A questo proposito, c'è una cosa che devo dirti, ma non voglio sia niente di che.

Aggrotto le sopracciglia e scolo il fondo della Beck's: – Dimmi.

– Ci rifletto da un po' ma credo di averlo sempre saputo. Non mi sento una donna, – si umetta le labbra. – E neanche un uomo.

Le sfioro l'avambraccio con la bottiglia vuota. – Quali pronomi vuoi che usi?

– Ci ho pensato, ho letto parecchio. È un discorso complicato. Il neutro è maschile, in italiano, a differenza di altre lingue come l'inglese.

Annuisco. Sullo schermo continuano i fatti di *Beetlejuice*.

– Quindi chiamami come ti pare: lei, lui, loro. A me non fa differenza, – continua. – È una decisione individuale, ogni persona non binaria fa come crede. Fine.

– Will do.

– Vabbuò, – Alba si stappa un'altra birra con l'accendino e toglie il muto alla tv.

– Comunque, – dico cercando di sovrastare il volume da boiler room, – anche io sto riflettendo su…

– Aspetta. Hai sentito?

– Cosa?

Indica lo schermo: – I vivi non vogliono vedere i morti.
– Be', suppongo sia vero.
– Non vogliono o non possono? – continua, ascoltando. – Dice solo che non vogliono –.
Esita, folgorata dall'intuizione. – Non hai capito Filo, questa è la chiave di tutto.
Io mi giro una sigaretta. Sto cercando di smettere di fumare, ma non mi riesce molto bene. – La chiave di tutto in che senso?
– Trispét –. È esaltata. Incontenibile. – Hai visto solo lei in tutto questo tempo, o sbaglio?
Guardo verso il buio costipato nelle volte alte e faccio *sí* con la testa, un po' brilla.
– E se fosse questo il motivo? – continua puntando la mano a conca verso la tv. – Se vedessi i morti solo se *lo vuoi*? Spiegherebbe tutto. O se non altro, – prende il suo tabacco, – perché negli ultimi trent'anni ti si è chiusa la vena. *Non hai voluto vedere piú nessuno*.
In quel momento, la televisione si spegne e un refolo di catacomba spira dalle finestre aperte. Il respiro delle querce virgiliane, normalmente quieto e regolare, si fa singulto. Le ranocchie strepitano in lontananza, nascoste tra le mestolacce d'acqua.
La notte ci ha sorprese. Non abbiamo acceso le luci della Dimora. Né quelle esterne, né quelle interne.
Alba scatta in piedi. – Sincronicità junghiana? – Un ghigno terrorizzato.
La mia voce trema non meno della sua: – Da quand'è che leggi Jung?
– Qualche grafica di Canva su Instagram.
È allora che sentiamo un tonfo provenire dal piano di sotto.
Alba smette di sorridere. Accende la torcia del telefono e mi fa cenno di seguirla. È sempre stata lei, quella temeraria.
Usciamo dalla lounge facendoci strada nell'androne buio

del primo piano. Una porta, non so quale, delle rimanenti stanze da letto ridacchia sospinta da artigli invisibili.

– Si vede che sta venendo a piovere, – dice Alba, provando a trinciare il silenzio con i grandi incisivi seghettati.

La scala circolare di legno che conduce al piano terra scricchiola sotto i nostri piedi. Non ci siamo accorte della velocità con cui la casa è stata inghiottita dal nero campestre che il Comune non si è curato di illuminare.

Non so bene a cosa stia pensando Alba. Seguo il suo nervoso metro e sessanta di altezza senza lasciarle la mano. Il naso di coccio affilato balugina nella luce bianca dell'iPhone e indica la strada.

Alba raggiunge con successo l'interruttore maestro e da lí – specie considerato che l'intero impianto di illuminazione l'ha ammodernato lei stessa – si muove veloce e circospetta tra le stanze, accendendo tutte le luci che le capitano a tiro. Io rimango sull'ultimo gradino della scalinata, ormai ridotta a succedaneo dei miei antichi terrori.

Quando Alba entra nella mia camera da letto, la sento sghignazzare. Una risata fragorosa, di quelle catartiche che raccontano di pericolo scampato.

– Amo, – grida con tono sollevato. – Vieni, muoviti.

Il quadro dell'angelo custode sopra la testiera del mio letto, quello che avevo trovato storto al mio ritorno e s'era magicamente raddrizzato mentre non guardavo, è finito per terra. La cornice antica, a sagome passeriformi, sembra intatta, ma il vetro è percorso da una lunga filatura obliqua dall'angolo a destra, in alto, a quello a sinistra, in basso.

– Tutto a posto –. Alba si dà una bottarella su una coscia. – È caduta una vite.

Avrei voluto – mi creda, dottoressa –, avrei voluto davvero percepire lo stesso sollievo di Alba. Non ci sono riuscita. – Una vite? – punto il dito contro il muro. – È lí, la vite –. *Cristo*.

– Ah, – Alba sorride nervosamente; presa dall'*horror vacui* di un silenzio belluino, non la smette piú di ciarlare. – Eh, ci sarà stata una piccola scossa, un microsisma. Strano, però. Di solito qua non ce ne sono. Sai cosa? Dovremmo adottare un gatto. I gatti queste cose le avvertono prima –. Si gratta il naso incastonato negli zigomi bassi. – Avrebbe miagolato, che ne so.

Io mi avvicino al quadro. Passo il dito sulla filatura e cerco di motivarmi la traiettoria della caduta. – Una piccola scossa, – ripeto tra me e me. So che ci stiamo mentendo. Che quel nuovo incidente, se cosí vogliamo chiamarlo, è stato generato da *qualcuno*. Qualcuno che non s'è ancora visto, in effetti, ma è lí. E dopo molti indugi ha deciso di toglierci ogni dubbio circa la sua presenza.

– Hai ragione, – dico, tornando eretta.

– E sí, Filo, adesso guardo online, – Alba prende il telefono dalla tasca, digitando e scrollando, – ne avranno già scritto su «Palude Oggi».

– «I vivi non vogliono vedere i morti».

La mia amica solleva gli occhi dallo schermo e mi guarda fiera che la sua intuizione sia stata presa in considerazione. Mi conosce e, quando mi viene un'idea pazza, me lo legge in faccia.

DATA: 26 settembre 2023, 9.45
OGGETTO: (nessun oggetto)

A distanza di un paio di giorni, cara dottoressa, mi sento finalmente in grado di raccontarle quel che ho fatto. Sono destabilizzata, glielo premetto, e mi scuso in anticipo se questa pagina le sembrerà meno coerente o meno meticolosamente confezionata. Sono consapevole e colpevole di non averla informata in anticipo dei miei piani, ma temevo avrebbe interrotto il suo oramai oracolare silenzio soltanto per dissuadermi. Ci sono pessime idee dalle quali non desideriamo essere dissuasi.

La mattina di ieri sono stata svegliata dal cigolio dei gradini di legno; quando ho aperto gli occhi, Alba mi osservava di soppiatto dalla fessura della porta semichiusa. E fin qui, nulla di strano. Si alza sempre prima di me. Credo sia inquieta. La capisco, ci sono passata. So cosa significa allungare la mano, tra le lenzuola, verso chi non c'è. Ma l'ho già tediata sin troppo con il fallimento del mio matrimonio, dottoressa, e non è neppure sulla coincidenza fortuita per cui Alba s'è lasciata con la sua compagna, e io sono arrivata qui, che intendo soffermarmi.

– Allora non sei tu che stai ascoltando questa musica, – bisbiglia.

Nella camera da letto suona soltanto la canzone ottusa dei cardellini.

Mi tiro su. – Che significa?

– Niente, sento una musica provenire da questa stanza.

– Che tipo di musica?

Alba scosta la porta, avanza verso il letto, si siede lí dove dormiva Manfredi con la canottiera turgida sulle spalle smerigliate dalla doccia. – Una melodia dolce, come una nenia –. La canticchia.

– La conosco –. Aggrotto le sopracciglia mentre l'unghione meccanico della memoria va a pescarne il ricordo tra i cassetti polverosi dell'infanzia. Senza afferrare nulla. – Dove l'ho già sentita?

Alba scatta in piedi masticando un *vabbuò*, e annuncia che va in ufficio.

– Stai qui, – le dico. – Mi fai un caffè, se la macchina è accesa? Ti racconto il piano.

Sí, dottoressa. Il piano. Mi sono detta: se la linea di demarcazione che mi separa da Orlando Trispét è il mero esercizio della volontà, allora dissiperò ogni scetticismo e la affronterò.

Da quando sono arrivata qui – e lo sa, perché gliel'ho scritto piú di una volta – mi sono chiesta quale percentuale dei miei ricordi sia realtà e quale superstizione o suggestione; ma non posso negarlo, un peso mi grava sul cuore. Suppongo che nemmeno i ciarlatani – i finti maghi che si approfittano della credulità e della disperazione altrui – conducano una vita del tutto serena. Semplicemente *concepire* la possibilità di contattare l'aldilà significa sospettare che vivi e morti abitino dimensioni contigue i cui confini minacciano continuamente di dissolversi.

Ma comprenderà bene che l'interrogazione delle mie capacità somigli all'interrogazione della mia stessa identità.

Dal giorno in cui ho visto Orlando Trispét, i miei genitori e i miei nonni mi hanno tenuta lontana dalla Dimora. Non ho ricordi, in questa casa, oltre i miei sei anni; se non quelli che ho scordato perché ero troppo piccola.

Tutta la piramide della mia vita è stata edificata su quanto ha detto il Santo.

Mi sono appassionata alla letteratura gotica perché la morte mi chiamava, ma pure tappandomi le orecchie non riuscivo a fuggire il richiamo. Sarei stata la stria ca ite li muerti altrove e nei miei termini, sublimando il mio talento in qualcosa di meno imbarazzante.

Sono, dunque, scappata per tornare. Mi pare di essermi allontanata soltanto per avvicinarmi e sondare, finalmente, il mio mistero. Ma è tempo: oh, è tempo, dottoressa!

Cosí, dopo aver bevuto un caffè, io e Alba ci siamo messe nello studio di papà e abbiamo fatto un primo esperimento. Era il giorno giusto, il momento giusto. Lo sentivo. La pioggia accarezzava la calce della facciata e gli infissi delle finestre alla francese, superando a bracciate grosse la boa dell'estate. Il petricore galvanizzava l'aria. Mio padre mi guardava in tralice tra i boccoli di chierichetto del suo ritratto di bambino.

– Sei pronta? – Alba intreccia la sua mano alla mia.

Annuisco, gli occhi ben chiusi. – Orlando Trispét! – urlo fino a farmi tremare lo sterno.

– Se ci sei, batti un colpo, – ride Alba. È il suo umorismo da signore di mezza età. Ci si fa l'abitudine, gliel'assicuro.

– Orlando Trispét! – ripeto. – Voglio vederti. Mostrati *adesso*.

Mentre dico queste parole non ho particolare strizza. Sarà perché è giorno. Perché controllo la situazione. Perché non sono sola. O perché sono una donna di quarantadue anni e qualche anticorpo, nel frattempo, me lo sono fatto: come i bambini che si rotolano nel fango fino a sviluppare immunità ai batteri.

Sta di fatto che Orlando Trispét non si presenta.

Non ci sono sibili, né rumori, né refoli torbacei. Niente di niente. Solo la frusta del diluvio sulle fronde dei lecci e degli eucalipti.

Ci separiamo, io e Alba. Lei rimane di sopra, nel frattempo ha fatto suo lo studio di papà dove non mi sarei voluta insediare in ogni caso. Piú tardi si veste e va in ufficio.

Io mi rintano nello studio del nonno, che invece credo mi appartenga. Lí, le farà piacere sapere, ho iniziato ad abbozzare *Mary & Jane*, il romanzo su Mary Shelley e Jane Williams di cui le raccontavo e senza dubbio le racconterò ancora. Il titolo non è definitivo; non si preoccupi.

Ma non mi sono fatta sorprendere dalla notte una seconda volta.

Verso le 18.30, quando la cornice dorata dell'articolo sulla fondazione del paese – che nel frattempo Antonio ha appeso – riflette l'arancio e il rosa pompelmo del sole calante, accendo tutte le luci.

La mia coinquilina rincasa. Sento in sequenza il rombo della Mito rossa, la grattugia del cancello arrugginito contro il tufo del cortile, lo strappo del freno a mano e il borbottio delle chiavi nella toppa. Alzo gli occhi dallo schermo del computer e la vedo davanti a me. No, non Alba, dottoressa.

Orlando Trispét.

Le gambe spoglie dell'ampelopsis flagellano i vetri, costrette a danzare il tango crudele del maestrale. La pioggia percuote la corteccia viva dei pini marittimi, le pellicce color antracite dei ratti, le squame cangianti dei rospi, le zampe di velluto delle lucertole, le ali opaline delle zanzare.

La finestra alla francese piú prossima alla libreria si spalanca all'improvviso. Il vetro temperato va in frantumi.

Le luci della casa si spengono all'unisono, in un coro accorato e solenne.

Eccola, la presenza insieme familiare e aberrante. Lo sciame di ragni che da decenni m'infesta i capelli, le narici, le unghie, il monte di Venere, gli interstizi tra le dita dei piedi, ciò che punta a infilarsi nei miei orifizi per possedermi dal di dentro. La storia dei terrori e dei distacchi subiti o autoimposti. Il libro impolverato di me.

Con la coda dell'occhio, percepisco le forme di Alba sulla porta. Probabilmente mi sta domandando cosa succede, perché si è accorta che sono gialla come il caglio.

«Filomena», deve starmi dicendo. E deve ripeterlo due o tre volte senza che risponda, ma quella voce prossima e sodale mi sembra infinitamente distante mentre fragoroso nelle orecchie si fa il fischio, il gorgoglio degli acquitrini, il singhiozzo delle tortore, il guaito di un branco di cani, il miagolio isterico di una masnada di gatti.

Un odore stopposo di torba mescolato a puzza di piscio e merda mi riempie le narici.

Tra le ciglia spira un nubifragio di polvere come se la sozzura di ciascuno degli angoli negletti di due piani e ventisette vani si stia contendendo le mie palpebre con l'intento specifico di sigillarle per sempre.

Una suora, sí. Orlando Trispét, a dispetto del nome, è una monaca dannata cui le fiamme dell'inferno hanno liquefatto la faccia. Non riesco a postulare altri motivi per cui il velo nero sia pietosamente calato sulle sue fattezze.

Non ha bocca, né gola, né corde vocali. Ogni cosa grida quando appare, perché a lei non è concesso.

La tonaca bianca è lorda e strappata, attraversata sulla cinta da una fusciacca colore del vinsanto.

– Orlando Trispét, – balbetto, – è passato tanto tempo.

Orlando Trispét annuisce gravemente accompagnato dallo strillo ruvido di un gheppio: una forma stupefacente di ventriloquio.

Torce il capo coperto verso destra. Verso la porta, verso Alba. Per un secondo mi sembra che la pulsione tradisca disagio. Non siamo sole, no, nemmeno stavolta, a distanza di piú di trent'anni.

– Chi sei? – dico.

Orlando Trispét solleva il braccio e tende la mano verso di me.

Dita lunari, cerulee, da cui tracimano stille di un liquido incolore che si va raccogliendo in una pozza ai suoi piedi, attorno all'avanzo di stoffa della tonaca. Una poltiglia dalla quale potrei essere catturata, o contagiata, o paralizzata. E a cui, dunque, non intendo avvicinarmi.

Non di meno mi alzo dalla sedia, senza mai distogliere lo sguardo. Sono affilata, e curva: come un falcetto.

– Chi sei? – chiedo una seconda volta, la voce piú ferma, gli occhi fissi sulla sbavatura azzurra attorno alla sagoma, sulle gocce di sostanza grigia che grondano dai palmi.

Il vento muggisce. Il cancello del cortile gracida nei cardini consunti.

– Cosa vuoi da me? – Qualcosa, nel mio esofago, comincia a bollire. Ma il vapore si condensa in lacrime. – Perché sei qui? – singhiozzo. – Lasciami in pace. *Lasciami dimenticare!*

Orlando Trispét, dunque, ritrae il palmo e stringe il pugno.

La tonaca si svuota e casca in terra, cava, nella pozzanghera; fino a sparire del tutto.

La luce torna, annunciata dal rumoroso risveglio della cucina: il trillo robotico della macchina del caffè, la lavanda vaginale della lavastoviglie, il ronzio cupido del forno a microonde.

Sbatto le palpebre e mi accorgo che Alba sta combattendo con il grecale che rende particolarmente complicato chiudere la finestra.

La finestra non è rotta.

– Era qui, vero? – dice. È spaventata. Mi stringe il braccio asciugandosi la faccia dalla pioggia tracimata dal cortile. – La musica di questa mattina, ti ricordi? Era fortissima.

– L'ho cacciata, – piagnucolo. – Ho cacciato Orlando Trispét.

– C'è stato un black-out, – continua Alba, scuotendo la testa. – T'ho visto parlare a qualcuno. Eri *altrove*. Ti ho chiamata cento volte, e non mi rispondevi. La tua bocca non si è aperta nemmeno per un attimo.

DATA: 27 settembre 2023, 18.45
OGGETTO: La falena

Cara dottoressa,

i nostri progetti si portano sulle spalle i nostri guai: soffrono le stesse pene e si ammalano delle stesse malattie. La piú fatale, tra tutte, è la combinazione tra eccesso di ambizione e assenza di autostima. Eppure, fendendo le mie insicurezze e il mio rinnovato terrore nei confronti di Orlando Trispét, sto continuando a confezionare i principali nodi di trama di *Mary & Jane*.

Stamani, laptop aperto sul tavolino di metallo, mi trovavo nel piccolo giardino sul retro della Dimora. Era mezzogiorno e iniziavo ad avere caldo; il sole ghermiva le fronde dei pini marittimi la cui promessa di riparo veniva, via via, infranta dalla luce rovente. Le chiome degli alberi, appena pettinate dalla brezza, ondeggiavano nella distanza che, da bambina, mi terrorizzava; quando giocavo qui con Annina, con Manfredi o con la nonna, mi immaginavo mille e uno scenari nei quali sarei stata lambita dall'intrico di tronchi e mai piú restituita ai pranzi e alle merende allegre, ai pisolini e alle carezze.

Dal bosco, all'improvviso, è planata nei miei pressi una creatura alata grande quanto un palmo. Il suo corpo solido pareva un escremento di labrador con la colite cui fossero stati incollati due ventagli candidi di carta di riso. Le antenne filiformi e il dorso peloso mi hanno fatta pensare a un'improbabile falena; improbabile, sí, perché le falene raramente volano di giorno e iniziano il loro viaggio al calare del sole.

Avrei archiviato volentieri questi pensieri circa la natura del lepidottero, se non mi si fosse posato sull'indice mentre scrivevo senza grande convinzione e in condizioni di crescente disagio dovuto alla calura. Sono schizzata in piedi scrollandomelo dalla mano con violenza, ma di tutta risposta è venuto a posarsi sulla mia spalla. Se qualcuno m'avesse visto – ma Alba era in ufficio – avrebbe pensato a una qualche forma di teatrodanza sperimentale.

Muovendomi in modo scomposto, mi sono resa conto di essermi avventurata a ridosso dei lecci. Il bosco sudato eppure già concesso all'autunno, a pochi centimetri, sfoggiava il suo arazzo di aghi gialli, aghi smeraldo, rami decomposti dalle piogge e stagni neri gonfi di acque che sotto il sole brillavano ma non rivelavano il fondo, né i suoi abitanti. La falena è volata oltre la staccionata, seguendo la sua traiettoria ho sentito un rumore di foglie calpestate.

Ho drizzato la mia schiena di gatta nera. La prima risposta pavloviana, di concerto, dei miei arti e del mio cervello è stata scappare oltre il giardino e verso casa. Ma non sono la stessa persona che ero, dottoressa, dopo aver incontrato Trispét grazie a un cristallino esercizio di volontà, e mi sono chiesta all'improvviso se fossi davvero riuscita a cacciarla; o se fosse ancora lí, accovacciata da qualche parte, azzurra e squallida come una lampadina al neon accesa in pieno giorno. Forse, mi sono detta, l'ho semplicemente allontanata dalla Dimora ma, da buon fantasma, non le è possibile recidere il legaccio che la àncora a questo luogo ed è costretta a vivere oltre il perimetro, seppure in prossimità delle mura che ha infestato. Forse gli spiriti rogitano e non c'è verso di fare alzare loro le tende: tutti quelli che li hanno disegnati nelle storie da focolare, nei romanzi, nei film, nei fumetti e nei videogiochi ne sapevano ben piú di me, povera medium di provincia.

Eppure, le foglie sembravano scrosciare sotto decine di piedi invisibili. Mi sono affacciata al muretto basso di pietra viva, protendendo busto e orecchie verso il dedalo di spilli, lamelle e legni.

Avevo paura. Cosí tanta che mai e poi mai mi sarebbe passato per la testa di avventurarmi per scoprire la fonte del rumore.

Finché mi sono ritratta. Ho camminato a ritroso, mimando una sorta di *moonwalk*, fino alla portafinestra della cucina. Non ho mai distolto lo sguardo dalla radura che echeggiava di quelli che – senza oramai alcuna ombra di dubbio – erano passi.

Sono entrata, ho raggiunto il mio letto e chiuso le persiane. Il suono è cessato. Ma quando mi sono distesa, lo sguardo oltre le scie di polvere fecondate dalla luce, ho visto la falena appollaiata sul lucernario.

La stessa falena del giardino. Nessun'altra.

DATA: 28 settembre 2023, 01.14
OGGETTO: Riguardo ai miei «poteri»

Cara dottoressa,

questa sera Alba ha proposto di invitare a cena Antonio.

– Oh, – mi ha preso il braccio, – ma hai visto la malumbra? E l'hai chiamata tu, addirittura? – Dopo aver consumato l'ultimo peperone ripieno al forno, Antonio stava scuoiando un acino.

Ho guardato Alba che si stava girando una canna, in cagnesco. Non si tiene niente. – Sto cercando di concentrarmi sul mio romanzo, – ho risposto portando alla bocca il calice pieno di Primitivo. – Volevo eliminare le distrazioni.

– Fa la figa, adesso, – Alba ha sorriso ad Antonio, – ma dovevi vedere com'era cacata sotto quando si è trovata la monaca davanti.

– È qui, quindi –. Antonio si è fatto il segno della croce. – Non se ne è mai andata.

I grilli frinivano, dolcissimi, nel bosco.

Di colpo, si sono acquietati: un'orchestra intera paralizzata dal gesto di un maestro invisibile, che sculacciava le tenebre palustri con una bacchetta inesistente.

– Ma hai lasciato lo stereo acceso nella tua camera di là? – Antonio stringe gli occhi come per mettere a fuoco qualcosa.

Alba sputa fumo denso di THC e picchia, in modo enfatico, le unghie sul tavolo. – Senti quella musica anche tu? Mi *perseguita*.

Antonio posiziona i palmi delle mani sui timpani: – Se ti tappi le orecchie, è ancora piú forte –. Si rivolge a me. – Tu, niente?

Io scuoto la testa e abbasso lo sguardo sul mio piatto

bianco, quasi pulito, appena illuminato dal lampadario penzolante sull'isola della cucina.

Una folata di catacomba fruscia tra le tende.

Ho un fremito.

Non è il riflesso del mio viso che vedo emergere dalla ceramica; ma, per un mero secondo, il volto di Orlando nascosto dal velo.

La visione viene alla stessa velocità con cui se ne va.

Deglutisco, e faccio finta di nulla.

Il bosco riprende a suonare.

Alba espone ad Antonio la sua teoria: secondo lei, vedo i morti solo se decido di vederli. – Facciamo il punto: la prima volta a sei anni, e anche la seconda volta ieri, la malumbra è venuta perché l'ha chiamata.

– Adesso i fantasmi *non* intendono farci paura e sono, di fatto, molto educati, – dico.

Antonio muove i capelli per ravviarli e il profumo di shampoo da supermercato soverchia l'aroma residuo dei peperoni ripieni. – Bisogna chiedere a quello, come si chiama, il mago che stava in paese.

– Il Santo, – ho la risposta pronta. – L'ho cercato qualche giorno fa. Non abita piú a Palude. Voi sapete dov'è andato?

Sia Alba che Antonio fanno spallucce.

Antonio rifiuta la canna, ma si fa una sigaretta con il tabacco. – Di cos'è che parla, questo romanzo che stai scrivendo?

– Dell'autrice di *Frankenstein*, no? – dice Alba.

– Ma non era un uomo? – chiede Antonio.

– No, Antonio, non era un uomo. Si chiamava Mary Shelley, – preciso.

– Mi state dicendo che funziona cosí, Filomena dice il nome di un morto e quello appare?

Alba abbassa e solleva le sopracciglia come un'attrice maliziosa del cinema muto. – Si dovrebbero fare altri esperimenti.

– Immagina le possibilità –. Antonio guarda verso il soffitto, le labbra protese a fare cerchietti di fumo. – Potresti provare con questa Mary.

Gli occhi di Alba iniziano a farsi piccoli e rossi. – Magari ha anche un'amica da presentarmi.

– Sicuro, guarda, – ghigno.

– Tu ridi. Ma io è un mese e mezzo che non scopo.

– Sopravviverai.

Antonio si mette una ciocca dietro l'orecchio, scende dal suo trespolo e inizia a impilare i piatti vuoti uno sull'altro raccogliendo le nostre forchette sporche. Forse sta cercando di mettere a frutto l'energia del Primitivo, o forse il tema *sesso* lo imbarazza.

– Antonio e tu? – anche Alba dev'essersi chiesta se lo zelo sparecchiatore di Antonio fosse un segnale di disagio. Solo che lei, a differenza mia, sa essere una canaglia. – Continua la *love story* con i tuoi lombrichi?

– Sí, ed è parecchio esclusiva, – dice a voce troppo alta, dandoci le spalle mentre sciacqua gli avanzi di cibo nel lavello.

– Non so molto di lombrichi, – mi inserisco cercando di salvare Antonio dall'inquisizione di Alba, – in compenso da ieri mattina c'è una strana falena nella mia stanza.

– Ieri sera, vuoi dire, – commenta Antonio.

– No, ieri mattina.

Alba finisce di succhiare la canna. – Ma quando mai le falene si vedono di giorno?

Metto una mano sul cuore per giurare che non sto mentendo. – È lí sul quadro dell'angelo anche adesso. Ha le ali bianche.

– Mo' sciamu e betimu 'sta falena, – dice Antonio, asciugandosi le dita sui jeans e dirigendosi verso la mia camera da letto.

Io e Alba lo seguiamo.

Quando entriamo, il lepidottero sta svolazzando senza itinerario.

– Ma è enorme, – Alba, sballata, protende la mano come per invitare la creatura a posarsi sul suo palmo.

Antonio, invece, tanto per fare una cosa nuova, si segna.

– Ancora con queste bigotterie? – gli dico, seccata.

– Filo, – dice puntando il dito verso la bestiola, – questa è la falena fantasma, non c'è da sbagliarsi.

Noi vociamo in modo scomposto.

Lui rimane in silenzio, orribilmente serio. – Fattelo dire da Pino, visto che a lui gli credi e a me no.

– Minchia ce le abbiamo tutte qua, eh, non ci facciamo mancare niente, – Alba dà una pacca forte sulla spalla di Antonio.

Lui, sempre piú spiritato: – Mangiano i capelli degli spettri, lo sanno tutti.

– Amo, ma Orlando Trispét, come si chiama lei, non ha il velo?

Ghigno verso Alba in segno di assenso.

– E allora a questa povera farfalla è andata proprio male! – continua a ridere.

Ma non c'è verso di strappare un sorriso ad Antonio. – Si vede che non ci sta solo Orlando Trispét, qua dentro –. A quel punto si avvicina all'interruttore e spegne la luce. – Vediamo se esce.

– Cristo, Antonio, – dico.

– Guardate.

Le ali diafane brillano di luce lunare, ma il volo della falena si interrompe. Ora sta immobile nella stanza, a mezz'aria, appollaiata nel buio.

– Sssh, – Alba si porta il dito sulle labbra. – La senti anche tu, Anto'? Adesso è fortissima.

Entrambi canticchiano la famosa melodia, all'unisono. Ancora una volta, so di conoscerla: suscita in me un senso istantaneo di protezione e di pace. Ma non so reperirla, no, dagli angoli ammuffiti dei giorni e delle notti che hanno preceduto i miei sei anni.

DATA: 1° ottobre 2023, 22.22
OGGETTO: Mary

Carissima dottoressa,

non mi sono mai sentita cosí vicina a quanto credevo fosse proibito a un essere umano. Non mi sono mai sentita cosí potente.

Per motivarle questa frase che potrà suonarle, invero, bizzarra, devo tornare a tre giorni fa: alla cena con Alba e Antonio culminata con il riconoscimento della falena fantasma.

Quella notte mi sono messa a letto inquieta. Il lepidottero ha svolazzato ancora tra le mura fino a che probabilmente, stanco o sazio, si è posato sul cuscino accanto al mio, rigido come un fossile tanto da farmi chiedere se, al mio risveglio, lo avrei ritrovato carcassa. Ma mentre riluceva nella notte, e i grilli intonavano la monotona melodia senza nome di cui sono menestrelli, sentivo la pelle del mio stesso petto stretta attorno al torace come cellophane.

A malapena respiravo. Il sospetto – suscitato da Antonio – che nella Dimora vi fossero altri spettri, oltre a quello di Orlando Trispét, mi aveva restituita al caos. Aveva ragione Alba, pensavo confusamente mentre la tramontana faceva sí che, per la prima volta o quasi da quando ero tornata a Palude, sollevassi il lenzuolo fino al mento; aveva ragione Alba, quando diceva che un esperimento era troppo poco, implicando che avrei dovuto smettere di nascondermi. Da me stessa, naturalmente. Non è quanto ho fatto finora?

E c'era la frase di Antonio. Buttata lí, in modo del tutto casuale, sulla stessa isola della cucina su cui avevo visto muoversi come formiche le dita di mia nonna quando preparava pranzi e cene straordinari per una, due, tre o venti persone; la stessa su cui Annina piegava i cavatelli con un lungo ferro incrostato di farina e Manfredi batteva le salse e la besciamella con la frusta; la stessa su cui io sedevo finché non erano stufi delle mie unghiette fangose negli impasti.

«Potresti provare con questa Mary».

All'indomani della cena, ho dunque preso a lavorare in un modo che non esito a definire febbrile. Dal diario di Mary Shelley ho annotato date e abitudini, letture e luoghi. Non mi capacito della fascinazione esercitata su di me dal rapporto tra Mary e Jane Williams; i numerosi studi e le numerose congetture sulla loro relazione consentono di reinterpretare alla luce della sensibilità contemporanea i costumi di uno dei circoli letterari piú famosi della storia; vegetarianismo, poliamore, anarchia e ribellione erano istanze quotidiane per gli Shelley e i loro amici; ed è mia intenzione conferire a queste posture il lustro di avanguardia che meritano. Ho cominciato a immaginare – ma che dico, a *vedere* – scene di consistenza cinematografica. E non ho potuto farne a meno: ho fantasticato. Quanto di piú avrei potuto fare di *Mary & Jane*, se solo avessi avuto la possibilità di chiacchierare con Mary Shelley! L'ho desiderato, dottoressa; a occhi chiusi e a occhi aperti.

Intanto, due volte il sole è sorto e due volte è tramontato. Ma questa mattina è differente da ogni altra mattina.

Il giorno è soffice e disegna mura gialle sulle mura di cemento dipinte a calce bianca. Il cinguettio dei cardellini è debole, oltre gli scuri. Vengo svegliata da una specie di fischio nelle orecchie che cessa non appena metto a fuoco quanto ho di fronte.

Una figura di spalle, china sulla toletta antica ch'era appartenuta ad Annina. Abito nero, capelli biondo tiziano raccolti sulla nuca. Scroscio d'acqua da una bacinella asciutta da trent'anni: qualcuno si sta lavando la faccia, ma lo specchio rotondo incastonato nel piccolo mobile non restituisce alcun riflesso.

– Ho conosciuto Jane il 19 settembre del 1821, a Pisa. Di primo acchito, non mi fu particolarmente simpatica –. Si volta. Due boccoli lascivi sciolti su un viso dagli zigomi protuberanti tra i quali cresce il naso; la punta quasi tocca l'apice delle labbra di filo di cotone, rosa acceso. Occhi come piscine d'inverno. – Filomena, vero?

Della voce dei fantasmi, considerato che Orlando non ha mai proferito verbo, non mi è rimasta che l'eco di un ricordo: quello della zia del Santo. La zia Giustina, di anni novantadue. Non aveva nulla di spaventoso, impastato o gutturale. Non si accompagnava a riverberi da vocoder, o alle sonorità spilliformi di un theremin. Ma non potrei definirla una voce umana a tutti gli effetti. Ciascuna parola, piuttosto, somigliava a una linea intermittente di cui solo con il tempo, l'esercizio e l'abitudine si sarebbe potuta ricostituire l'illusione di continuità.

L'eloquio di chi mi sta davanti non fa eccezione.

– Sto ancora dormendo? – sono riuscita a chiedere, mettendomi seduta tra le lenzuola.

– Non credo –. Le mani, ora, congiunte sul grembo.

Le do le spalle e metto i piedi sul pavimento. La sensazione è la stessa di sempre: freddo. Quando si sogna, non esistono temperature. Sono davvero sveglia, dunque, e convinta che la donna si dissolverà nei ricami della luce.

Mi giro e non se n'è andata via; anzi, mi guarda curiosa, apparentemente ansiosa di intavolare un dialogo. Ma io non ho nemmeno bevuto il caffè, e senza caffè lo spettro sono io.

Mi incammino verso la cucina. Il fruscio del taffetà e del tulle di gonne ampie mi segue a scarsa distanza nell'androne i cui mobili di legno scuro sono imbiancati dal mattino. Il passo di lei è lento e compassato; mi sincero una seconda volta che non sia scomparsa, e noto il collo di cigno che sporge dalle piume candide del colletto.

Schiaccio il tasto della macchina del caffè, che intona il suo ritornello.

– Vuole… un caffè? – chiedo, perché l'educazione vale qualcosa.

– Volentieri, – risponde la donna. – Sembra che mi tratterrò per un po'.

Il giorno che cola in cucina a fiotti l'attraversa.

La squadro mordendo il labbro inferiore, e ingollo il contenuto della mia tazzina ustionandomi la lingua. Gliene porgo una traboccante. – La macchina si deve riscaldare, forse non è buono, – dico.

– Oh, andrà benissimo –. Prodigioso come non conosciamo nulla della morte, dottoressa. Nulla ci prepara alla carne dei fantasmi.

La creatura che mi sto decidendo a chiamare con il suo nome, cioè «Mary Shelley», prende infatti la tazzina dalle mie mani con il suo arto aureo, e la ceramica concava non cade per terra, non finisce in frantumi, non viola la sua presenza eterea. Semplicemente, viene portata alla bocca e bevuta. Compiuto questo gesto, la pelle diafana dell'apparizione si stabilizza: da leggermente tremolante nella polvere gialla della grande stanza, si fa piú corposa e materica, perdendo un po' della sua lucentezza sovrannaturale e avvicinandosi alla medesima consistenza della mia.– Devo dirlo ad Alba, – farfuglio nella mia maglietta lilla lunga fino al ginocchio.

– Alba è la ragazza che ho visto uscire poco fa? – chiede lei. – È molto bella.

– Ma lei… – aggiungo notando che la falena fantasma è apparsa nella cucina e si è posata sui suoi capelli come un fermaglio, – è la persona che io credo sia?

– Mi hai chiamata tu.

– Sí, cioè, non proprio, ma non pensavo che sarebbe venuta per davvero, insomma, io non sono nessuno.

– Tutti siamo qualcuno –. Mary sorride. Che rarità, vedere dal vivo un sorriso ottocentesco attraverso il tempo! Ho sempre pensato che nei dipinti nessuno mostrasse i denti per via della scarsa igiene orale. Ma lei è messa piuttosto bene: ha soltanto gli incisivi superiori lievemente sovrapposti, ora un poco marroni per via del caffè. – Puoi darmi del tu. In questo momento ho circa vent'anni meno di te.

Stringo le palpebre e mi faccio restituire la tazzina. – Nel senso che sei Mary a ventidue anni?

– Venticinque. Non è forse di questo momento della mia vita, che ti occorrono le fattezze?

– Che fattezze hanno, di solito, i morti?

– Hai a disposizione sole tre domande sull'aldilà, – solleva dal palmo un tre all'inglese composto da indice, medio e anulare. – Queste sono le regole. E non le faccio io.

– Chi le fa? – chiedo d'impulso.

– Attenta, ne hai già consumate due.

– Cancella, cancella! – mi affretto a dire.

– Fatto –. Schiocca le dita. – Del resto, occorre molta piú prudenza nel concepire un quesito, che nel formulare una risposta, – sorride di nuovo. Affettata, piú che cortese.

Mary inizia dunque a esplorare la cucina. Apre e richiude credenze e cassetti, striscia il polpastrello sulle canoniche polverose, solleva il coperchio dell'avanzo della cena, lasciato per me da Alba. – Ho bisogno di chiarire che sono qui esclusivamente per mio diletto, – dice aprendo il frigorifero. – Il tuo prospetto di romanzo mi intriga.

– Ti capita spesso, – chiedo con un certo imbarazzo, – di *tornare*?

– Credi davvero che ce ne andiamo?

Mi stringo nelle spalle. – Non so bene come funzioni, – dico, – se hai bisogno di infestare una stanza specifica, per esempio. Una è occupata da Alba, ma di sopra ce ne sono altre libere.

– Presto ce ne sarà una in meno.

– Be', sí, sono venuta qui per trasformare questo posto in una specie di hotel.

Un ghigno enigmatico. – *Age quod agis*, Filomena Quarta. Fa' quello che devi fare. Il futuro si immagina da sé, se il presente ha le idee chiare.

– Posso mostrarti la casa, se vuoi.

Un'attenzione che lusinga Mary. – Vorrei vedere il giardino.

Ci dirigiamo nuovamente nell'androne. Spalanco la doppia portafinestra con infissi candidi, che folgora la vista con la cascata lussureggiante di verdi dei ginepri, dei pitosfori, dei capperi, delle palme nane, delle nandine, della salsapariglia sui dedali dei muriccioli a secco.

– Splendido, – Mary esala la parola, ma il suo petto di canarino non si gonfia. Attraverso il volto falbo e lucente nel sole delle dieci, è radiografato un teschio d'argento. – Quanto mi è mancata l'Italia.

– Eri mai stata in Salento?

– Non ricordo.

La mia ospite disumana girovaga ammirata tra le sedute e il tavolo di metallo verniciato di bianco. Accarezza le foglie già aranciate, i fiori maldestri del malvone e la facciata dove la calce appare talora scrostata e in urgente bisogno di manutenzione, apparentemente traendone godimento. Quando è piuttosto distante da me, ancora frastornata e ferma sulla soglia con la mano a visiera sulla fronte, mi sembra di vederla conversare nell'aria. Annuisce e mi si avvicina.

– Mostrami l'orto, – dice.

– L'orto? – chiedo. – Sono qui da troppo poco tempo. Non sapevo neppure che ce ne fosse uno.

Con le gambe e i piedi nudi calpesto il prato irsuto del giardino picchiettato da pietre che, mi rendo conto per la prima volta, sono incise e disegnano un sentiero.

Pietro Quarta
1943 – 2023

Paolo Quarta
1945 – 1945

Francesca «Checchina» Rizzo in Quarta
1928 – 2010

Giovanni Quarta
1926 – 1990

Gioacchino Quarta
1925 – 1925

Eugenio Quarta
1924 – 1924

Grazia Spedicato in Quarta
1907 – 1978

Giuseppe Quarta
1900 – 1960

Filippo Quarta
1891 – 1891

Alessandro Quarta
1890 – 1890

Davide Quarta
1889 – 1889

Lorena Centonze in Quarta
1863 – 1924

L'ultima pietra, illeggibile; consumata dal tempo, sasso anonimo.

Quella del trisnonno Oronzo Quarta.

Metto i piedi sui nomi dei miei antenati, sei dei quali morti di parto prematuro, ricordo che di neonati o bambini molto piccoli la mia ospite ne aveva persi tre; quattro, se si conta l'aborto spontaneo del 1822 che sarà – tra le altre cose – frequentemente menzionato in *Mary & Jane*.

Giungiamo, dunque, a un mesto ma ampio anfiteatro di terra brulla sul lato ovest della Dimora, verso il quale mi sono raramente avventurata. Tutto questo quadrante della casa e del giardino appare fatiscente, poco curato. Come se persino Alba e mio padre si fossero dimenticati della sua esistenza.

Mi si accende, all'improvviso, un ricordo. Mani abbronzate, bitorzolute, grandi ma mai minacciose, in quella terra; in quel punto. Un volto concentrato, di truciolato, che tira fuori una carota, con le iridi cervone guizzanti.

– Questo era l'orto di Manfredi, – dico quasi tra me e me.

Mary sorride con i giganteschi occhi di velluto, senza mostrare i denti, e in quello sguardo conosco la tenerezza di cui la madre della fantascienza era capace. – Un peccato che sia lasciato a sé stesso.

Il mio primo pensiero è che né io né Alba sappiamo nulla di giardinaggio. Ma il pensiero vola via cosí com'è venuto. Al suo posto, si installa una malinconia.

– Non avevo mai visto quelle pietre, – dico a Mary, indicando il sentiero che termina sotto i nostri piedi. – È triste che Manfredi e Annina non siano ricordati come parte di questa famiglia.

È triste, dottoressa, che Annina in particolare sia morta sola, in ospedale. Mia madre, che ho sentito spesso in questi giorni, e con cui ho trascorso molto tempo a ricordare – come accade quando è in buona o non ha troppo da fare –, non è mai riuscita a perdonarselo. Ma, soprattutto, a perdonarlo a mio padre. Manfredi e Annina infatti sopravvissero ai nonni, e Annina sopravvisse a Manfredi. Figli non ne avevano avuti. Lei non aveva altro posto dove andare che non fosse questa casa ma papà – già divorziato – volle, piuttosto, e insindacabilmente, chiuderla e scordarla per quindici anni; condannarla al fato del cemento disabitato perché, sí, esiste una morte delle case. Due piani rimasero sfitti, a marcire, mentre l'artrosi si mangiava le ossa di quella che era stata la sua seconda madre, e dunque la mia seconda nonna, senza che lui se ne prendesse cura.

Annina, essendo il ritratto della dignità che fu fino alla fine, mentí dicendo che sarebbe stata dai nipoti; dai figli di sua sorella che io non conobbi mai. E non li conobbi mai perché non c'erano nipoti. Si pagò un appartamento in affitto con la liquidazione fino a che non stette troppo male. Andai a trovarla una volta sola, presa dalle mie piccole imprese milanesi che sembravano grandissime. Risposi alle sue chiamate discrete sbuffando, con gli occhi al cielo perché la vecchiaia ne disarticolava il dialetto rendendolo ancor meno comprensibile. Infine, se ne andò. La piansi. La piangemmo, soprattutto io e mamma. Papà, gliel'ho detto, non era bravo con i sentimenti.

È Mary a riportarmi al presente. – Com'è dolce questa melodia, – bisbiglia, canticchiando le note che non sono ancora in grado di identificare. Le stesse che tutti sentono, tranne me.

– Se è vero che resterai un pochino, – esito, – scegli una stanza. Insisto.

Mary si solleva nuovamente le gonne all'altezza delle caviglie per non inciampare tra gli sterpi di quella porzione incolta di giardino, e si dirige in casa. – Hai un computer? – mi chiede, dandomi le spalle.

DATA: 2 ottobre 2023, 19.45
OGGETTO: Vermicompost

Cara dottoressa,

forse a questo punto pensa che io abbia maturato un paio di disturbi di personalità ma le garantisco che non sto mentendo, né tanto piú allucinando una realtà che non esiste. Mary Shelley è qui.

Ero molto ansiosa di «presentarla» ad Alba. Nel senso: ero curiosa di scoprire cosa sarebbe accaduto una volta che entrambe – la mia amica e l'inventrice de *L'ultimo uomo* – si fossero trovate nella stessa stanza. Invece, avant'ieri la stronza mi ha scritto di aver conosciuto la proprietaria del cantiere dove sta lavorando a Nardò, e una cosa ha tirato l'altra, sicché a sera si sono trovate a letto insieme. È rimasta da lei «per qualche giorno». Caterina Ingrosso, si chiama. Alba mi ha mandato una foto in cui limonano duro vicino a un ulivo, uno di quegli scatti che costituirà prova imperitura di colpo di fulmine qualora la situazione amorosa si protraesse. Vedremo se si protrarrà, oppure no. Conosco Alba da trent'anni ormai, e solo Silvia, la sua ex compagna, è riuscita a legarla per piú di qualche mese di screzi, pomiciate e bugie.

L'assenza di Alba ha generato giornate piuttosto solitarie, insomma. Ma è stato un bene. Ho canalizzato le energie nella scrittura. La mia è una prima stesura fallata come ogni prima stesura, certo, ma *Mary & Jane* procede: ce la sto facendo. Il romanzo prende forma.

La protagonista titolare di *Mary & Jane*, intanto, ha deciso di infestare la camera da letto di fronte a quella di Alba, al piano di sopra. Ma la sorprenderà sapere che, nelle ultime settantadue ore, ci siamo viste pochissimo. Ha detto che mi avrebbe lasciato alle mie faccende e che non voleva disturbarmi, almeno per il momento, ma mi pare abbia una certa dipendenza da internet. È dall'ultima lettera che le ho inviato che sta con il viso di spettro nel vecchio computer di mio padre, assorta come un'adolescente.

Sono andata ogni cinque o sei ore a bussare alla sua porta per chiederle se volesse qualcosa, o se potessi esserle utile in qualche modo. In realtà ero curiosa di vedere cosa stesse facendo, ma soprattutto non stavo nella pelle all'idea di poterle parlare. Del mio romanzo, naturalmente. Immagini cosa significa avere in casa, a pochi metri, il proprio personaggio principale morto da quasi due secoli.

La mia attesa di un colloquio con Mary è terminata soltanto stamattina. Erano le 10 quando le ho portato il caffè della nostra becera macchinetta, che sembra gradire molto, senza particolari speranze di dissuaderla da qualunque cosa stesse facendo. Sono penetrata nella camera da letto i cui scuri sono rimasti chiusi da quando vi si è installata, ma non appena mi ha vista comparire nella fessura della porta, ha spento e mi ha guardata.

– Sono pronta, – ha detto.

Lei mi conosce, dottoressa, e sa che sono una persona sensibile ai bisogni altrui. Ho appreso da quando ero molto piccola a rimpicciolirmi per lasciare che le persone attorno a me si ingrandiscano, sarebbe a dire si espandano fino a sentirsi a loro agio. Non ho potuto, infatti, dimenticare una delle prime cose che Mary mi ha detto quando è arrivata alla Dimora, cioè di trovarsi qui esclusivamente per suo diletto. La frase, alle mie orecchie, ha assunto le connotazioni di un comando: «lasciami fare quello che mi pare». Cosí ho fatto. E non avrei insistito, glielo giuro, non l'avrei richiamata alle mie necessità se lei stessa non avesse deciso altrimenti.

– Pronta per cosa? – chiedo.

Mary sorride. – Per esplorare il Salento.

Con naturalezza siamo scese verso la mia macchina parcheggiata in cortile, sotto un cielo grigio che finalmente lasciava risplendere i rossi, i gialli e gli arancio di un autunno oramai ingordo. Gli aghi castani dei pini e le foglie scrollate dalle spalle dei lecci come forfora hanno sopportato la para alta dei miei Dr. Martens mentre Mary, la compostezza degli abiti inalterata, annusava la fragranza della terra benedetta dalle piogge intermittenti. Due o tre lacrime sono cadute dalle nubi sui capelli miei e della mia compagna, la cui illusione di umanità si fa via via piú cospicua.

Mentre io aprivo il cancello arrugginito, a Mary non è parso bizzarro salire in un'automobile, comporre le gonne vaporose sulle gambe come un fazzoletto i cui lembi vengono fatti combaciare meticolosamente, e chiudere lo sportello. Quando mi sono infilata, a mia volta, nell'abitacolo e l'ho guardata, ho immaginato che fossimo strette di fianco in una carrozza dalla sembianza trasfigurata nei secoli e mi sono chiesta, dottoressa, fatto assai curioso, se davvero fosse quella la prima volta che ci accompagnavamo l'una all'altra.

Arrivate sul sentiero sterrato oltre la Dimora, il viso di Mary si è perduto nelle campagne salentine pigre, che allo smontare dell'estate dormono lontano dagli scatti probatori dei turisti. Fino a che non ha trafugato il mio telefono e s'è messa a scrollare reel di gatti, emettendo singulti di gioia.

– Avrei delle domande, – ho sussurrato allora. Era il momento di farsi avanti.

Mary ha sollevato il mento dallo schermo, gettandosi il cellulare in grembo. – Ho dovuto prepararmi, per risponderti.

– Cosa intendi?

– Sono morta da quasi due secoli, – ha detto, – in questi giorni ho ripassato i miei diari. Li ho letti da cima a fondo. Mi erano rimaste le sensazioni. Non i fatti –. Un lento movimento del capo verso il finestrino. – I fatti erano sbiaditi o in disordine.

– Capisco, – ho detto ignorando deliberatamente il cartello per il centro di Palude, allargando verso i sentieri sterrati per favorire il giro panoramico.

– Sono mostri, gli ulivi, – ha ripreso Mary, trasognata. – Sebbene metà della chioma perisca, l'altra sopravvive.

Non mi è sembrata, nel complesso, l'occasione opportuna per raccontarle dell'epidemia di xylella. Mi sono limitata a muovere la testa in segno di assenso. Senza perdermi d'animo ho calato l'asso di denari sul tavolo. – Dov'è Percy?

– L'ultima volta che l'ho visto mi ha detto che sarebbe rimasto per qualche tempo a Viareggio –. Nessun cenno di emozione.

– Quindi infesta il luogo dove è morto, il Golfo dei Poeti?

– Va e viene. Ma nel complesso, – si è ravviata una delle ciocche penzolanti sul viso, – gode della sua celebrità da quelle parti.

– Tu, invece, sei famosa ovunque.

– Per un romanzo scritto a diciannove anni, sí. Gli altri sono stati meno fortunati.

– Quando Percy è morto, e tu hai stretto amicizia con Jane, avevi concluso la storia d'amore morale tra Castruccio Castracani e la contessa Eutanasia. *Valperga*.

La pioggia ha iniziato a scrosciare sul parabrezza.

– Era difficile concentrarsi, a San Terenzo. Avevo perso un altro figlio. Jane cantava e suonava a ogni ora. Divinamente, per giunta –. Le labbra dischiuse. – E Percy la incalzava come il cane incalza la volpe nelle battute di caccia.

– Non succede piú, grazie al cielo.

Mary mi ha guardata perplessa. – Gli uomini non puntano famelici le donne, in questo tempo?

– Intendevo che la caccia alla volpe è proibita.

Ha serrato la mandibola. – I nostri cuori, dilaniati da denti di cucciolo cui tutto si perdona.

– Non lo amavi piú?

– La mia compassione va alle volpi.

Mary, a quel punto, mi osservava intensamente con le piscine d'inverno in fiamme. Proprio allora mi è sembrato che i tergicristalli non facessero il loro dovere, o che oltre il parabrezza non ci fosse piú la prateria senza segreti del mattino, ma un banco di fumo che occludeva ogni visuale. Ho sterzato verso quanto il mio intuito suggeriva essere il ciglio della strada e sentito che la ruota sinistra frontale, nella manovra subitanea e imponderata, perdeva l'asse. Ho spento il motore.

– Che cazzo è successo? – ho detto a una Mary impassibile.

Il volante non girava da una parte, né dall'altra. Ho aperto lo sportello. E mi sono resa conto che la nebbia non era fuori, ma dentro l'abitacolo.

Uscita dall'auto mi sono guardata attorno, ancora immersa in una nube. Ho recuperato il telefono per chiamare il carro attrezzi. Ma non appena la bruma generata dall'ira della mia ospite fantastica si è diradata, mi sono accorta che ci trovavamo nel pieno centro di Palude, a pochi passi dalla chiesa madre e dal bar *Tiziano*.

– Mary, – ho detto abbassandomi sul finestrino, all'altezza del posto passeggero da cui lei, torva, non s'era ancora mossa, intenta a spegnere l'incendio della memoria, – ma ci hai portate tu in paese?

Cioè, l'ultimo posto dove sarei voluta andare.

Le gonne nere di Mary riprendono forma circolare sui sanpietrini dello slargo, all'ombra della grande croce di ferro della chiesa madre proiettata sul selciato dal sole che, nel frattempo, è ricomparso. Si passa le dita, strette una contro l'altra, sulla fronte e sulle guance per fugare il vecchio scherno. E io apprendo la lezione: Percy Shelley è non solo argomento sensibile, ma pericoloso.

Intanto, percorsa da una scossa di *orrore*, mi accorgo di trovarmi davanti alla signora Pina Mazzotta.

Pina è incartapecorita, sí, ma non irriconoscibile. Curva, malmostosa come la ricordavo, di nero vestita perché non ha mai dismesso il lutto, fiera della dentiera lustra, sormontata dall'ombrello grigio gualcito ancora aperto sulla testa velata di pizzo. Anche se non piove piú da un pezzo.

– Uarda acquai, – cioè «guarda qui», esclama avvicinandosi a me come per sincerarsi che sia proprio io. – Filomena Quarta! Me lo dissero che eri tornata!

Dottoressa, non le farò una colpa se non ricorda chi sia Pina Mazzotta, ma le ho detto di lei, come di altri abitanti di questo paese. Ricorda? Dopo la mia visione di Orlando, gran parte del popolo di Palude aveva preso a questuare davanti alla mia porta pensando che fossi una versione *ante litteram* del bambino de *Il sesto senso* di M. Night Shyamalan. Ecco. Pina Mazzotta continua a ossessionarmi circa una questione misteriosa legata al marito scomparso, che non desiderava spiegare nel dettaglio. Pensava che, essendo io *la stria ca ite li muerti*, lo avrei capito da me grazie al dono della chiaroveggenza e della comunicazione con l'aldilà.

– Buongiorno signora Mazzotta, – sussurro celando il fastidio, e l'imbarazzo, tanto piú che Mary si sta posizionando al mio fianco. – Come sta?

– Eh, – accompagna l'interiezione con il dorso basculante della mano, – 'nzomma.

– La trovo bene.

– E io pure trovo bene a te. Certo, il tempo passa per tutti.

– Ti sta dicendo che sei invecchiata, – ride Mary.

– Non è per dire che si è invecchiata pure lei signorina, eh, – si corregge Pina Mazzotta come l'avesse sentita. – È per dire che perfino la tramuntana dura tre giurni: nasce, pasce, – cioè soffia, – e more. E io di fiato non ne tengo piú.

Mary è divertita. – Per quale motivo, dunque, sprecarlo con te?

Mazzotta aggrotta le sopracciglia e si guarda attorno

come se, di nuovo, l'avesse sentita. E dice: – Mi dispiace per suo padre. Vero è che si era fatto parecchi nemici, qui in paese. Ma è brutto finire cosí.

– Nemici è una parola forte, signora Pina.

– Un favore negato di là, una tirchieria di troppo, un lavoro fatto alla sanfason, – che sarebbe la dialettizzazione del francese *sans façon*, senza maniera, cioè a caso, – e debiti. Tanti debiti –. Scuote la testa. Era un giudizio senza appello: mio padre, per Pina, e certamente per molti altri, era un lestofante.

Mary si fa seria.

– Lei, piuttosto... – continua, – dice che mo' trasformate la casa di Nino in un hotel.

– In un Bed&Breakfast.

– Farete bei turnisi. Ma certo ci sta quella questione, – si tende verso di me, come per non farsi udire non si sa bene da chi. – La malumbra... comu faciti?

Dalla famosa cena in cui ho visto Orlando Trispét fugacemente riflessa nel mio piatto vuoto, lo spettro sembra essersi vanificato. Per fortuna. E mi sento colpevole di non aver avvisato Mary della sua presenza, attuale o inattuale che sia. Avevo e ho paura di farlo per tutte le ragioni che seguono.

La prima: Mary potrebbe esserne turbata e decidere di andarsene; ma io ho bisogno di lei per completare il mio romanzo. E non ho intenzione di spaventarla o sobillare in alcun modo un suo possibile allontanamento.

La seconda: Mary potrebbe decidere di andare a fondo e rievocarla lei stessa, accidentalmente o meno. Non so bene come funzioni tra i morti e, come le ho riportato fedelmente, sembra che agli spettri si possano porre solo tre domande oculatissime sull'aldilà.

La terza, piú banale: non vedo perché crearmi problemi, quando ne ho già cosí tanti.

Ho, dunque, tagliato corto. – Ora devo andare, signora Mazzotta.

Mary sembra distratta, rapita dal rosone istoriato della chiesa madre e sta lí, apparentemente annoiata dalla conversazione, con il naso adunco all'insú.

– Aspettate, – Pina Mazzotta mi stringe le falangi svuotate dall'osteoporosi sull'avambraccio. E punta le pupille a spillo sulla faccia. – Ma voi… *il dono*, ce lo avete sempre?

Oltre trent'anni sono passati, ma la signora torna all'attacco. Non rispondo nulla. Apro e chiudo le labbra senza fiatare, esterrefatta dalla protervia.

– Non è che vi voglio tormentare…

– Lo avete già fatto, signora, e per molti anni, – sbotto.

– … ma ora io tra poco me ne vado intru allu 'nchiàutu, – cioè «nella bara», – e devo sapere come comportarmi quando lo incontro.

– Ma chi, signora?

– Marituma.

– I suoi sospetti sul marito sono interamente fondati, – interviene Mary ad alta voce. – Il signor Mazzotta Saverio e la signora Longo Concetta sono stati amanti prima e dopo il matrimonio con la qui presente signora Mazzotta, per un appassionato totale di venticinque anni –. Un bagliore negli occhi. – E l'anello di brillanti della madre non è andato perduto, lo ha preso Saverio per regalarlo a Concetta, che lo tiene da sempre sotto il materasso, cimelio ammantato di devozione, vittoria e vergogna.

La signora indietreggia. Terrore e sconcerto hanno appesantito le palpebre cascanti. – Che avete detto?

– Io non ho detto niente, signora Mazzotta.

– Masciara, – sussurra, dandomi le spalle e zoppicando lontano da me, e da Mary, piú velocemente di quanto la sua artrosi consenta.

– Carina, – mi volto verso Mary. – Mi ha dato anche della strega –. Ma qualcosa, effettivamente, non mi torna.

– Chiunque può udire la nostra voce, se siamo molto vicini, – Mary si sistema il colletto di pizzo. – Ma nella maggior parte dei casi la confonde con i propri pensieri.

– Ho capito, Mary, ma lei non ha confuso niente. Ti ha proprio *sentito*.

– Perché ha davvero già un piede da questa parte, – si porta la mano verso la spalla. – Non le resta molto.

Sospiro e mi accorgo che, esattamente dall'altro lato della strada, Antonio è accovacciato davanti al bar *Tiziano* di cui sta pulendo i vetri.

È la prima volta che Mary incontra Antonio, ma non posso rivelare ad Antonio la presenza di Mary. Perché, proprio mentre camminiamo nella sua direzione, dal locale sbuca suo padre, cioè il titolare.

– Ecco l'ereditiera, – dice Tiziano non appena mi vede, nel suo italiano forbito di ex poliziotto. Un ex poliziotto che come *side business*, per cosí dire, vende colazioni e aperitivi da quando io e Antonio abbiamo iniziato ad andare al liceo, cioè – circa – dal 1994.

Antonio ha il viso scuro, ma Mary gli si avvicina. Gli accarezza i capelli castano chiaro con tenerezza istintuale, gli annusa il collo. Lui non la vede, né può sospettare che si trovi lí, ma chiude gli occhi per un secondo, presumibilmente scambiando il contatto con lo spettro per una moina del refolo autunnale.

– Buongiorno a lei, ispettore Pascalis, – replico.

Poliziotto una volta, poliziotto per sempre. Anche dopo la pensione. Tiziano Pascalis è una torre di uomo con la mascella e le spalle quadrate, i capelli e la barba acconciati nella forma di parallelepipedo. Quando io e Antonio eravamo bambini che imbrattavano le strade con i gessi colorati, i suoi occhi cerulei, ma privi degli arazzi screziati dell'iride, mi raggelavano. Non mi piaceva fermarmi a pranzo dai Pascalis se anche lui era a tavola, cosa che per fortuna non capitava spesso. Era irascibile e nervoso. Se Antonio versava per sbaglio un bicchiere d'acqua sulla tovaglia, Tiziano si metteva a urlare finché il figlio abbassava il mento gettandomi sguardi che tradivano sopruso e imbarazzo. Mi sono chiesta spesso se lo picchiasse. E se non lo picchiava, cosa che Antonio a fatica rivelerebbe, se e in quale misura dispiegasse l'arsenale delle maniere subdole e manipolatorie dei padri non platealmente violenti, ma non di meno abusanti, per tagliuzzarlo e farne il bonsai di famiglia.

– Tu che hai studiato nelle grandi scuole del Nord e ormai sei una giornalista famosa, – continua Tiziano spazzolandosi la maglietta blu a maniche corte stinta dai molti lavaggi, – forse mi puoi aiutare a indirizzare questo buono a nulla a qualcosa di concreto.

– Non faccio piú la giornalista, – rispondo.

Mary, di fianco a me, gli riserva un'occhiata muta in tralice che non suggerisce nulla di positivo.

Antonio, come se non fossero passati trent'anni dai nostri orribili pranzi, stringe le labbra come allora, e non fiata.

– Suo figlio mi ha tirata fuori da una situazione molto complicata alcuni giorni fa, – rispondo cercando, con lo sguardo, la sua complicità. – Dipende da cosa intende per «buono a nulla».

Tiziano chiude la mano spellata sulla nuca del figlio. – Sua madre vuole mandarlo dalla psicologa perché dice che ha la depressione. Sta sempre con la testa alla campagna. Traffica di continuo con i lombrichi. Uno schifo. Dico bene, Antò? – La mano scollata dalla nuca per il tempo necessario a dargli un buffetto. – Guarda qua che unghie nere, – gli prende il pollice con due dita.

Antonio sussulta. – Si chiama vermicompost.

– Gli ho detto che l'ho già venduto, il podere a cui s'è appassionato –. Che paura, quella stizza bonaria che ben conosco, che di bonario non ha nulla. – È ora di dedicarsi alle cose serie. Cioè, – si volta e allarga le braccia verso la vetrina, – al bar.

– Il bar è stata un'idea tua, papà. Si chiama bar *Tiziano*, non bar *Antonio*.

Mary si acquatta vicino al mio orecchio. – Digli dell'orto.

Unisco i puntini. – Puoi fare il vermicompost da me!
– Da te?
Annuisco. – C'è l'orto di Manfredi dietro la casa. È enorme e secco. Nessuno lo cura da decenni.
Tiziano mi squadra con malcelato scetticismo.
– Sai anche cucinare vero, Antonio? Possiamo fare pagare il vitto agli ospiti del B&B –. Parole che sputo senza pensarci troppo. – I guadagni andrebbero interamente a te.
Il padre si mette a ridere. – Sono nato qui nel 1953. Turisti non ce ne sono mai stati. La casa di Nino e Pietro è ai confini del paese. In piú c'è la mal...
– Smettila, – sibila Antonio tra i denti.
– Voi ragazzi dimenticate i *se*. Dite «farò», «dirò». Ma voi non avete fatto, né detto niente. Abbiamo fatto e detto noi, al posto vostro.
– Noi ragazzi abbiamo piú di quarant'anni, ispettore Pascalis.
– Che uomo sgradevole, – puntualizza Mary mentre alcuni clienti entrano a bere un caffè. La circostanza salva lei, me e Antonio da un prosieguo della conversazione.
Con Antonio rimaniamo d'accordo che si paleserà in questi giorni alla Dimora Quarta per visionare il possibile lavoro. Con il senno di poi, mi chiedo se Mary non mi abbia condotto in paese con il fine della conversazione di cui le ho appena raccontato. Sarebbe nel suo stile. In vita, costruiva comunità. Sembra si sia presa a cuore la mia.

DATA: 3 ottobre 2023, 13.05
OGGETTO: Jane

Cara dottoressa,

questa mattina, Mary ha voluto ascoltare me sulla storia della mia famiglia.

È una donna elegante, non dà l'impressione di prestare orecchio sperando che venga presto il suo turno di parlare. Sono innamorata della sua grazia. Non mi capacito dell'onore di esserle accanto e faccio una gran fatica a dosare la mia curiosità nei suoi confronti.

Ho raccontato della fondazione di Palude da parte del mio trisnonno Oronzo, che giace nel tabbuto sigillato di una storia per lo piú inconoscibile. Della terra ereditata dal suo datore di lavoro che, assieme a un manipolo di paesani limitrofi, desiderò fare fruttare nel segno che avrebbe contraddistinto i maschi Quarta: la costruzione. Mi sono, dunque, avventurata fino al furto che è costato la vita a papà.

– Esistono generazioni tese all'accumulo, e generazioni tese alla dissipazione, – sospira Mary. – A quale appartieni?

– Sono la prima femmina dei Quarta, – dico mettendo l'acqua sul fuoco, lo sguardo oltre i vetri della grande finestra sul lavello e verso i cespugli di erica, rosa a dispetto del cielo cinereo, – ma l'unica cosa che ho costruito sono una manciata di articoli.

– *Il sovrannaturale radcliffiano ne «Il nome della rosa» di Umberto Eco*: ti ho cercata su Google.

Calo la pasta e sorrido. – Di quel pezzo vado ancora fiera. Non posso dire lo stesso di tanti altri assemblati di fretta, pagata due lire bucate, senza contratto e senza ferie.

– Dalla mia passione nei confronti delle biografie, –

Mary ne è stata eccellente compilatrice, – ho imparato che gentildonna è la fine.

– Cosa significa?

– Giudicare *in itinere* successo e insuccesso, talento e sua mancanza, fortuna e disgrazia, è malcostume dei vivi.

– Ma funziona cosí, – mi volto a guardarla. – Come altro dovrebbe funzionare?

– Sii paziente, – dice aprendo un libro sottratto ai miei scaffali. – Ci sono fiori che sbocciano in inverno.

Pranzo sull'isola della cucina in silenzio; Mary è immersa in *Povere creature!* di Alasdair Gray, romanzo che sostiene di aver aiutato a confezionare, nonostante la memoria spesso la tradisca. Le orecchie non mi fischiano quando mi trovo in sua compagnia; sono, perciò, nelle condizioni di godere del silenzio rurale generato dall'affaccendarsi delle bestie che non vedo, ma so diramarsi ovunque mordendo tronchi, depositando uova e infondendo la gruviera dei muri a calce di odori che il naso umano non decodifica.

A proposito di bestie: la falena fantasma, quando siamo in casa, non abbandona mai Mary e ne mastica i capelli biondi che non subiscono l'umidità degli acquitrini, a differenza dei miei in cui la spazzola penetra a fatica.

Dopo un pranzo modesto a base di maccheroni al formaggio, risultato della mia incuria quando si viene a quel gesto tanto necessario quanto tedioso che è fare la spesa, mi poggio sul letto vinta dal triptofano. Nonostante siano circa le 14, le nuvole grigie dissipano il calore ormai obsoleto di ottobre e fanno sí che metta felpa e calze. Serro gli scuri per riposare.

Mary apre la porta socchiusa ed entra nella camera. Senza dire nulla, si stende al mio fianco con le braccia a fiocco, la testa poggiata sui palmi delle mani e le gonne impalpabili di taffetà che sfiorano i miei polpacci. Come sottolinea spesso, la sua pelle non irradia piú la scala di azzurri che pare essere propria degli spettri in condizioni di scarsa luce, ma mantiene una fosforescenza slavata che la distingue dagli esseri viventi. Specie considerato che il suo petto non si alza e non si abbassa; non si amplia, né si contrae.

– A che punto sei, con il nuovo manoscritto? – mi chiede mentre la falena, dai capelli, si posa sul suo naso e sbatte le ali prima di mettersi a riposo.

– Non sarà una cosa lunga, – rispondo. – Quindi, oltre la metà.

– Avrò occasione di leggerlo?

– Sarebbe un sogno, – mi appollaio su un gomito rimirando il suo profilo, e dissimulando l'eccitazione.

– Si possono assumere posture differenti in relazione alla propria scrittura. Si può desiderare l'intervento altrui, o meno –. La falena vola sulla cornice del dipinto dell'angelo sulla testiera. – Noi lavoravamo di continuo alle opere gli uni degli altri. Io e Percy, Percy e mio padre, mio padre e io, Percy e me, io e Byron, Percy e Byron...

– Non ci deve essere nulla di piú soddisfacente di accompagnarsi a cosí tanti talenti, – dico. – Le conversazioni, gli scambi, le letture reciproche, l'appartenenza. Sapere che tu, e i tuoi amici, state dando forma a un'epoca.

– Siamo stati questo, non è vero? Scultori del nostro tempo –. Mary stira malinconicamente le labbra in un sorriso rivolto al soffitto. – Ma non sono sicura che avessimo cognizione del tempo. Come non ne hai tu –. Si gira verso di me e sbatte le palpebre. «Nessuna lingua può esprimere quanto odiassi la nostra casa e la campagna che la circondava».

Mentre queste parole, celesti e nitide come se a pronunciarle fosse l'occulta voce di Dio, mi riempiono il petto, una saetta solca le tenebre senza confini di un cielo che non è quello del Salento.

So di averle chiesto, e di chiederle, dottoressa, piú sospensione dell'incredulità di quanta sia possibile richiedere a chiunque. Ma porti pazienza, la prego. Perché quanto accade da questo momento in poi, ne comanderà una dose ancora maggiore.

San Terenzo, 8 luglio 1822
Mezzanotte, Villa Magni

Copro le orecchie con le mani per proteggerle dal boato del tuono.

L'acqua ulula. Sento la testa leggera e le gambe pesanti. Quando guardo in basso, mi accorgo che il cotone candido della camicia da notte schiaffeggia la balaustra di cemento a pochi centimetri dalle mie cosce.

Poggio le mani sul parapetto. La cresta pallida delle onde è sputo degli angeli. Il giovane uomo che, malauguratamente, ben conosco mi fissa inamovibile, muto, nei vestiti asciutti della mattina in cui è partito. In piedi, tra le onde. Sbatto le palpebre e non c'è piú. Urlo il suo nome con tutto il fiato nei polmoni. Finché qualcuno urla il mio.

«*Mary!*» *Una donna, ampio scialle tra le mani, marcia verso di me; i boccoli rotondi, lunghi fino alla spalla, spruzzati di diluvio.* «*Vieni immediatamente dentro!*»

Mi avvolge nello scialle.

«*Se l'è preso il mare*», *grido,* «*se l'è preso! È venuto a dirmelo!*» *La bocca impastata dalla biacca dell'influenza mi rende inarticolata, incomprensibile a me stessa.*

Le ginocchia tremano e mi accovaccio mentre le braccia della mia amica mi cingono e provano a sollevarmi di peso.

Il fuoco scoppietta nel salotto tetro di Villa Magni: un'altra estate che somiglia all'inverno.

Claire, sorellastra, sta in ginocchio di fronte al caminetto e sistema i ceppi con una lunga pinza nera, le gonne rosa antico sparse sul pavimento in graniglia. Le cade un orecchino. Lo cerca, con il palmo aperto, quando mi vede. «*I bambini dormono», dice distogliendo lo sguardo dalla mia misera apparizione per proiettarlo nuovamente sulla fiamma viva. «Fai piano. Non vorrai che ti vedano in questo stato».*

Soffoco i miei singhiozzi con una mano.

«Non perdiamo le speranze». Jane, bambola di legno laccato, mi accarezza. «Avremo presto notizie dei nostri mariti».

Scuoto la testa. «L'ho visto tra le onde. Era lui».

«È la febbre».

Ora, Jane è una donna con una sua sensibilità, ma non è certo dotata di grande immaginazione; non è affatto suggestionabile, né nei sogni, né in altre situazioni.

«Sai che può farlo. Lo sai! Tu stessa lo hai visto sdoppiarsi prima che partisse, ti ricordi? Era sulla terrazza con te, ma non aveva mai lasciato la sua stanza».

«Ti ho detto di non svegliare i bambini», interrompe Claire.

«Ho creduto di vederlo, Mary», Jane profuma di albicocche, «ma era superstizione».

«E il sogno? Ti ricordi del suo sogno prima di partire?» la incalzo, le strizzo le spalle fasciate dall'abito, la scuoto. «Alzati, Shelley, la casa è allagata».

«Dormirai con me, questa notte».

Jane mi punta con iridi di damasco azzurro. Labbra intirizzite disegnate da un pittore quattrocentesco incapace di decidersi a favore della stilizzazione o del realismo. Gote tese. Questo era il volto amato da Percy; questo è il volto che ha rimpianto, annegando. Non il mio. Da quando si sono stretti la mano a Pisa, e lui l'ha sentita intonare una melodia ipnotizzante con il sirtaki, la mia sagoma si è svuotata fino a restare contorno.

L'ombra di Fanny, che si è uccisa con il laudano. L'ombra di Harriet, incinta, soffocata dal fiume. Sono state loro ad afferrare Shelley per le caviglie; loro, a legarlo al fondale limaccioso con il filo di diamante.

Stringo le mani di Jane, che fa un cenno del capo a Claire: «La metto a letto».

Mi lascio scortare verso la stanza dei Williams.

Il mare sbraita oltre i vetri. Di nuovo, mentre percorriamo la scala verso il piano di sotto, Shelley mi fissa dalla finestra; gli abiti asciutti di una stoffa che non appartiene a questo mondo.

«È morto», mormoro.

Io sono ancora viva.

In camera, Jane apre il cassettone e ne trae un panno pulito. Lo passa sui miei capelli sciolti, che ancora grondano sulla schiena. Mi sveste. Nel farlo mi bacia una guancia e scende giú per il collo, facendo rotta verso lo sterno e suggendo le gocce residue, una a una. Mi accarezza il seno nudo con le dita, disegna un cerchio attorno ai bottoni dei capezzoli e bisbiglia che l'aborto mi ha indebolito e tutto ciò di cui necessito è riposo tra braccia sicure.

I nostri corpi non sono estranei. Ci siamo già esercitate nell'arte di emergere indenni dai nostri matrimoni prendendoci cura l'una dell'altra. Quando Percy ed Edward tornavano tardi, e Claire s'era chiusa a chiave nelle sue stanze, noi ci chiedevamo cosa sognano i bambini; avevamo esplorato le reciproche cavità cercando riparo dalla trama maschile quotidiana che ci voleva esposte. Disponibili, sempre, agli sguardi, alle seduzioni, alle rivalità coatte, alle rivendicazioni filosofiche che celavano possesso e privilegio. Abbiamo resistito. Cosí, resistiamo – esistiamo – ancora.

Anche Jane si sveste. La lampada a olio dipinge le ombre rotonde dei nostri fianchi sulle pareti dell'antico palazzo che per sempre sarà infestato. Da noi, avvinte tra le lenzuola. In cerca di riposo. In cerca di una tregua dalla morte.

«Partiremo per Livorno», dice Jane mentre i miei polpastrelli scorrono sul quarzo chiaro della sua pancia di madre piú fortunata di quanto io non sia stata, né sarò mai.

Chiudo gli occhi.

Quando li ho riaperti, ero di nuovo Filomena Quarta.

Capisce cos'è accaduto, dottoressa?

Mary era ancora al mio fianco, il naso verso la volta alta del soffitto. Le lacrime colavano sul cuscino. – Un conto è raccontarlo. Un altro è viverlo.

– Ho provato angoscia, dolore e piacere, – ho detto.
– Possiamo farlo ancora. Posso farti vedere quanto è accaduto dopo. C'è una gioia, – ha sorriso mestamente, – in questa forma di condivisione.
– Sono pronta, – ho risposto.

DATA: 12 ottobre 2023, 13.05
OGGETTO: Sette stanze, non otto

Dottoressa,

non so esprimere la contentezza che ho provato nel trovare la sua mail nella mia casella. Mi perdoni se non mi sono fatta sentire negli ultimi dieci giorni. Temevo di pesare sulle sue giornate già molto intense, oppure che non le importasse. Sono felice di essermi sbagliata.

Tengo, innanzitutto, a rassicurarla sugli aspetti di cui mi domanda.

Sí, sto sentendo e vedendo mia madre. Come sa, abita a Galatina con la famiglia del suo compagno, vedovo con due gemelle meravigliose – ma impegnative – di quattordici anni. Non ama fermarsi qui nella Dimora Quarta, per lei è sinonimo del suo matrimonio infelice, di troppe decisioni imposte e subite spesso per il mio bene e dell'incombenza della famiglia di mio padre, che non le è mai andata a genio. È noto che i medici non vanno mai davvero in pensione; dunque, continua a esercitare ed è diventata piuttosto famosa come formatrice. Mi ha regalato una somma di denaro che per ora mi consente di tirare avanti in maniera piú che dignitosa, ma tutto ha un prezzo. Non ha lesinato commenti sulla mia scarsa capacità di mettere in moto la macchina del Bed&Breakfast.

È ormai un mese che sono qui e non posso dire di aver lavorato molto a tutto quel che comporta l'avvio di un'attività: fotografie, pubblicità, vendite. In effetti, non ci ho lavorato affatto e per due motivi. Il primo è che sono pur sempre una privilegiata e posso permettermelo proprio grazie a mia madre che, da sempre, nutre e rispetta i miei sogni e i miei obiettivi. Il secondo è che, lo ammetto, mi preoccupa l'idea di ospitare estranei in un momento cosí delicato per la mia scrittura.

Alba è tornata già dal giorno dopo che le ho scritto l'ultima volta. Lei e Caterina Ingrosso, la sua conquista di Nardò, continuano a vedersi, ma è mia percezione che Alba voglia prendersela con molta calma essendo appena uscita dalla relazione lunghissima con Silvia. Non so darle torto e, in ogni caso, non sono di buon esempio. Da quando il mio matrimonio è finito non ho avuto che brevi trascorsi a Milano, dove conoscere gente nuova appariva ben piú semplice.

Eccomi, tuttavia, a raccontarle della circostanza che si è sviluppata negli ultimi dieci giorni; sereni, sí, e a tratti elettrizzanti.

Antonio è venuto a vivere qui, nella Dimora. Ha occupato una delle stanze del piano di sopra, dove dice di trovarsi particolarmente a suo agio. È pur sempre un Capricorno, dunque anche lui un *control freak*, e so che ad averlo attirato verso la camera all'angolo è stata soprattutto la possibilità di tenere perennemente d'occhio le vermicompostiere.

Il giorno successivo al nostro incontro, o scontro, con suo padre Tiziano Pascalis, Antonio è effettivamente venuto a perlustrare la porzione della Dimora che avevo trascurato.

– Questa è terra morta, – dice accovacciato, infilando le dita in quello che fu l'orto di Manfredi ed è giaciuto incolto, presumibilmente, per decenni. – Manco ci cresce la gramigna.

– Appunto, – dico con la mano a visiera. – Puoi concimarla con tutto lo schifo che vuoi.

– Ti prego, – Antonio butta indietro la testa e alza gli occhi al cielo. – Non dire quella parola. Non fare come mio padre. Il vermicompost non è uno schifo.

– Lombrichi che mangiano immondizia?

– La torba è perfetta –. Guarda verso il bosco. – Drena. Il vermicompost non ama l'eccesso di umidità.

– Be', ne hai –. Oltre il muretto, la sensazione scomoda che i pini e i lecci ci stiano fissando. E qualcosa, o qualcuno che non possiamo vedere, si stagli oltre il perimetro disegnato dal muro a secco.

– Dovrò allestire le vermicompostiere. Porto dalla campagna tutto quel che serve. E già domani mi metto al lavoro. Tu non buttare i rifiuti organici, ma mi raccomando: niente scarti grassi –. Si passa la mano sporca di terra tra i capelli biondi, pensoso. – Ci vorranno mesi. Ma il processo va monitorato.

– E perché non ti trasferisci qui per un po'? – dico con la stessa impulsività con cui gli avevo detto dell'orto il giorno prima.

Lui mi guarda in una maniera diversa dal solito. Non distrattamente, amichevolmente, o senza conseguenza. Come se si stesse formando sulla sua retina un'impressione nuova del mio viso, dei miei capelli, della mia felpa nera macchiata di dentifricio. O forse non è vero, dottoressa, forse non è andata cosí. Forse sono stata io che, in quel momento, ho visto Antonio per la prima volta.

– Ci sono otto stanze da letto libere, – mi sono affrettata a sottolineare. – E finché non finisco il manoscritto, non ho intenzione di montare il circo del Bed&Breakfast.

Antonio si alza in piedi e fa un passo verso di me. Mi supera, in statura, di una trentina di centimetri. – E quando avrai finito il libro?

– E che ne so. Poi capiamo.

– Vedi, Filomena, – ora un passo indietro, – questa è la differenza tra quelli come te e quelli come me. Mi dici di venire qua a vivere *per un po'*. Ma sai bene che a casa ho una situazione complicata e non posso…

– No, no Antonio, io non so nulla, perché tu non mi hai mai detto niente.

– Non ti ho detto niente perché non mi hai chiesto niente. Ma giocare a questo gioco non serve, quindi facciamola finita, – una ciocca dietro l'orecchio. – Sai bene, e da quando siamo piccoli, che mia madre subisce in silenzio e mio padre è un fascista. Io sono esattamente come mia madre. Da ieri, sai anche che il fascista mi ha appena tolto quei pochi soldi che facevo dalla nostra terra vendendo frutta e verdura. E dunque, – le labbra strette, la mano sul petto, – sai cosa significa, per me, la tua offerta.

– Certo che lo so.

– Allora come puoi dire: *poi capiamo*?

– Antonio, mio padre si è fatto fottere la mia eredità e ci è morto. Letteralmente. Ci è morto. Lasciandomi questo *maròne* –. Indico la Dimora con una concessione alle parole che ho imparato al Nord. – Pensi che abbia la piú pallida idea di quello che sto facendo, in generale?

Lui scuote la testa. – Pensare che a quarant'anni i nostri genitori ci sembravano pronti per la tomba –. Ride con i suoi denti belli, bianchi, puliti. – Noi non abbiamo compagni, né figli, né soldi.

– Solo case vuote, – corroboro.

– Quelle ce le hai tu perché sei ricca di famiglia. Io non ho un cazzo. Solo ambizioni. Ambizioni che un giorno, chissà, se le cose si mettono bene… – La bocca serrata. – Ha ragione Tiziano. Siamo la generazione dei *se*.

– Meglio i *se*, dei *ma*. Quelli li abbiamo lasciati a loro. Comunque, – ci siamo incamminati verso il retro della casa, verso il giardino, – quel poco che posso offrire è tuo.

– Ho dei risparmi. Posso contribuire attivamente alle spese. E appena il terreno, qui, frutta, riprendere l'attività. Quando arriveranno gli ospiti…

– Che gioia, – occhieggio Mary che lavora al mio manoscritto in giardino, – sapere che presto saremo invasi.

– Invasi da gente che ci pagherà.

I cardellini cinguettano sulle fronde e l'aria profuma di pioggia. – Presto ci mancheranno i tempi in cui la nostra unica inquilina era Orlando Trispét, – dico.

– Ma senti, la scrittrice dell'Ottocento... il fantasma... lei, insomma. Sta ancora qua?

– Un fantasma donna è detta *fantasima*. Comunque, sí: è davanti a te che scrive.

– E dove?

– Là, – indico, – al tavolo, dove c'è il vecchio laptop di mio padre aperto.

Mary alza la testa dallo schermo e sorride con grazia, facendo un educato cenno di saluto con la mano.

Antonio che in direzione del tavolo, abbarbicate al muricciolo a secco del perimetro, vede soltanto le ultime infiorescenze di cappero, mormora: – E tu sei proprio sicura che ci sia? Che non sia la tua immaginazione, voglio dire.

Ho rovesciato gli occhi. – Un giorno sono una medium che potrebbe diventare miliardaria con la ouija, quello dopo una povera rincoglionita. Fai pace con il cervello.

– D'accordo, d'accordo. Ti credo, – mi mostra i palmi. Antonio emana un'aura di saggezza. Basta osservare i suoi modi mansueti e attenti per percepire tanto la sua intelligenza quanto la sua lungimiranza. L'occasionale irascibilità è l'avanzo di un'energia incandescente addomesticata dall'ipercriticismo del padre: sorvegliato e punito, il mio ex compagno di scuola ha passato la vita alla ricerca di qualche metro quadro di libertà da occupare, e lo ha trovato tra le carote e le barbabietole. Eppure, il cilicio della paura lo ha reso incospicuo e prudente. Troppo prudente. Un cagasotto, in ultima analisi.

– Ma se è davvero lí, non sei preoccupata?

– Tengo a rassicurarti: in questo momento non c'è niente che *non* mi preoccupi, – ho risposto.

– Voglio dire, Filomena, che stai giocando con il fuoco –. Si è avvicinato al mio orecchio. – Della malumbra le hai parlato?

– Non ancora, – bisbiglio.

DATA: 14 ottobre 2023, 13.05
OGGETTO: Flirtare con gli spettri

Cara dottoressa,

ho affidato ad Alba la lettura del mio manoscritto basato su una significativa porzione della vita di Mary Shelley, editato e ampliato dal fantasma di Mary Shelley stessa che, c'è da dire, faceva la editor anche quand'era a questo mondo.

– Amo, è pesantissimo, – è stato il commento icastico della mia amica.

Va specificato che negli ultimi due giorni abbiamo terminato la prima stesura di *Mary & Jane*, ma la porzione scritta di mio pugno viaggia attorno alle centomila battute. Il resto è autografo della protagonista titolare.

Mary mi ha sganciata, come un missile, nel suo stesso corpo ch'era di carne e di sangue nemmeno due secoli fa. È signora della reticenza, ma ha accennato che fissare uno spettro negli occhi equivale a canalizzare, per un lasso di tempo variabile, frammenti specifici della sua esistenza in vita. Cosí, nell'ultimo periodo sono stata Mary Shelley molte volte. O, almeno, Mary Shelley nei giorni che hanno preceduto il momento in cui «sul palcoscenico della mia esistenza è calato il sipario». La verità, se una verità c'è, è tanto piú complessa.

Ho appreso quanto falsati fossero i suoi sentimenti verso Shelley, quanto reali quelli nei confronti del suo unico figlio sopravvissuto, e quanto cavernosa, scomoda, fosse la sua attrazione per Jane che, nonostante i molti piani architettati assieme, finí per abbandonarla: si sposò con Thomas Jefferson Hogg, un bellimbusto con cui lo stesso Shelley aveva provato a far andare a letto Mary alcuni anni prima.

Quanto a lei: ho imparato che gli spettri riescono a performare in pochi giorni attività che a noi viventi richiedono mesi. Scrivere trecento pagine di Word, per esempio.

– Per cominciare, è troppo lungo, – sentenzia Alba con un mattone di fogli A4 stampati in mano. – Cioè, chi se la legge una sberla di... Aiutami.

– Ottocentomila battute.

– Dài, è infattibile. In pratica la cosa, cioè la relazione con Jane, ingrana oltre la metà... Prima ti sei persa a raccontare tutta la situazione italiana, nei dettagli, del 1822: Pisa, i palazzi, le feluche o come si chiamano, che voglio dire, chi se ne frega. Senza parlare delle descrizioni tutte identiche di questi cazzo di boschi del Golfo dei Poeti. E fosse solo quello, – depone il manoscritto sull'isola della cucina. – Per i due piani della villa ci hai messo, boh, quindici pagine?

– Non sono stata io, – sospiro. – È stata Mary.

– *Frankenstein* è corto.

– Sí, ma tutte le altre cose che ha scritto sono molto verbose. È il suo stile. È ornato. È lirico. Particolarmente storico e morale. Funziona oggi meno che allora, ma è pur sempre Mary Shelley, – alzo i palmi verso il soffitto, finché lascio cadere le braccia sui fianchi. – Ma lo so, hai ragione tu. Dovevo saperlo.

– La parte dell'amore tra lei e Jane è stupenda, capiscimi. E leggendo il resto, insomma, impari delle cose –. Alba mi accarezza la spalla. – Ma bisogna vedere se la gente non getta il libro dalla finestra prima di arrivare al sodo. E poi ci sono un sacco di errori.

Aggrotto le sopracciglia. – Tipo?

– Parole strane che non c'entrano niente, in vari punti, e ti chiedi come mai siano lí. Per esempio...

Alba estrae un foglio dalla pila, per mostrarmelo.

Proprio in quel momento, però, Mary entra in cucina, raggiante. – Allora, qual è il verdetto della nostra prima lettrice?

Faccio segno ad Alba di tacere con tutti gli spasmi consentiti dalla bocca, dalle sopracciglia, dagli occhi.

– Amo, ma che facce fai? – mi chiede lei che non è maestra di sottigliezza.

Ruoto dunque lo sguardo in modo ammiccante nella direzione di Mary, che nel frattempo s'è messa al mio fianco.

Alba, finalmente, segnala di aver capito con un cenno del mento. – Dicevo che è molto... *lungo*.

– Sí, – suggerisce Mary mentre la falena fantasma le svolazza attorno prima di posarsi sulla credenza. – Ho aggiunto alcune parti che mi parevano necessarie per fornire il contesto del mio soggiorno a Lerici –. Si porta le dita lunghe sullo sterno. – Ma non ho toccato quasi per nulla le parole con cui hai descritto il rapporto mio e di Jane.

– Alba, Mary è qui –. Rivelo. – E dice che...

– Ottimo! Volevo giusto farle vedere questo reel pazzesco di un kodkod, un gattino selvaggio tenerissimo –. Alba tira fuori il telefono dai pantaloni e mi fa gioco. Le ho detto della dipendenza da Instagram di cui la nostra fantasima è afflitta. – Dov'è Mary, che glielo mostro io?

È Mary ad accostarsi ad Alba, con un viso fiorito che è tutto un flirt. Si potrebbe dire che è invaghita di lei. La guarda assetata e occasionalmente affranta, forse perché tra loro non potrà mai esserci nulla. Non può esserci nulla, no, con una persona che non ti vede. Non vale soltanto per gli spettri.

Eppure, Alba percepisce la sua presenza. Annusa l'aria nella direzione di Mary come un gatto sul tavolo, a maggio, che inala il profumo delle prime peonie in vaso sollevando il muso e serrando le palpebre cigliute. Sono molto vicine, e talmente iconiche che vorrei far loro una foto, se solo fosse possibile.

Non ho idea di cosa faccia il kodkod del reel – solo esistere, con ogni probabilità – ma entrambe mugolano, giulive e senza pensieri, per pochi secondi.

Alba ha un'idea. – Che ne pensate se stasera ci guardiamo quel film sulla vita di Mary? Quello nuovo.

Mary si illumina di azzurro nella penombra dell'imbrunire, e mi ricorda di accendere le luci. – Hanno fatto un film su di me che non sia il solito orrendo adattamento del *Frankenstein*?

– Ha detto che gli adattamenti di *Frankenstein* sono tutti brutti, o l'ho pensato io? – domanda Alba chiudendo un occhio per concentrarsi e decifrare bene lo stimolo. – No, perché io lo penso, in effetti. L'ultimo buono è del '31, se si fa eccezione per Mel Brooks.

Mary, meditabonda, l'espressione disgustata impastata ai lineamenti delicati, si mette il palmo sulla guancia, scuotendo il capo. – La lotta di Viktor e della Creatura a torso nudo, nel liquido amniotico sparso sul pavimento del laboratorio...

– Ecco: quella scena, una volta che l'hai vista, non puoi *non averla vista*.

Le labbra di filo di cotone di Mary si scuciono in un ghigno sorpreso e soddisfatto.

– Sei consapevole di aver risposto a uno spettro? – chiedo. Sono contenta che Alba e Mary abbiano imparato a comunicare l'una con l'altra, in qualche modo. Sono una medium che detesta intermediare, scopro giorno dopo giorno.

– Dài, guardiamo il biopic, cosí ci dice se è accurato, – conclude Alba. – Vado a chiamare Antonio.

Afferriamo birre e salatini. Saliamo al piano di sopra seguite da un Antonio zozzo di torba e deiezioni di lombrichi.

Mentre lui fa la doccia, ci accoccoliamo sul divano orribile della lounge, ornato con un paio di poltrone trafugate dallo studio di papà. Mary ne occupa una, mentre Alba e io ci sediamo una di fianco all'altra sul sofà. La falena ci ha seguite. Esplora i vetri delle finestre alla francese, chiusi perché ormai comincia a fare freddo, specie qui in aperta campagna. Infine, si posa sui capelli di Mary.

– Mary, – dice Alba, divertita, in direzione della falena che sa costituire indizio della sua presenza, – che peccato non poter sentire la tua voce.

Mary si stringe nei braccioli, tira indietro la schiena e la guarda in modo seducente.

Dal bagno di Antonio, il rumore bianco del phon.

– Anche Antonio può capire cosa dice Mary… se fa attenzione? Può farlo chiunque?

Annuisco. – Cosí pare.

Una ventata di sandalo annuncia l'ingresso di Antonio nella lounge. Maglia della salute, pantaloni della tuta, folti capelli lucidi e letti delle unghie ancora inchiostrati di humus.

– C'è la falena, – indica il lepidottero, accomodandosi sulla poltrona libera e stappandosi una birra. – Quindi, c'è Mary.

Mary sembra felice che le dedichiamo una serata.

– Alba vuole guardare quel nuovo film sulla sua vita per *percepire* i suoi commenti, – spiego.

– Non la vediamo, ma possiamo sapere cosa dice se ci sintonizziamo sul canale giusto, in pratica –. Antonio tracanna mezza bottiglia. – Tipo radio.

– Radio Spettri, – rido.

– Ti ha raccontato cos'è successo con quella belva di Pina Mazzotta? – chiede Antonio ad Alba.

– Sí, Mary è un oracolo in pratica –. Alba sta con le ginocchia divaricate, protesa verso la tv, cercando il film. Si alza per spegnere la luce e creare l'effetto cinema. E spara il volume al massimo.

Mary, lucciola cerulea, si scioglie i lunghi capelli che le cadono sulle spalle fasciate dal satin nero e sul colletto bianco ricamato. – Facciamo un gioco –. Inizia il film. – Visto che sono un oracolo, che i tuoi amici mi chiedano quanto desiderano sapere. Ma si concentrino.

– Abbassa, Alba, – le prendo la coscia. – Mary dice che potete chiederle qualsiasi cosa, ma avrete la risposta soltanto se vi concentrate.

Alba stoppa subito il film. – Comincio io –. Si schiarisce la voce e la alza di un'ottava. – Quelli del cantiere di Cutrofiano mi pagheranno entro la fine della settimana, come mi hanno promesso?

– Non serve che le gridi nell'orecchio, cristo. È qua, – dico.

Mary scuote la testa. – Nemmeno quella dopo, e quella dopo ancora.

Gli occhi di Alba diventano fessure. – Quindi che cosa faccio?

– Attendi, paziente. Sarai compensata subito dopo Ognissanti, – continua Mary. E si rivolge a me. – Ma non è questa la domanda che intendeva farmi la tua amica.

– La sento anche io, – bisbiglia Antonio ad Alba, con gli occhi chiusi. – Cos'è che volevi chiederle davvero?

Alba diventa rossa. – Se con Caterina finirà male come penso.

– «E chi avesse voluto conoscere Amore, fare lo potea mirando lo tremare de li occhi miei».

– Cos'è amo, latino? – mi chiede Alba, interdetta.

– No, è una citazione dalla *Vita nuova* di Dante. Mary lo stava leggendo a Pisa nei giorni in cui ha conosciuto Jane.

– Ah, vero, era pure nel manoscritto.

– Se continui a non risponderle al telefono, finirà male di sicuro, – dice Mary ad Alba.

Adocchio il telefono di Alba sul tavolo: dal blocco schermo emergono quattro chiamate senza risposta di Caterina. Senza dire niente, Alba lo prende in mano e si sposta nell'androne. Poco prima che si allontani, la sento intonare delle scuse.

Mary volta la faccia verso Antonio, che sta con le mani incrociate sulle gambe e gli occhi bassi sul tappeto, un diario segreto chiuso con il lucchetto.

– Le tue speranze sono ben riposte, – profetizza Mary come una sfinge, guardando nella sua direzione.

Antonio alza il mento verso la falena, cioè verso lo spettro e la poltrona che lui vede vuota. Ripete le sei parole con nitore perfetto. Mi guarda in tralice.

Senza che nessuno prema play, il film riparte.

– Madonna, l'attrice non somiglia per niente a Mary, – osservo facendo il raffronto.

– Non capisco perché nessuno mi abbia contattata per questa produzione, – constata lei stessa.

Antonio si rilassa, scola il resto della bottiglia. – Io invece non capisco come Mary Shelley sia finita qua con noi tre stronzi.

DATA: 16 ottobre 2023, 03.05
OGGETTO: Trispét

Cara dottoressa,

le scrivo per sfogarmi e mettere ordine nei fatti, sebbene sia molto tardi e io sia molto stanca. Nessuno di noi, vivo o morto che sia, potrà mai dimenticare questa notte.

Il film che abbiamo visto solo ieri, sereni, insieme, non era un granché, e non era nemmeno un granché nuovo; una produzione di qualche anno fa che è passata piuttosto in sordina. Mary, all'inizio, è stata assai critica con le modalità della messa in scena, soprattutto per ciò che concerneva il casting. Percy Shelley, Lord Byron e John Polidori parevano una boy band dall'insulso look ottocentesco, e Mary la groupie bistrattata che non meritavano. I dialoghi erano artificiosi e altisonanti. L'azione, troppo ellittica. Eppure alla fine della pellicola abbiamo pianto. Tutti, nessuno escluso.

Mary singhiozzava ripensando alla piccola Clara, nata e morta, anima che non le è riuscito di rintracciare a dispetto del lungo errare degli spettri, raccontandomi di come questa esperienza sia stata la piú profonda ispirazione per il *Frankenstein*.

Io latravo di compassione, domandandomi come avrei potuto abbracciare e consolare un fantasma, ma d'altra parte mi rallegravo che la narrazione non coprisse la morte di Percy e l'*affaire* con Jane Williams, perché a quello avrebbe pensato *Mary & Jane*, una volta sul mercato.

Antonio aveva la faccia rigata di lacrime.

Ad Alba, oltre un certo punto, non è piú riuscito di fare alcuna battuta stupida.

Ci siamo, infine, dispersi silenziosamente nelle nostre stanze; ognuno con un cuore di piombo.

Mary ha trascinato le gonne di taffetà con il mento chino nell'androne e io mi sono sentita un'egoista per averla costretta, in queste settimane, a rivivere giorni di angoscia ancor maggiore rispetto a quanto abbiamo visto.

L'indomani, mi sono svegliata oppressa dall'idea di un compito gravoso: spiegare a Mary che avrei falciato, in gran parte, i suoi addendi colossali al mio manoscritto. Che avrei dovuto tagliarne parti corpose, data la mutata sensibilità di quest'epoca quando si viene ai gusti del pubblico pagante. E che sarebbe stato molto bello, molto giusto, molto corretto, se a questa *reductio* avessimo ulteriormente collaborato per raggiungere la perfezione che sentivo essere a portata di mano.

Era una domenica fragrante, profumata e limpida, appena adombrata dalle cortine di lino delle nuvole. Ma i miei stessi capelli odoravano di foschia e mi tuonava un temporale in petto.

Alle 11, Mary non era ancora uscita dalla sua stanza. Non mi passava nemmeno per la testa di bussare alla sua porta per capire cosa stesse facendo, e se stesse bene, perché mi sentivo disarticolata e in torto su vari fronti. Ma nonostante non fossi nuova, oramai, alle sue solitudini, cominciavo a temere la sequenza di errori che rischiava di sottrarmela prima di ultimare il lavoro.

Il *mio* lavoro. Il *mio* romanzo.

Cosí, mentre passeggiavo avanti e indietro per il piano di sopra, di fronte alla sua camera chiusa, mi chiedevo: non è il benessere di Mary importante quanto e piú del mio, in questa faccenda? non dovrei esserle già grata per quanto ha dato, e non pretendere di piú? cosa hanno fatto di me la delusione e l'invidia? quali strane forme stanno assumendo la morte umiliante di mio padre, e il mio altrettanto umiliante ritorno? sono forse io stessa il risultato di quelle forme, tanto che mi trovo a tradire la persona accogliente e disinteressata che credevo di essere?

Con la coda tra le gambe e punendomi per questi pensieri, sono scesa al piano di sotto, decisa a non insistere.

Alba, gli occhiali da sole calati sul naso, stava stesa sulla sdraio in giardino con gli auricolari alle orecchie. Sembrava parlare da sola, ma era al telefono; presumibilmente, con Caterina.

Antonio era affaccendato con semi, palette, guanti da giardiniere, secchi e vermicompostiere scoperchiate in prossimità dell'orto.

L'unica disoccupata ero io. Che a fatica sarei riuscita a distrarmi leggendo un libro, o mettendomi al lavoro su un romanzo che fino a quel momento m'aveva dato orgoglio e speranza; ora, imbarazzo e oppressione.

Sono trascorse varie ore. Come, dottoressa, non glielo saprei dire. So che per ogni minuto in cui Mary non si palesava soffiava in me un maestrale di angoscia. Che il vento, troppo sferzante per essere contenuto dal mio torace soltanto, stava bistrattando la Dimora intera, manifestandosi nel cielo nero. Che gli oggetti cui avevo fatto allegramente o malinconicamente l'abitudine, tra cui le vecchie squadre di mio nonno e l'armadio carico degli abiti imbustati di Manfredi e di Annina, i romanzi di mio padre e le siepi di ginepro coccolone a me care, avevano iniziato ad apparirmi tetri come il proscenio di un'opera la cui eroina tragica aveva le fattezze deturpate della mia ambizione.

Alle 13 io, Alba e Antonio, che ha cucinato una deliziosa torta salata di carciofi, pranziamo sull'isola della cucina.

Antonio, cui avevo dato in pasto il manoscritto per ricevere un secondo parere, mi dice: – Scusami, mi sono fermato a pagina trenta, ero preoccupato per la temperatura dell'humus. Poi riprendo.

– Dimmi la verità. Lo hai mollato per i tuoi fidanzati lombrichi o perché era palloso?

– No, no, era bello, – mastica evitando il mio sguardo.

– Antonio, se non mi dai un'opinione onesta non serve a niente.

– Ok, era palloso, – e si infila un altro bel pezzo di torta in bocca.

Alba scarta una meringata che ha comprato in paese per il dí di festa. – Che poi sulla fascetta non puoi scriverci «il nuovo romanzo di Mary Shelley», – osserva.

– Eh, specie considerato che è il *mio* romanzo su Mary Shelley.

Dopo il caffè, Antonio torna all'orto mentre Alba mi chiede se mi va di giocare con lei a *Zelda. Tears of the Kingdom*. Mi pare complicatissimo, ma non è per questo che declino.

L'attesa desidera solo che l'attesa venga spezzata, ed è estranea a tutto il resto. Cosí, mi poggio sul letto con lo sguardo al soffitto, paziente, in attesa che Mary scenda; ma il mio corpo lascia andare la tensione, e prendo sonno.

Quando apro gli occhi, vedo Antonio sulla porta. – Sono le sette. Ho pensato che fosse il caso di svegliarti –. Accende la luce, perché fuori si è fatto buio. A pranzo aveva una maglietta a maniche corte, adesso indossa una felpa di pile e un cappello di lana. Sembra pronto per uscire.

Anche io avverto il gelo. Barcollo verso il cassettone e prendo un paio di calzerotti celesti di Annina e un maglione. È vero, da queste parti le temperature autunnali volgono da miti a crudeli in un battibaleno, ma non ero preparata. Sui vetri delle finestre alla francese sembra essersi formato uno strato di condensa. – Che freddo, cristo, ma di colpo?

– Sto andando nel bosco a fare legna.

– Ma guarda, senza sbatti, là c'è il termostato, – dico

pensando a quanto tempo avrei dovuto aspettare scongiurando l'ibernazione, prima che Antonio tornasse.

– Il pianeta sta morendo e possiamo aspettare fino a novembre prima di accendere i caloriferi.

Perlustro le pareti con gli occhi. – Dimenticavo che in questa stanza non ce ne sono. Ti ricordi di quello che ha detto Pino. Non sono riusciti a installarli perché *i muri strillavano*.

– I camini bastano e avanzano, – dice indicando con la mano a pala quello che sta davanti al mio letto. – Alba dice che le cappe sono tutte a posto.

– È di sopra?

Antonio annuisce. – Sta giocando a *Zelda*.

– Ancora?

– Non è di grande conversazione, – ride Antonio. – Io torno tra un attimo, promesso.

Mi infilo i calzerotti e il maglione, prima di incamminarmi nel corridoio baciato dalle labbra livide dei quindici gradi sul termometro a muro del bisnonno.

Per quanto Antonio si sia curato di premere tutti gli interruttori della luce, il piano terra giace desolato, fosco e cheto a dispetto delle musiche ora soavi, ora ricche di suspense, che certificano la permanenza di Alba nel regno di Hyrule.

I faretti del cortile, oltre i vetri delle finestre e delle portefinestre, stanano il cambio di guardia delle creature di campagna quando sorge e cala il sole. Una caligine atipica soffonde il giardino.

Guardo in cucina nella speranza di trovarvi Mary a bere un tè o un caffè come è divenuta solita fare, ma la lavastoviglie ha terminato i suoi giri e nemmeno lei fiata.

Apro la porta della sala da pranzo che fino a quel momento non avevamo mai utilizzato, e nemmeno le sedie mi degnano di uno sguardo.

Nello studio di Nino è tutto al suo posto; il mio portatile è lí dove l'ho lasciato, aperto sulla scrivania a prendere polvere in attesa che il mio colloquio con Mary abbia luogo.

Di fronte, la porta a doppia anta del salone è spalancata.

Ora, dottoressa, si sarà accorta che non ho piú fatto menzione del salone. Volevo dimenticarmi della sua esistenza ed è per questo che, al mio arrivo, l'ho chiuso a doppia mandata come si fa con i ricordi scomodi di cui lei è professionista.

Ma mi sono fatta forza, e vi sono penetrata con la sicurezza di cui ho saputo dotarmi, cioè non molta. Mi si è subito stagliato davanti il dipinto pacchiano del trisnonno Oronzo, monumento alle tempere a olio che devono aver reso il suo viso di contadino del Novecento meno bitorzoluto, acchitandolo del piglio bonario del latifondista gentiluomo. Ho messo a fuoco, sotto il quadro, l'enorme caminetto disadorno di ciottolo fuligginoso che, con ogni probabilità, non ha goduto della vivacità della fiamma per oltre un decennio.

Davanti al caminetto, due spalle e una nuca familiari.

– Mary, – ho detto lanciandomi verso di lei con il desiderio impossibile di stringerla dopo quella che avevo percepito come una lunga assenza, nonostante si trattasse di una manciata di ore.

Credo sia stato in quel momento che ho cominciato a sentire Alba strillare il mio nome dal piano di sopra. Strillare, e battere le mani con forza, fino a consumarsele, contro quella che suonava come una porta sbarrata.

Le orecchie hanno preso a fischiarmi come se fossi su un jumbo in picchiata. Le tre finestre a sinistra del salone sono schizzate dai cingoli con un boato. Le tende, velo di una sposa sorpresa dal diluvio all'uscita dalla chiesa, hanno sfiorato il soffitto. E hanno rivelato, dottoressa, esito a dirlo: ombre.

Ombre indistinguibili, macilente, brutali, feroci, che biascicavano maledizioni rese bolo dalla bava del tempo e recavano con sé folate putride che, dalle narici, m'infilzavano il cervello.

Mary si è voltata verso di me.

Le piscine d'inverno in cui sbocciavano le ninfee erano guaste e opache. La pelle di ceramica era fratturata da profonde piaghe di tenebra in cui brillavano galassie. Dalla bocca sottile, disegnata con il pennino, e dai pertugi profumati nel naso adunco, dai timpani, dalla sclera lattea fiottava la sostanza grigia e vischiosa che già avevo osservato materializzarsi una volta. La cascata cinerea insozzava il collo fratturato di cigno e grondava sul colletto che una volta somigliava a piuma candida. L'esile corpo spettrale, rivestito di taffetà, vibrava come se mani invisibili ne torturassero le viscere.

I miei cinque sensi erano presi d'assalto. Non udivo nulla se non i versi dannati degli spiriti che s'accalcavano alle finestre, il mio cervello galleggiava nel fetore, mi sembrava di avere carcasse frolle di cicale sotto la lingua e le pupille erano talmente dilatate da sopportare a fatica i lucernari pallidi del salone.

Le mani, le mani dottoressa, erano il solo canale su cui potessi contare. Grazie alle mani mi sono resa conto, finalmente, che la sostanza grigia e vischiosa era un cemento senza coagulo, contraddizione tangibile delle leggi della fisica.

Cosí, Mary Shelley si è liquefatta. I capelli biondo Tiziano inghiottiti da un gozzo di melma, le dita lucenti annegate in quel getto ingordo che tutto bramava: ciò che era vivo, ciò che era morto, e ciò che vivo non era stato mai. I tappeti, la carta da parati bordeaux, il tavolo basso da tè, il caminetto e il sofà su cui il nonno fumava la pipa distendendo le gambe di fronte al fuoco si stringevano e si torcevano in qualcosa di simile a un vortice cui resistevo annaspando ormai in ginocchio, con le unghie che cercavano, senza successo, una sponda tra le crepe del pavimento di chianca.

Un lampo ha acceso le mura e tutto intorno, per un istante non quantificabile piú simile a uno squarcio illimitato nella coscienza, il salone opulento si è trasfigurato in una povera abitazione rurale. La stanza era la stessa, non c'era dubbio, ma al posto della scacchiera vicino alle finestre alla francese c'erano due pertugi piú simili a oblò davanti ai quali stava un tavolo malmesso, con una singola sedia. Un Cristo dalle voluttuose membra di gesso implorava pietà con le palpebre a mezz'asta, lí dove sapevo essere l'effigie del mio trisnonno.

Un secondo lampo ha restituito il salone al presente. Mi spostavo a tentoni, gemendo, arrancando per istinto mentre la chiazza di cemento ch'era stata la mia amica, mentore e sodale fantasma dilagava fino ai gomiti su cui mi trascinavo.

Finché mi sono accorta che la saetta aveva preso forma. La forma di lunghe gonne bianche. Ho sollevato lo sguardo.

Vista dal basso, Orlando Trispét somigliava a una montagna su cui erano calati i drappi bianchi e neri della neve e della notte. Cosí come aveva fatto quando c'eravamo incontrate nello studio del nonno, mi ha teso il palmo aperto. Ma, con orrore, mi sono accorta che la forma di mano non era che l'illusione generata da cinque piccoli fasci di luce cerulea.

Nella manica non c'era arto.

Su Orlando Trispét non era mai cresciuta la carne degli spettri.

La litania malefica delle ombre ora intonava a gran voce il mio nome.

Filomena Quarta.

Digrignando i denti, ho sfidato la loro raffica e mi sono messa in piedi.

– Cosa hai fatto a Mary?

Nessuna risposta. Nessun movimento.

– Mostro, – ho sibilato. – Mostro! – ho gridato. Ma le rotule hanno ceduto. E sono crollata per terra. – Ridammela, – ho pianto, sbattendo il pugno sul pavimento. La bocca impastata, la gola arsa. – Ridammi la mia Mary.

Era ormai impossibile schivare il cemento che allagava il salone. Piú semplice cedere, che combattere.

Supina, a pochi millimetri dall'acquitrino grigio, gli occhi lacrimanti spalancati sulle volte bianche, con le pupille della memoria ho visto mio padre. L'ho visto accompagnarmi alla stazione di Lecce dal mio posto nell'abitacolo della vecchia automobile, quella che ho venduto non piú di due mesi fa, e ai tempi era nuova di zecca. Dovevano essere i primi giorni dell'università. I raggi del sole si riflettevano sul lunotto. Godevo della guida lenta e coerente, mentre papà aveva il viso assorto dietro le lenti. Chissà a cosa pensava. Non ho mai saputo a cosa pensasse. Ma fischiava una melodia che conoscevo sin da quando ero molto piccola e le cui parole ho improvvisamente ricordato.

Ho iniziato a mormorarle.

E poi, a cantare.

Arma trista, cu te pigghia?
Ha squariatu tantu tiempu.
Nun ne tene curpa 'a stria,
nienti sape te lu turmientu.
Arma niura, chi turtura,
nisciunu te cunsula.
Castimata e cacatura,
prestu nun sarai chiui sula[1].

Mentre cantavo, a voce via via piú alta, un'altra voce di donna si è unita alla mia, e la litania delle ombre si è smorzata fino a scomparire del tutto. Le ombre stesse si sono dissipate e i vetri chiusi delle finestre alla francese mi hanno restituito la visione del cortile silenzioso e illuminato dai faretti. Attorno a me la chianca fresca è tornata nivea, il set di sofà del nonno si è ricomposto, il caminetto ha ripreso a esporre i suoi muti sassi neri e

[1] A chi importa, anima storta? | È passato tanto tempo. |Non ha colpa la bambina, | non sa cosa sia il tormento. | Che tortura, anima scura, | qua nessuno ti consola. | Maledetta e malmostosa, | presto non sarai piú sola.

il dipinto a olio di Oronzo ha accennato il mezzo sorriso di sempre.

Sento caldo. Improvvisamente, il maglione e i calzerotti mi stanno arroventando viso e piedi. Mi guardo attorno. Non c'è traccia di Mary. In compenso Antonio è volato attraverso la doppia porta d'ingresso e ora è chino sul mio viso.

– Filomena, – urla. – Filomena!

– Che fine hai fatto? – soffio.

– Stai bene? – È spaventato. Si abbassa la cerniera della felpa di pile, se la sfila, ne fa un cuscino di fortuna e me lo mette sotto la testa.

– *Bene* è una parola grossa, ma sto. Tu, piuttosto?

Mi metto sui gomiti, riguadagnando a poco a poco il senso della realtà.

– Sono andato a fare legna.

– Sí, me lo ricordo –. Anche se mi sembrava di aver visto Antonio sulla porta della mia camera da letto almeno dieci anni prima.

– Sono andato a fare legna, – parla in modo concitato, – e non riuscivo a ritrovare la strada.

– Ma quanto ti sei allontanato?

– Un cazzo, sarò stato a duecento metri. Vedevo in ogni momento il giardino della casa, fino a che non l'ho visto piú.

– Mary è... – Scoppio a piangere rovinosamente. E gli racconto tutto quel che è accaduto.

– Filomena, io non so cosa ci sia là fuori. Ma io ti giuro, ti giuro sulla testa di mia madre, – si fa il segno della croce, – non ero solo.

– Cosa hai visto?

Scuote la testa. – Non ho visto niente. Ho sentito. Era come se mi stessero seguendo. E non una sola... persona, o animale, cristo, malumbra o qualunque cosa fosse. Erano tanti passi. Tanti *respiri* –. Si mette una ciocca di capelli dietro le orecchie. – Non volevano farmi uscire. Ho girato a destra, ho girato a sinistra, sono andato dritto e piú camminavo, piú mi disperavo, piú mi stavano addosso. Sapevo che la casa era vicina. Che non potevo essere lontano. Alla fine… – si morde il labbro, – alla fine ho sentito quella musica. La stessa musica che abbiamo sentito io e Alba quella volta, in cucina.

Gli dico che a questo giro l'ho sentita anche io. Che mi sono improvvisamente ricordata le parole. Le recito. Un pensiero mi attraversa come un bisturi.

– Alba, – dico guardando Antonio negli occhi.

La parola basta a mettermi sulle gambe.

Ci precipitiamo verso la scala, e corriamo tanto da fare tremare i gradini.

È tutto buio, al piano di sopra. Tastando le pareti, Antonio scopre che la porta della lounge dove abbiamo lasciato Alba a giocare è chiusa a chiave. Inizia a colpirla con il palmo della mano, e a chiamare il suo nome. Dall'interno, solo silenzio.

Io non sono molto utile. Piango e basta.

Antonio comincia a prendere il legno a spallate come i poliziotti dei film. Forse, un'eredità famigliare. Ma i chiavistelli sono resistenti, li aveva scelti mio padre che se ne intendeva.

E la porta non si muove.

– Ogni casa ha un passe-partout. Ho un passe-partout, – mi ricordo. E lo ripeto una seconda volta, quasi tra me e me, mentre plano verso la mia stanza e risalgo alla svelta con il bottino nel pugno.

Subito infilo la chiave nella toppa e la giro, ma qualcosa impedisce di aprire la porta. Quel qualcosa, è il corpo riverso di Alba.

DATA: 17 ottobre 2023, 11.05
OGGETTO: Tanti auguri a me

Cara dottoressa,

c'è un particolare che ho omesso nella mia lettera di ieri, ed è che le ho scritto non dal mio letto, ma da quello di Antonio. È cosí ampio che ci stavamo tutti e tre: lui a sinistra, io al centro e Alba a destra. Non sarei riuscita a tornare di sotto per una serie di motivi. Può intuirne la maggior parte, alla luce di quanto le ho raccontato. Ma il piú importante è che proprio Alba non aveva ancora ripreso i sensi quando l'abbiamo depositata sul materasso. Ci siamo chiesti se fosse il caso di andare al pronto soccorso, ma sembrava semplicemente dormire, cosí abbiamo deciso di fare la guardia su di lei, entrambi. Il polso era regolare, l'espressione piuttosto tranquilla, la temperatura normale. Ci siamo dunque detti che avremmo atteso fino a questa mattina per vedere come stava e comportarci di conseguenza. Non ho chiuso occhio in ogni caso, come un medico sulla branda cigolante di un policlinico.

– Cosa hai chiesto a Mary? – bisbiglio alla nuca di Antonio che tenta di prendere sonno, dandomi le spalle.

Ottengo un mugugno che denota mancata comprensione del contesto.

– Qual era la tua domanda per Mary mentre stavamo tutti e tre nella lounge, a guardare il film su di lei?

La temperatura della Dimora è tornata autunnale: il termometro segna una ventina di gradi, ma entrambi stiamo rannicchiati sotto le lenzuola e il piumino estivo, ognuno nel suo perimetro angusto, ben attenti a non sfiorarci nemmeno per sbaglio. Non siamo mai stati cosí vicini.

Specifico per la terza volta: – La domanda a cui lei ha risposto «le tue speranze sono ben riposte».

Nel buio del lato ovest della Dimora, Antonio esita.

– L'orto.

Un gatto miagola nei pressi delle vermicompostiere.

– L'orto? – rido a dispetto della stanchezza, e dell'intorpidimento delle mie gambe che durante il ratto di Mary, o la dissoluzione di Mary, o la morte della morta Mary, hanno lottato contro il cataclisma generato da Trispét. – E quali sarebbero, queste tue speranze per l'orto? – dico, per nulla convinta che mi stia dicendo la verità.

Siamo entrambi imbarazzati da quella prossimità forzata o almeno io, ben piú estroversa di lui, lo sono. Si volta verso di me. I nostri nasi a pochi centimetri.

– Non mi piaceva niente della mia vita, Filo, – chiude gli occhi, – fino a che non ho messo piede in questa casa.

Poi si addormenta.

Sono le 8, circa, quando Alba si sveglia.

– Ah, ma siete qui –. È ancora vestita di tutto punto, cosí come l'avevamo rimpannucciata sotto le coperte la sera prima.

– E dove dovremmo essere? – sorride Antonio.

La abbraccio.

– Vorrei un caffè, – biascico.

Ne abbiamo bisogno tutti e tre, in effetti, e Antonio scende a farli. Io mi allargo sulla parte del materasso che non è piú occupata. Sono esausta.

– Mica ho capito che cazzo è successo, – la cispa gialla tra le ciglia di Alba come colla rappresa.

Riferisco i fatti. Le descrivo tutto, fino alle minuzie. Le parlo di Mary, di me, di Antonio ingollato dal bosco. Della Dimora su cui è calato l'inverno, e della velocità con cui l'autunno è ritornato a lambirla. Della nostra percezione stravolta del tempo. Del suo ritrovamento.

– Porco cazzo, – commenta sgranando gli occhi.

Sta bene. Questo conta.

Antonio torna con un vassoio. Si siede ai piedi del baldacchino e lo posa sulle lenzuola mentre noi due ci mettiamo sedute, il collo appoggiato alla testiera. Dalla cucina ha raccattato la meringata avanzata, cotognata trafugata dalla madre di cui non mi fidavo – essendo poco erudita sui rischi posti dal botulino –, miele, fette biscottate risalenti almeno all'epoca del bisnonno Giuseppe, pagnottelle di due giorni, latte, tre tazzine di caffè.

– Come ti senti? – chiede ad Alba.

– Meglio –. Annusa e mangia un pezzetto di cotognata. – Però ieri me la sono vista brutta.

– Quando è iniziato... tutto, ti ho sentita gridare e sbattere le mani sulla porta, – dico. – Ma mi fischiavano troppo le orecchie.

Alba posa la confettura intonsa sul vassoio, si passa una mano nei capelli e deglutisce. – Stavo giocando. Ero concentrata. Mi ero dimenticata di accendere le luci. A un certo punto ho sentito freddo e ho stoppato –. Un sospiro. – Appena mi sono alzata, la televisione si è spenta. Ho provato ad aprire la porta, ma la maniglia neanche si piegava.

Antonio annuisce con tutta la solennità di cui, talvolta, è capace. – L'abbiamo trovata chiusa a chiave.

– Be', non l'ho chiusa io. Non ce l'ho nemmeno, la chiave, – dice Alba.

– Io ero nel salone.

– Io ero fuori.

Ci zittiamo.

– Mi sono messa a gridare il tuo nome. Ho gridato, e ho gridato. Fino a che, – prende nervosamente il tabacco dal cassetto del comodino e inizia, compunta, a farsi una sigaretta, – fino a che non ho sentito delle mani ghiacciate che mi stringevano il collo –. Lecca la cartina e la chiude. – E dalla mia gola non è uscito piú niente.

Abbasso lo sguardo.

Antonio le chiede se abbia visto qualcosa, o qualcuno.

– No. Ma mentre pensavo che sarei crepata lí per lí, perché non respiravo piú, ho sentito quella musica. Avete presente...?

Antonio beve dalla tazzina di caffè con il mignolo appena alzato. – Anche noi.

– E i polmoni hanno, come posso dire... ricominciato a funzionare. Ma soprattutto ho avuto sonno. Un sonno assurdo. E mi sono addormentata, credo –. Si alza, apre la finestra e si accende la sigaretta. – Ho dormito pure bene, eh!

Esalo le quattro parole definitive: – Questa casa è infestata.

– Dài? – ride Alba, sfoggiando il diastema.

– L'ho detto subito che era come Hill House, – suggerisce Antonio.

– Non sto scherzando –. Raddrizzo la schiena, poso la mia tazzina vuota sul vassoio. – Ve ne dovete andare.

Le labbra di maschio arricciate. – Scusa?

E il fumo di Alba verso la campagna pallida. – Non ci penso nemmeno.

– Non siate cretini –. Stiracchio il collo che mi fa male. La cervicalgia è il minimo. – Avete già rischiato troppo per colpa mia. Ora fate le valigie e telate.

– Ma telare dove, amo? – Alba è vagamente stizzita. – Che faccio, vado a stare con una tipa con cui scopo da un mese e vive ancora con la sua ex? – Un ghigno. – Detto che sarebbe divertente.

– E io, secondo te, mi rimetto a fare spritz per ex poliziotti?

Guardo Alba, guardo Antonio. – Cristo, siete quasi morti.

– E tu? – Alba spegne la sigaretta nella tazzina vuota. Una cosa che detesto. – Non sei quasi morta?

– Se pensi che ti lasciamo sola qua, sei fuori, – corrobora Antonio.

– O non ci conosci –. Alba si siede di fianco a me.

Mi si bagnano gli occhi. – Ma perché?

– Perché tuo padre non c'è piú e ti manca un casino, anche se non ne parli mai –. La mano aperta di Alba sul mio ginocchio destro. – E fai di tutto per dimenticartene. Persino evocare scrittrici morte.

– Perché gli hanno rubato i risparmi di una vita e sei dovuta tornare in questo posto, che fingi di non odiare –. La mano aperta di Antonio sul mio ginocchio sinistro. – E nonostante questo ci hai preso in casa, gratis, sapendo che anche noi non ce la passavamo granché bene.

– Perché teniamo a te, – conclude Alba, e Antonio annuisce.

– Allora non resta altro da fare, – mi alzo dal letto, asciugandomi le orbite con le maniche della felpa.

Alba si mette a ridere. – Chiamare i Ghostbusters?

– Festeggiare il mio compleanno, – dico.

Perché sí, dottoressa, sono nata oggi.

Quarantatre anni fa.

DATA: 18 ottobre 2023, 22.08
OGGETTO: Una promessa

Cara dottoressa,

gli ho telefonato alle 9 di mattina, ma non mi ha risposto. Non avevo intenzione di demordere. Ho riprovato alle 10, alle 11, alle 11.30. A mezzogiorno mi ha richiamato.
– Pino?
– Dottore', voi siete.
– Come sta? – chiedo mentre passeggio nel salone per riprenderci confidenza, decisa a non lasciarmi intimidire dai brutti ricordi di due sere fa che, quanto a orrore, hanno superato a destra quelli di trent'anni fa.
– Sto bene, sto bene. Stiamo qua a sistemare l'impianto irriguo di una bella villa vicino a Punta Prosciutto, ci sta un mare celeste come il mantello della Madonna –. Fine dei convenevoli. – Mi ha chiamato varie volte.
– Ho bisogno di lei, Pino.
Mi sono svegliata con una determinazione feroce. Sarò io a cacciare Orlando Trispét da casa mia, e non lei a cacciare me. Ho già perso troppo. Non posso perdere anche la Dimora, né Mary. Ma non ci potrò mai riuscire da sola.
– Già glielo dissi, che sono a sua disposizione. Per quello che posso, ovviamente. Manipulu suntu –. Cioè «faccio l'operaio».
– Allora, – esito. – Lei fa questo mestiere da tanti anni, vero?
– Quaranta, dottore'. Ete tiempu che me ne vado in pensione.
– Dunque lei sa qual è il nome proprio del Santo?
Una pausa perplessa.

– Il Santo, il ragazzo... – spiego. – Cioè, era un ragazzo l'ultima volta che l'ho visto. Ora avrà cinquant'anni.
– Lu Santu? Cioè lu macu?
– Il mago, sí. Il sensitivo.
– E certo. Tante volte abbiamo parlato, sa, – abbassa la voce, – per quella cosa mia, che le dicevo. Vedere i morti in sogno. Ma poi se ne è andato.
– Quando, che lei sappia? E dove? – So che ritrovarlo non sarà semplice. Il Santo dev'essere il tipo di persona capace di coprire le sue tracce.
– Eh... – esita Pino. – E chi si ricorda. Sarà stato almeno dieci anni fa.
– Se mi dà il nome, il nome di battesimo intendo, almeno provo a cercarlo su Google.
– Mi faccia ricordare. Era una cosa strana –. Ci mette un attimo. – Alcibiade... Santeramo.
«Ma che cazzo di nome è», penso.
Pino si congratula con sé stesso. – Sine, sine, giusto è. La madre insegnava il greco al liceo di Copertino.
Non aspetto nemmeno un secondo. Metto il vivavoce, e lascio che internet trinci il nome del medium – ben piú scafato di me – che butterà fuori Orlando Trispét con un calcio nel culo e mi restituirà Mary Shelley. Ma non c'è nessun risultato pertinente per Alcibiade Santeramo. Nemmeno un profilo Facebook, Instagram, X, Threads, TikTok: niente di niente.
– Me lo deve trovare, Pino.
– Dottore', lei lo sa, ho promesso a suo padre morto che l'avrei aiutata. Ma mo' la faccenda si fa complicata. Come devo fare a rintracciarlo?
– Lei è introdotto in paese. Avrà, che so, una rete di gente che fa il suo stesso mestiere. Qualcuno gli avrà fatto il trasloco. Chieda. La prego.
– Non le prometto niente.
– No, lei me lo deve promettere, – insisto.
Pino bofonchia. – E va bene, dottore'. Glielo prometto.

Ero punto e a capo, dottoressa. Non che avessi speranze di trovare il Santo in quattro e quattr'otto, l'ho detto, ma nemmeno potevo aspettare che Trispét tornasse una terza volta per portare a termine quello che ancora non era riuscita a fare. E cioè, ucciderci.

DATA: 19 ottobre 2023, 17.08
OGGETTO: Ventuno domande

Cara dottoressa,

avevo e ho un casino in testa. Troppe domande, pochissime risposte.

Per ordinare i pensieri, ho stilato un breve elenco che volentieri le sottopongo.

1. Che fine ha fatto Mary?
2. I fantasmi possono morire?
3. Se sí, Mary è morta una seconda volta?
4. Se invece non è morta, dove è finita?
5. È stata rapita da Orlando Trispét?
6. Se sí, perché?
7. Se sí, dove l'ha portata?
8. Chi è, o meglio chi era, Orlando Trispét?
9. Che ci fa qui?
10. Cosa vuole da me?
11. Chi o cosa sono le ombre che ho visto oltre le finestre?
12. Perché e in cosa si è trasfigurato il salone?
13. Perché tutti sentiamo quella strana canzone che fischiava mio padre e di cui mi sono ricordata le parole?
14. Dove l'ho già sentita?
15. Chi o cosa ha perseguitato Antonio nel bosco?
16. Quante *presenze* conta questo posto?
17. Come farò ad affittare le camere alla fine di ottobre, che è letteralmente tra dieci giorni, con uno spettro assassino che si aggira per le mura e non ha alcuna intenzione di andarsene?

18. Come faccio a proteggere Alba e Antonio dal mostro che mi vuole, e forse ci vuole, morti?
19. Com'è possibile che il Santo si sia dissolto nel nulla?
20. Come faccio a venire fuori da questa situazione?

Non lo so dottoressa, non lo so. Tutte le questioni mi paiono avere uguale urgenza. Tutte sono importanti. E ce n'è un'ultima.

21. Cosa ne sarà del mio manoscritto?

DATA: 20 ottobre 2023, 12.55
OGGETTO: Niente

Cara dottoressa,

persino le lettere che scrivo a lei sono diventate scadenti.
Ieri mi sono ridotta a mandarle un elenco.
Un elenco.
Perché non ho dato retta al monito di Antonio? Perché non ho detto nulla di Orlando Trispét a Mary? Magari avrebbe saputo difendersi, o se ne sarebbe andata.
Sono stata un'egoista.
Non ho piú toccato il manoscritto. Solo guardare il file aperto sul portatile mi fa sentire in colpa. E ora, cosa me ne faccio? Potrei mettermi a editarlo io, è evidente, e sarebbe già qualcosa, ma il mio lavoro consisterebbe nel tagliare le parti che ha aggiunto Mary.
Forse dovrei considerarlo nullo e buttarlo via.
Non lo so, non riesco a pensare.
Continuo a non riuscire a pensare a niente.

DATA: 21 ottobre 2023, 12.55
OGGETTO: Di lombrichi e di draghi

Cara dottoressa,

sono stati giorni sparsi e inconcludenti.

Alba ha passato molto tempo da Caterina, e Antonio è stato a lungo nella sua ex campagna, cercando di salvare il salvabile per portarlo qui.

Pino non è riuscito a reperire alcuna informazione sul Santo, per il momento.

Quanto a me, ho girovagato per la casa in cerca di qualsiasi cosa potesse aiutarmi a ottenere delle risposte.

Ho setacciato il salone rovesciando le ceramiche afferenti al Consorzio Capodimonte della nonna Checchina per scoprire se, sul fondo, vi fosse effigiato qualcosa di misterioso o insolito in grado di ricondurmi alla presenza ostinata di Orlando. Ho disarcionato centrini, scotolato tende con le mani ed esplorato le fughe tra le pietre del camino. Ho sollevato i tappeti e bussato sui muri.

Ho cercato nella scrivania del nonno dei documenti catastali sulla Dimora che alludessero alla trasfigurazione cui avevo assistito in un incubo.

Ho aperto e richiuso i volumi del nonno Giuseppe in cerca di carte e ricordi perduti.

Ho aperto tutti i libri di Mary in mio possesso in un tentativo insensato di bibliomanzia, come se mi aspettassi una qualche comunicazione attraverso canali insondabili.

Ho seguito le traiettorie cieche della falena fantasma che, ormai, è la nostra quinta inquilina. Quinta, sí, perché oltre a me, Alba e Antonio devo conteggiare Trispét.

Ho ciondolato irrequieta vicino all'orto, mi sono guardata attorno sforzandomi di non avere paura, anche vicino al bosco, attendendo un segnale.

E intanto, mi dicevo: «L'ho fatto una volta e posso farlo ancora. Posso contare su me stessa. Sono una medium».

Non sono piú la bambina che vede i morti; sono la donna che vede i morti. Evocherò un altro scrittore, o un'altra scrittrice che mi aiuterà a sistemare il romanzo. Troverò il Santo, che caccerà Orlando. E salverà Mary. Riporteremo la pace a casa mia. A casa nostra. È solo questione di tempo.

Non devo piú avere timore di me stessa, né di questo luogo che sono io. È la mia famiglia ed è la mia storia. Ho letto abbastanza racconti del terrore per sapere come funziona.

Sarò la *final girl* e non la *dead blonde*, anche perché ho i capelli neri.

Per provare a me stessa di avere il coraggio di cui tutti questi anni ho dubitato, ho scoperchiato le vermicompostiere e infilato le dita nella terra. «Avevo sotterrato uno per uno tutti i miei denti da latte man mano che cadevano, e forse un giorno da quei dentini sarebbero nati dei draghi»: due bestie scarlatte, orrende e prodigiose, mi si sono attorcigliate alle falangi con le teste, e i corpi, di molle rubino. Li ho osservati brillare.

Antonio si sbaglia.

Questa non è Hill House, perché io non sono Eleanor Vance.

Io sono Mary Katherine Blackwood.

E questo è il mio castello.

DATA: 22 ottobre 2023, 00.45
OGGETTO: Shirley

Cara dottoressa,

la mia nuova ospite è arrivata a mezzogiorno in punto. Stavo passando il mocio nel salone – che lavo ossessivamente per cancellare ogni traccia di Orlando Trispét – quando lo sguardo si è posato oltre i vetri: qualcuno ha svegliato il cancello dalla sua culla di pietra e di ferro, ed è entrato.

Aveva una quarantottore beige nella mano sinistra. Quarantotto, l'età in cui ha lasciato il mondo dei vivi. Con la destra teneva una sigaretta che portava continuamente alle labbra. Trench, camicia, cardigan, gonna spiegazzata al ginocchio, calze lente sul polpaccio, la coda di cavallo color rame dietro la nuca e i germogli di capelli spezzati che crescevano sulla testa. Le lenti spesse sugli occhi piccoli.

Il mocio m'è caduto dalle mani. Sono rimasta sul posto per alcuni secondi, il tempo di osservarla fermarsi davanti alla facciata e alzare il mento per studiarla con piglio clinico.

I suoi antenati erano costruttori, proprio come i miei. Questo ci avrebbe avvicinate? Non avrei saputo dirlo.

Era nota per il suo cattivo carattere. Per l'irascibilità, la fermezza. E l'ironia. Il mio opposto. Sagittario ascendente Sagittario e luna in Leone, contro Bilancia ascendente Scorpione e luna in Capricorno. Un incontro tra un incendio, il suo, e il mio lago assolato in una giornata di maestrale.

Lentamente, mi dirigo verso la porta d'ingresso. La apro. Cammino nella sua direzione, un passo dopo l'altro.

– E questa sarebbe una casa infestata? – mi chiede con la voce cantilenante.

– Cosí pare, – rispondo.

– Un rettangolo di cemento bianco. Terribilmente noioso –. Si sistema gli occhiali sul naso. – Cos'è che c'è scritto? «Hic locus est ubi mors gaudet succurrere vitae» –. Scandisce il motto latino sulla facciata man mano che lo legge, parola per parola. – Roba da obitorio.

Non mi aspetta. Entra in casa e posa la valigia nell'androne, vicino al grande attaccapanni a muro dove ha appeso il trench blu navale. La seguo, a disagio. Mi dovrei abituare ai suoi modi. Che, poi, sono i modi che ho immaginato leggendo biografie e pezzi autobiografici.

Studia le volte, forse l'ubicazione delle stanze, certamente i pavimenti.

– È sporco, – conclude. – Non avete nessuno che pulisca?

Scuoto la testa.

– Chiedo perché siete ragazzini, e i ragazzini non sanno pulire.

Siamo poco meno che coetanee, ma lei dimostra vent'anni piú di me. Ha avuto quattro figli, io nessuno. Ha ricevuto premi e riconoscimenti, io nessuno. Ha venduto migliaia e migliaia di copie dei suoi romanzi; io mi cimento con un debutto incompiuto.

– Non stare lí impalata, cerbiatta. Non lo sai che i cacciatori sono alle porte? – Fa sparire il mozzicone di sigaretta spenta nel pugno, la testa verso il giardino e il bosco.

– Non sono una cerbiatta, – dico. – Vedo i morti da quando sono piccola.

– Una cerbiatta che vede i morti resta una cerbiatta. E non tutti i morti sono come me, o come Mary, – guarda verso la mia camera da letto. – Alcuni, aspettano.

– Cosa aspettano?

– Questo dipende interamente dalle circostanze –. Chiude gli occhi e fa un sospiro, già esasperata dalla mia presenza. – Per prima cosa chiama i tuoi amici. Vi metterete a spolverare. E quando dico spolverare, – riprende la quarantottore in mano, – intendo spolverare tutto. Inclusi i quadri alle pareti –. Si avvia verso la scala semicircolare; i gradini non scricchiolano sotto i suoi piedi di spettro. – *Tutte* le pareti.

È una mattina tersa; i corrimano in legno scuro scintillano di sole a dispetto delle mie scarse virtú domestiche. Deduco che Shirley Jackson stia scegliendo una delle stanze al piano di sopra. Mi auguro che possa identificarne una di suo gusto. Sembra difficile da accontentare. Fare gli onori di casa è il minimo.

La trovo nello studio di papà. Fissa il suo ritratto di chierichetto sulla scrivania.

– Vi siete parlati? – mi chiede Shirley. – Da quando è trapassato, intendo.

– No.

– Non sei una medium?

– Sí, ma sto prendendo le misure, ecco.

– Hai chiamato un fantasma del Milleottocento, ma non ti è venuto in mente di fare due chiacchiere con tuo padre, ancora caldo nella bara?

– Gli ho detto tutto quel che dovevo dirgli. E poi, suppongo, avrei paura.

– Paura? – ripete. – Gli scrittori non hanno paura.

– Non sono ancora una scrittrice. Per questo…

– Hai cercato una scorciatoia, – la mano che disegna nell'aria una strada arzigogolata. – Ma è questa ricerca di scorciatoie la ragione per cui non sarai un granché come scrittrice –. Mi si avvicina. – E tuo padre non verrebbe in ogni caso.

– Frequenta i sogni di altri, ma non i miei, – dico, pensando a Pino.

Shirley, arrogante, si stringe nelle spalle. Lo sapeva già.

Esce dallo studio. Le vado dietro incerta, un cane che non sa bene se scodinzolare o stare a cuccia.

– Ricapitoliamo, – dice mentre spalanca la porta della lounge, – qual è il problema, qui?

– Innanzitutto, tengo a ringraziarti di essere venuta, – esordisco.

Shirley annuisce; per la prima volta da quando ha messo il piede di spettro nella Dimora, sembra compiaciuta. L'ho sempre immaginata sensibile alla gratitudine. In vita, faceva due lavori: la scrittrice e la casalinga. E nessuno ringrazia mai le casalinghe: una regola tacita e inscalfibile in qualsiasi anno, decennio, secolo o millennio. Tanto che spesso finiscono per difendersi dalla mancanza di cura nei loro confronti, e sostenere di non voler essere ringraziate. Un antidoto alla delusione. Mia nonna Checchina aveva un motto: «Non si dice grazie in casa mia». «Ah no?» pensavo ogni volta. Non ti devo ringraziare per avermi lavato le calze, fatto la spesa, cucinato la frittata e il pesce al cartoccio, caricato la lavatrice, lavato il tavolo e i pavimenti, fatto i letti, sistemato i cassetti, spolverato e compiuto gli stessi gesti ieri e l'indomani, in un loop infinito? A me pare di sí. Visto che, peraltro, non ti paga nessuno per farlo.

– E non so che fine abbia fatto Mary Shelley, – concludo dopo aver efficacemente riassunto le circostanze mie e di Orlando dal 1986 a oggi.

Shirley posa la valigia sul cassettone, e apre una delle finestre che affacciano sul lato ovest. Nella stanza penetra un'aria sferzante, di terra bagnata, muffa e letame. – Ho pensato spesso che io e Mary avessimo molte cose in comune, – dice sporgendosi, la pancia contro il davanzale. – Abbiamo avuto entrambe quattro figli, vivi o morti non fa differenza –. Protende il naso verso le praterie brulle, ammantate di foschia. – Mio marito era una celebrità. E anche il suo.

– Ma la vera fama è toccata a voi.

Shirley picchietta l'infisso con le dita, senza guardarmi in faccia. – Shelley è stato il suo primo sostenitore ed editor. Stanley, il mio.

Stanley Hyman, il marito di Shirley. Critico letterario.

– E tutti e due, – continua sottraendosi al refolo autunnale e torcendo il collo nella mia direzione, – ci hanno massacrato.

Mentre chiude la finestra, mi chiedo se i messaggi olfattivi, non verbali, trasmessi dalla campagna oltre la Dimora, nel codice inumano di quanto chiamiamo natura, le stuzzichino le narici come fanno con le mie. – Gli spettri sentono gli odori?

Mi guarda con la favilla di una lama nelle pupille nere. – Gli spettri possono fare quasi tutto.

Ripenso a Mary, a quanto ci siamo dette durante la sua meravigliosa permanenza. Quando beveva il caffè, la tazzina non penetrava la sua sostanza eterea ma piuttosto, al contatto con le mani, veniva inglobata in una sorta di mondo secondario. Mi ero chiesta se cambiasse la composizione molecolare della ceramica, al tocco delle sue dita. Se anche la tazzina diventasse un fantasma, nella stretta di un fantasma. Ma Mary mi aveva impedito di chiederle qualsiasi cosa. Mi aveva detto che avevo a disposizione soltanto tre domande oculatamente formulate sull'aldilà. Lo riferisco a Shirley.

Scoppia a ridere. Una risata fragorosa e fastidiosa. – Che stronza, – dice con la voce strozzata. – Ti ha mentito –. La sghignazzata pare inarrestabile. Si mette le mani sullo stomaco per contenerla, la pelle opalescente prende colore, la fede al dito brilla.

I suoi libri, i suoi racconti e persino i suoi pezzetti autobiografici, negli anni, mi hanno terrorizzata e scosso fino alle fondamenta. Ora la sua presenza mi mette a disagio.

– Dicevo che gli spettri possono fare quasi tutto, – si asciuga una lacrima da risa dall'occhio destro. – Abbiamo plenipotenza rispetto al mondo empirico. Il problema sono i vivi.

– Perché non vogliono vedere i morti?

– Perché alterano il campo con la loro energia. Siete creature semplici. La realtà si piega alla vostra capacità di esperienza, che è terribilmente limitata.

– Quindi, se siamo nei paraggi, è piú difficile per i fantasmi fare quello che farebbero normalmente? – Guardo per terra, il pollice e l'indice a stringermi il mento. Sto ristrutturando la mia percezione di Mary, di Orlando, di Shirley stessa. E la mia.

– La terza dimensione, in cui esistete, somiglia a un teatro, – si siede sul baldacchino, tastandone la morbidezza con il sedere stretto nella gonna. – Quando i protagonisti sono sul palcoscenico, i riflettori vengono puntati su di loro. E tutti gli altri diventano comparse –. Passa una mano sulle lenzuola di lino non proprio tese sul materasso. – È per questo che i morti se ne vanno a spasso e si tengono alla larga. A meno che non abbiano un'ottima ragione per restare.

– Vale anche per i medium?

– I medium non pensano, né vivono a tre dimensioni. Dunque, non depotenziano l'ambiente.

– Dev'essere per questo che Orlando Trispét non ama la compagnia. A parte la mia, intendo.

Shirley stringe gli occhi.

– Quando ero piccola, – proseguo, – e l'ho vista per la prima volta al compleanno di mio nonno, ho avuto la sensazione che si sentisse in trappola. La seconda volta, quando l'ho evocata deliberatamente, sembrava disturbata da Alba. Durante l'ultima apparizione ha fatto di tutto affinché né Alba né Antonio potessero raggiungermi –. Faccio una pausa. – Mary era diversa. Era contenta di trovarsi tra la gente.

– Ci sono spettri piú possenti, e meno possenti. E quello che dici mi fa ben sperare, – si toglie gli occhiali per pulirli con il lembo di una federa, – che Mary sia sopravvissuta.

– Che significa? – chiedo.

– Gli spiriti deboli come, poniamo per assurdo, e per ragioni che non conosciamo ancora, quello che infesta queste mura, possono fare *piggybacking* su altri spiriti che si trovano nei paraggi.

Mary era londinese, Shirley di San Francisco. Ma questa è la prima parola che sento pronunciare in inglese da quando le conosco. Non mi sono mai posta il problema della traduzione, o della lingua di morti non italiani. Li capisco, e basta. Ma il concetto di *piggybacking*, no. Mi sfugge.

– Per sfruttare bene l'elettricità, senza rischi, dovrei avere due prese per due ciabatte, – continua Shirley riposizionando gli occhiali puliti sul naso, tentando di spiegarsi. – Ma io ho due ciabatte e un'unica presa. Cosa faccio?

La mia gola emette un mugugno confuso.

– Santa pazienza, – Shirley rovescia gli occhi, – infilo la spina della prima ciabatta nella seconda ciabatta, e finalmente infilo la spina della seconda ciabatta nel muro. *Piggybacking*.

– Mary sarebbe la seconda ciabatta?

– Precisamente. La tua Orlando Trispét ha usato il vigore di Mary per la recita che mi hai descritto. Da sola, non ci sarebbe riuscita.

Deglutisco rumorosamente.

– Nella maggior parte dei casi, il *piggybacking* tra spettri è virtuoso. Ci si aiuta. Ma, – Shirley alza l'indice come una maestra di fronte alla lavagna, – ci sono dei paletti. Deve essere una felice cooperazione, per cosí dire.

– Cosa intendi? Consenso?

– Circa –. Schiocca la lingua. – Se molti spettri decidono di restare tra i vivi, si danno forza a vicenda. Attingono gli uni agli altri. Ma entro certi limiti.

– Come una sorta di *fair play*.

– Uno spettro che consumi tutto il vigore di un altro per i suoi fini, si chiama *demone* –. Shirley abbassa il mento, si guarda le ginocchia, incrocia le braccia sul cuore. – La sento, – ondeggia leggermente, come fosse su una sedia a dondolo. – Un orlo nero corre su ciascuno dei muri di questa casa –. Alza gli occhi verso il soffitto. – Come il filo intestinale sul dorso degli scampi.

Mi metto una mano nella tasca dei jeans. – Tieni, – dico porgendo un bigliettino da me scribacchiato. – Se senti che Trispét vuol fare *piggybacking* con te, leggi queste parole a voce alta.

Shirley stira le labbra in un mezzo sorriso accondiscendente, le braccia cadono sul materasso. – Io sono un'esperta di demoni, la cagasotto sei tu –. Poi però lo legge ad alta voce. Ed è divertente sentire Shirley Jackson masticare il dialetto leccese.

Arma trista, cu te pigghia?
Ha squariatu tantu tiempu.
Nun ne tene curpa 'a stria,
nienti sape te lu turmientu.
Arma niura, chi turtura,
nisciunu te cunsula.
Castimata e cacatura,
prestu nun sarai chiui sula.

– È l'unica maniera per allontanarla, – aggiungo.

– Cos'è?

– Non lo so, – faccio spallucce. – Non me lo ricordo.

Shirley si infila il bigliettino nel reggiseno. – Ha tutta l'aria di essere una ninna nanna –. A quel punto si immobilizza e fissa la porta della stanza con la bocca stretta. Come se ci fosse qualcuno.

– C'è Orlando Trispét? – domando allarmata, gli occhi rotondi.

– Lascia stare, – dice. Si alza, e inizia a tirar fuori alcuni abiti dalla valigia. – Hai grucce?

E cosí, sembra che Shirley Jackson voglia infestare la lounge. Di tutte le stanze, la nostra stanza. Non oso protestare. Ubbidisco e apro le ante dell'armadio di mogano che è appartenuto alla bisnonna Grazia.

Dall'armadio schizza fuori la falena fantasma, che stava acquattata ad aspettarci. Shirley non la degna di uno sguardo, nemmeno quando le si posa sulla montatura *cateye* degli occhiali.

Sul bastone sono meticolosamente allineati e riposti, in buste di plastica anemica, decine di abiti anni Quaranta, Cinquanta, Sessanta. La bisnonna è morta nel 1978, mi pare, e negli ultimi anni non usciva spesso. Dunque, gli anni Settanta sono rappresentati soprattutto da grembiuloni da casa con fiori opulenti. Tutti gli altri sono modelli splendidi, di tutti i colori, verdi e rossi e azzurri, e ancora rosa e celeste, nero e bianco. Sul fondo, scarpe; scarpe con i tacchi a spillo, Kitty Heel, Chanel, Mary Jane, con i fiocchi, laccate.

– Oh! – esclama Shirley agguantando un capo rosa antico, con due colombe magenta ricamate a filo sulla spalla destra e sulla spalla sinistra, a protendere il becco una verso l'altra. – Sembra proprio della mia misura! Posso?

DATA: 24 ottobre 2023, 23.12
OGGETTO: L'albero

Cara dottoressa,

Shirley sostiene che non potrà fermarsi per molto tempo qui alla Dimora, ma mi ha promesso che non se ne andrà prima di aver letto il mio manoscritto. Non è chiaro se mi darà una mano a sistemarlo. Deve prima capire *se ne vale la pena*. Nulla di che, dottoressa: cosa vuole che rappresenti, per me o per qualsiasi scrittore, il verdetto di una delle piú grandi autrici del Novecento? «Non sono per niente preoccupata», disse Filomena Quarta mentre fissava il soffitto, incapace di chiudere occhio da due giorni.

E, tuttavia, non posso lamentarmi. La diavolessa che ha confezionato *La lotteria* è una stronza; mi cazzia di continuo, mi ripete che sono una vigliacca, una ragazzina, una medium pietosa e generalmente non so stare al mondo; che nessun fantasma rispettabile disturberebbe mai la classe media e, dunque, non si capisce per quale motivo Trispét mi degni anche solo di uno sguardo. Ma dietro le lenti spesse due dita e le maniere rudi c'è una persona di acume incommensurabile, che intende aiutarmi a *pulire la casa*, come dice spesso dentro e fuor di metafora. Con tutti i mezzi a sua disposizione.

Oggi, per esempio, verso le 17 ha deciso che mi avrebbe fatto le carte in sala da pranzo.

– Abitate in un posto gigantesco e vivete tre stanze in croce, – ha detto. – È uno spreco.

La sala da pranzo è ampia, rettangolare e non particolarmente luminosa. Da quando Antonio si è messo diligentemente a resuscitare la terra depauperata, è anche una delle stanze piú olezzanti della Dimora: oltre le finestre giacciono i lunghi rettangoli delle vermicompostiere. Secondo il loro costruttore e proprietario, una buona vermicompostiera non dovrebbe fare particolare odore, ma è pur sempre piena di rifiuti organici, e Antonio mi aveva avvertito che un minimo di tanfo era inevitabile. Ora: siamo piuttosto distanti dal concetto di *minimo*, dottoressa, ma la speranza che i primi germogli inizino a emergere dall'anfiteatro di terra che un tempo nutriva carote e melanzane, lattuga e fragole, pomodori e zucchine è grande. In piú, sembra il prezzo da pagare per vedere Antonio sorridere, fiero di sé e di quanto sa fare. Quindi, va bene.

Le pareti della sala da pranzo vincono il piú prestigioso dei premi per l'*allure* dei quadri.

A destra della porta d'ingresso, due giovani donne sormontate da una ragnatela argentea bevono, presumibilmente, un tè corretto e chiacchierano un po' brille, gli abiti azzurri a contrasto con la parete color granata.

A sinistra, il dettaglio di una mano non può che evocare la famiglia Addams.

Sul muro opposto, tra le finestre alla francese, sta un olio sovradimensionato della Dimora schizzato in bianchi, marroni e verdi da qualche pittore sodale del bisnonno o del nonno. Stile impressionista. Ammirandolo, Shirley ha chiosato: – Nessuno apprezza l'autopoiesi piú della media borghesia.

Il tavolo è un bellissimo pezzo dei primi del Novecento. Mio padre ne andava fiero. Diceva che era stato acquistato dal bisnonno Giuseppe in un viaggio a Milano, all'asta di una ditta elettrica fallita che lo usava per le riunioni. Il fulgido noce antico, in *pendant* con le sedie che avevano accomodato antiche natiche di – senza dubbio – soli maschi, era stato molto amato sia dalla bisnonna Grazia che dalla nonna Checchina, che vi avevano servito orde di pietanze lussuose e meno lussuose, ma sempre divinamente impiattate da Manfredi.

Piove. Quest'autunno si sta rivelando particolarmente umido.

La falena fantasma si è intrufolata dall'ingresso semichiuso della cucina che – naturalmente – comunica con la sala per servire piú celermente.

Ci sediamo. Shirley a capotavola, io alla sua destra. Lei, i capelli rossi ben ravviati, falena in fronte con le ali raccolte sul dorso. A completare l'abito rosa antico con le colombe magenta, Mary Jane in vernice nera: outfit interamente appartenuto alla mia vezzosa bisnonna. Io, un cesto di bucato da stirare.

– Ti farò una stesa particolarmente rivelatrice, – dice materializzando due candele accese, un tappetino bordeaux con fregi ottagonali e un mazzo di tarocchi dal palmo della mano. Fa due pile: una di *arcani minori*, queste le parole che usa, e una di *arcani maggiori*. I soli che le serviranno. Si mette a mescolarle, a dorso coperto. Allungando le braccia, le stende in un semicerchio ritagliando un'ampia superficie libera di fronte a sé. – Prendine tre, – dice. – E concentrati!

È la seconda volta che mi accosto alle carte. La prima risale al Santo, e ai miei sei anni. «Non è complicato», mi dico, «devo soltanto seguire le istruzioni». Cosí faccio, notando con la coda dell'occhio che un pacchetto di Pall Mall è comparso sul tavolo.

Shirley tira fuori una sigaretta che si è autocombusta mentre la porta alla bocca. Non c'è odore di fumo; solo un'illusione di fumo. Dispone le tre carte vicino al petto, a ventaglio rovesciato. Una a sinistra, una al centro, una al lato.

– Queste sono le tue radici, – mi spiega. – L'Imperatore, il Diavolo e la Papessa. Andiamo avanti. Altre tre.

«È forse l'unica scrittrice contemporanea a essere una

strega dilettante, specializzata in magia nera su piccola scala e in cartomanzia con un mazzo di tarocchi», scrisse il marito di Shirley al suo primo editore. La frase fu impressa sulla quarta di copertina del suo romanzo d'esordio del 1948: *La strada oltre il muro*. Lei aveva solo trentadue anni.

Pesco le altre tre carte.

– La Ruota, la Luna, la Temperanza –. Shirley le dispone sopra il Diavolo, perpendicolarmente. – Ora cinque. Le ultime.

Le mie dita si muovono caute, ma la scelta è del tutto casuale.

– Il Matto, l'Arcano senza nome, il Giudizio, la Giustizia, la Stella: ecco –. Un nuovo ventaglio: stavolta in cima.

– Sembra un albero, – dico.

– Perspicace, – risponde Shirley sul cui viso, illuminato dalle candele, danza l'ombra dei lecci scossi dall'acquazzone. – È un albero.

Ho fotografato la stesa, dottoressa; se crede gliel'allego.

– Non so nulla di tarocchi, – dico.

– Be', è ora che impari, – risponde Shirley, secca. Un lungo soffio di fumo. – Nelle tue radici ci sono un uomo e una donna. L'Imperatore e la Papessa sono incatenati uno all'altra, in un sodalizio blasfemo. Idee su chi possano essere? – Si sfrega il naso e sussurra tra sé e sé: – Queste sono persone.

– La Papessa è una monaca –. Chino la testa, cercando di decifrare il disegno sulla carta. – O, almeno, potrebbe sembrarlo.

– Orlando Trispét –. Le labbra arricciate di Shirley.

– Ma chi è l'Imperatore?

Una carezza leggera, con i polpastrelli di fantasma, sul viso della Papessa. – Nisciunu te cunsula, ovvero «nessuno ti consola». Non dice questo, la ninna nanna che mi hai passato ieri? – L'unghia dell'indice picchietta sulla Ruota, e a salire. – Questo è il tronco –. La sigaretta si è consumata, e quel che ne resta è stato assorbito dalla mano. Shirley ne tira fuori un'altra dal pacchetto sul tavolo, la posiziona in bocca. Il vapore bianco la avvolge. – La Temperanza è in posizione apicale. Qualcuno la chiama l'Angelo –. Mi guarda intensamente. – I rizomi sono malati. Il tronco è storto. Ma nulla è passato alle fronde.

– Vuoi dire che sono stata protetta?

– Questo Diavolo non è un Diavolo qualsiasi. Il Diavolo, nelle carte, ha molti significati a seconda delle combinazioni, – continua Shirley. – Questo è un male *occultato*, ma è anche un male *occulto*.

La voce mi trema, quando le domando di essere piú chiara.

– *Occultato* perché si nasconde, striscia e contamina. Perché dico questo? – Preme il dito medio sulla Luna. – Perché la Luna confonde e mistifica.

– E perché *occulto*?

Il dito sulla Ruota. – Un male fatale, che ha fatalmente assunto connotati sovrannaturali.

Un lampo accende la sala da pranzo. Un tuono, a pochi secondi di distanza, lo segue. La falena si è messa a svolazzare di qua e di là, infastidita dal boato. La tempesta adesso ghermisce la Dimora.

Antonio, fradicio dallo zuccotto fino alle caviglie, entra nella sala da pranzo. È appena rincasato.

– Filomena, – mi chiede perplesso. – Cosa ci fai qua al buio, da sola?

– Non sono sola, – rispondo puntando Shirley, che a sua volta squadra Antonio.

Lui si toglie il capellino di lana e lo stringe tra le mani. – Sei con lei... con Shirley Jackson? – È preoccupato. Non saprei dargli torto.

Shirley è molto diversa da Mary. La tecnologia la disturba, detesta il sole e i suoi piccoli occhi raramente tradiscono stupore o entusiasmo. Si è fatta i fatti suoi, preoccupandosi che nessun altro se li facesse. Squadra i miei coinquilini viventi dall'alto al basso curandosi di tenerli a debita distanza, affinché nessuno dei due percepisca la sua presenza, senta i suoi pensieri o faccia domande.

– Poi ti spiego, – dico ad Antonio, cercando di liquidare la sua curiosità.

– Però tutto bene, sí? – Si fa il segno della croce. – Accendo la luce?

Sul tavolo appare una terza candela.

– Non serve, – rispondo.

Antonio annuisce, ormai rassegnato a non capirci nulla.

– Congedalo –. Shirley mescola le carte rimanenti, forse piú per tenere le mani impegnate in qualcosa, che per il bisogno di metterle in ordine. Detesta aspettare. – Non ho finito.

– Come hai detto? – la faccia spiritata di Antonio tra le ante della porta.

– Io non ho detto niente.

Appena Antonio sparisce, e riavvia la mia attenzione, Shirley passa il palmo aperto sulle carte in alto. – Ed eccoci alle fronde del tuo albero. Che tu fossi il Matto, si sapeva. Non ti sei manco accorta che quel ragazzo è innamorato di te –. Schiocca rumorosamente due dita davanti al mio naso. – Ti devi svegliare, se no qua non andiamo da nessuna parte.

– Sono sveglia, sono sveglia, – mi affretto a dire, mettendo da parte le parole di Shirley su Antonio come si fa con i regali di compleanno che, durante la festa, si conservano per essere aperti in un secondo momento, quando sarà terminato il tempo dei convenevoli.

– Non mi pare. Per esempio, – terza sigaretta, – ti è venuto in mente di andare in biblioteca?

– Per cosa?

Shirley mi fa il verso. – *Per cosa*, mi chiede –. Cicca sul pavimento, ma nessuna cenere si raccoglie ai suoi piedi. – Per cercare notizie di suore da queste parti. Suore straniere, probabilmente francesi, a giudicare dal cognome.

Spalanco gli occhi. È la cosa piú banale e ovvia del mondo. Quella che avrei dovuto fare immediatamente. Shirley ha ragione. Devo prendere in mano le redini della situazione. Smetterla di lasciarmi vivere. E di lasciarmi morire, apparentemente. Per mano vuota della monaca.

– Capire è il primo passo. Devi capire chi, come, perché –. Un altro lampo. – E quando. Soprattutto, *quando*.

– Ma come faccio? È come cercare un ago in un pagliaio.

– Santa pazienza, – Shirley rovescia gli occhi nelle orbite, reazione frequentemente indotta dalla mia sola presenza. – Tutto quello che ti serve è un'emeroteca. Chi lo sa, potresti essere fortunata –. Le carte attendono sul tappetino bordeaux. – E lo sarai. Il Matto corteggia la Morte. Il Matto *diviene* la Morte. Osserva come cambiano le figure.

La falena fantasma si è posata sull'Arcano numero XIII.

– Il Matto piroetta sul precipizio: annusare un fiore è piú importante che sopravvivere, – dico. – Il cane cerca di avvertirlo, ma le sue priorità non sono bene allineate.

Shirley appare soddisfatta dell'interpretazione. – La Morte è un Matto cui la carne è caduta dalle ossa. Cavalca e taglia la testa dei re, e delle regine. Sa esattamente cosa fare. In battaglia, non ha pari –. Chiude gli occhi. – La falce brucia e cauterizza, ma soprattutto, – il pugno sinistro stretto, sollevato, – spezza le catene del Demonio. E l'Angelo da temperante si fa iracondo, – alza la voce, declama le parole, – strazia le nubi con la sua tromba e scuote i vivi! I morti! Il Giudizio apre alla Giustizia che trasfigura il Demonio, riporta equilibrio e lí dove c'era cattività, libera, – abbassa il pugno, lo porta al petto. – Finalmente splende, nuda, la Stella.

– Wow, – il commento con cui tradisco tutta la mia intelligenza.

DATA: 25 ottobre 2023, 18.50
OGGETTO: Palude-Lecce, Lecce-Palude

Cara dottoressa,

ubbidire era imperativo: sarei andata a cercare notizie di Orlando Trispét e l'avrei fatto subito, da sola.

Alba doveva andare in ufficio. Shirley si sarebbe risparmiata volentieri la gita; piuttosto, avrebbe goduto dell'incendio nel caminetto del salone. Davanti a un buon libro.

– È un modo di dire, – ha specificato. – Se sia *buono* è tutto da vedere.

Il libro in questione, naturalmente, è il mio.

Ho trottato verso il cortile.

Sono spesso energica, dottoressa, in questo periodo dell'anno. Se al risveglio vengo salutata da un cielo ferrigno, resto di buonumore tutto il giorno. Il sole mi tedia da quando sono una bambina. Non c'è nulla che non sia capace di rendere opaco e faticoso, sotto i suoi fasci che non perdonano le imperfezioni: la gelosia, l'invidia, i punti neri e i brufoli sottocutanei. Nascondersi sotto il sole è impossibile. Al contrario, la bruma cela e abbraccia. Non conta la quantità degli sfregi che indossi. Quanto tu sia brutta dentro e fuori. Quanto ti senta sola, o incapace. Non sei che un altro pezzo di paesaggio inghiottito dalle nuvole che stanno in terra, e non in cielo dove dovrebbero stare. La nebbia è fatta di nembi confusi.

– Filomena, aspetta.

Salendo in macchina, noto un Antonio incespicante con il fazzoletto conficcato dentro entrambe le narici.

– Non facciamo prima, in due? – mi chiede con la voce nasale. È vestito di tutto punto: giacchetto di jeans con collo in finta pelliccia, stivaletti bassi antipioggia, piuttosto eleganti a dire il vero, e l'inevitabile zuccotto di lana nera.

– Mi mischierai l'influenza.

– Non è influenza, ho preso freddo.

È vero. Si è raffreddato per il troppo tempo all'addiaccio nell'orto, adesso che l'inverno si sta avvicinando. Gli ho imposto di non preoccuparsi per me e di riposare. Ma non devo essere stata abbastanza convincente.

– Sali.

Inforco lo sterzo, striscio le ruote della macchina oltre la strada sterrata. Dalla circonvallazione, la piccola landa su cui sorge la Dimora sembra incassata cosí profondamente da risultare invisibile. Forse viviamo in un cratere e non ce ne siamo mai resi conto; un universo grande quanto un pezzo di Lego dove l'adultità ha scarso impatto.

Mentre supero il cartello che indica la casa, per un attimo ho la sensazione che la stagione mostri il suo Edward Hyde alle finestre, riservando il distinto Henry Jekyll a chiunque non siamo noi. Un deprimente mattino terso, differente dal grumo di colori che mi ha salutata un'ora prima dalla mia camera da letto, ci sorprende.

– Andiamo a Lecce? – domanda Antonio togliendosi lo zuccotto e cercando di restituire volume ai capelli con le dita.

– Naturalmente.

– Hai l'indirizzo?

– Già inserito –. Faccio partire una playlist di minimalist piano su Spotify.

– Speriamo di non metterci un milione di anni.

– Dici che se ti allontani per un giorno intero, le zucchine bianche ti licenziano?

– Ogni tanto mi ricordi mio padre, – dice mentre sento i suoi occhi appollaiati sul mio profilo o, forse, al di là del finestrino e verso gli ulivi sfigurati, a penetrare l'ustione dei tronchi e delle foglie.

Arriviamo a Lecce senza particolare entusiasmo. Mollo l'auto in un dedalo sotterraneo a pagamento. Emersi, varchiamo l'arco di tufo verso il Convitto Palmieri, in piazza Carducci, che ospita la Biblioteca Bernardini e l'Emeroteca Storica Salentina. Avevo già provato a spulciare online, ma non avevo trovato nulla di utile.

All'università mi immaginavo che i mormorii della gente finissero chiusi nei libri e trasformati in parole che non c'entravano nulla con i testi originali. Improvvisamente, tra le pagine di Dumas, di Woolf e di Husserl si rapprendevano in inchiostro fresco gli scambi urbani tra ventenni che si proponevano di mangiare pasta con il tonno per cena. Cosí si manteneva intatto il silenzio nelle stanze popolose, in cui gli studenti indisciplinati si alzavano troppe volte per una pausa sigaretta. Ma erano i primi Duemila, quando frequentavo le biblioteche di Milano.

Ora il calendario segna 2023 e mi ritrovo a vagabondare nella regione in cui sono nata alla ricerca di qualcosa che non so ben descrivere, per motivi che difficilmente posso sussumere senza sembrare folle; non informazioni specificamente codificate per avere trenta e lode a un esame.

Io e Antonio ci aggiriamo tra gli scaffali di legno scuro. Siamo i piú anziani, fatta eccezione per il personale, anche se nessuno dei due dimostra i suoi anni. Lui cerca di mettere un freno al risucchiare del suo naso, io sussurro alle addette, domandando informazioni su come consultare i vecchi giornali.

– Che anno? – mi chiede una signora affetta da mal d'archivio, la matita conficcata in una crocchia spontaneamente elegante.

Non ne ho idea.

– Pensa, Filomena, pensa. Ci deve essere qualcosa nei tuoi ricordi. Qualsiasi cosa, – mi bisbiglia Antonio all'orecchio.

Ma i miei ricordi somigliano ai dialoghi inudibili di una

piazza sovraffollata durante la processione annuale di Nostra Signora degli Inutili Panegirici.

All'addetta, dichiaro: – Millenovecento.

– Quotidiani del Salento?

– Suppongo –. Ma anche questo è complicato a dirsi. Palude del Salento è stata fondata dal mio trisnonno Oronzo, nel 1906, come le ho già raccontato. Ma le suore, se di suore ve ne sono mai state, avrebbero potuto essere spuntate da qualsiasi luogo. Corigliano, Sogliano, Galatina o Galatone, tanto per citare i piú vicini a Palude. Spostandomi a est, dovrei estendere la ricerca a Muro Leccese, Bagolo del Salento o Monteroni.

– Galatina, – sparo, completamente a caso. E se invece le monache fossero arrivate da Roma, Torino, Palermo?

L'addetta è implacabile. – Che testata?

Mi mordo il labbro.

– «La Voce del Salento»? – prova ad aiutarmi. – «Il Cittadino Leccese»?

– Quello, – dico con l'indice sollevato.

– «Il Cittadino Leccese», quindi?

Sia io che Antonio annuiamo, fingendo sicumera.

– Che mese?

Dottoressa, potrei andare avanti. Ma è mia ferma intenzione avere cura del prezioso tempo che mi dedica. Facendola molto breve, nell'Emeroteca Storica Salentina non abbiamo quagliato assolutamente niente.

Abbiamo dato qualche morso a un panino male riscaldato da un bar là di fianco e ci siamo rimessi in macchina con le pive nel sacco. Io, pensando a quante me ne avrebbe dette Shirley; Antonio, intento a mettersi in tasca il fazzoletto di carta bianca, oramai mattonella di muco solido, e prenderne un altro, un altro e un altro ancora dalla confezione.

Il viaggio di ritorno era l'occasione giusta per fare rapporto su quanto mi aveva detto Shirley. Sul *piggybacking* degli spettri, e sulle carte.

I vitigni ai bordi della strada facevano le capriole davanti e dietro di noi nella luce del primo pomeriggio.

– Ma li muerti non sanno già tutto di tutto? – domanda Antonio. – Lo avevamo detto, che Mary era una specie di oracolo. Ci leggeva nel pensiero.

– Shirley mi ha spiegato che esiste un criterio di prossimità –. Rimetto su la mia playlist strumentale, muovendo le dita su tasti fatti d'aria. – Tipo il Wi-Fi di casa. Captano le comunicazioni a piccolo raggio. E non ci devono essere muri troppo spessi.

Antonio ride. – Quindi, – mostra il pollice per significare *primo*. – I fantasmi sono come la radio, perché se ti sintonizzi sul canale giusto ricevi le loro parole –. Indice, *secondo*. – Tra loro possono comportarsi come ciabatte, cioè attingere uno ai watt dell'altro –. Medio, *terzo*. – Sono come i router perché catturano le informazioni della rete in un dato perimetro.

– Precisamente –. Rido anch'io.

– Comunque, – cambia argomento, – devi avere la testa malata per scrivere una roba come *Hill House*.

– La serie è molto diversa dal romanzo, – dico seguendo la linea blu disegnata dal navigatore sul monitor della macchina, con la coda dell'occhio. – Molte storie di Shirley allegorizzano l'orrore di essere donna.

– Io potrei scrivere un romanzo dell'orrore su mio padre, – una flessione nel tono di voce di Antonio.

– Ma tu non hai mai desiderato scappare da qui? Essere altro, essere *di piú*, – chiedo.

– E certo, – un sorriso sarcastico, – tu pensi che io non sia abbastanza.

Cento destrieri bardati tentano, senza successo, di accorrere in difesa della mia goffa dialettica: – Non è quello che ho detto.

– È quello che intendevi.

– Parlavo di ambizione, – mi affretto ad aggiungere.

– Voi Quarta siete *fatti* di ambizione.

Distolgo lo sguardo dalla strada per il tempo necessario a mostrargli che sono stizzita, e lanciargli un'occhiataccia. – Guarda che non sono come loro.

– Per favore. Se non fossi come loro ti accontenteresti di chi sei, di quello che hai fatto e di quello che stai facendo –. Una spruzzata di moccio e un *che cazzo* bofonchiato nella carta di cotone del fazzoletto. – Invece sei qua a farmi venire i dubbi.

– Io penso di essermi trovata, invece –. Sono sincera. – Mi pare di aver smesso di vivere in apnea.

– Stai parlando del giornalismo?

– Lavorare in una redazione ed essere free lance sono due cose diverse. Da free lance, non hai una vita –. Stringo le labbra. – E non hai soldi. Sei ricattabile. Non riesco a contare le volte in cui m'hanno chiesto di scrivere in quindici minuti un pezzo pagato quindici euro mentre infilavo la chiave nella toppa di casa, il quindici agosto, a Santo Stefano, alle 11 di sera.

– E pensare che la gente darebbe un braccio per scrivere gli articoli.

– È quello il problema. Sei sostituibile, in un mercato ambito e senza regole. Per contro, c'è una sola persona che può scrivere il tuo romanzo, e quella persona sei tu –. Mi volto verso Antonio per sondarne l'umore. – Credi sia una cosa arrogante da pensare?

Lui scoppia a ridere. – Basta, non lo dico.

– Dillo.

– Tutti voi Quarta siete arroganti. Il tuo bisnonno Giuseppe toglieva il saluto a chi non si levava il cappello quando appariva.

– E tu come lo sai?

– Voci di paese –. Una pausa. – Tuo nonno Nino *ha preteso* un cazzo di busto nella sezione di architettura della biblioteca. Adesso va bene tutto, ma non era Renzo Piano. Era un palazzinaro. Per non parlare di tuo padre, che non si abbassava a pagare gli operai.

Accosto e freno.

– Mi stai dicendo che Palude ha una biblioteca?

Antonio allunga il collo come una gru. – E certo che ce l'ha.

Gli dico di portarmici.

Lui prende il telefono in mano, digita e scrolla. – Siamo sfortunati. Chiude alle 16.30, sono le 16.15 e manca ancora mezz'ora a Palude.

DATA: 26 ottobre 2023, 15.48
OGGETTO: Facia friddu, stria

Cara dottoressa,

piazzetta Comi ha un grande albero di alloro al centro, con la chioma cosí rotonda da sembrare uscita dalla capoccia schematica di un bambino. Sotto l'albero sta una fontanella da marciapiede con il fondo murato. Dall'ugello non stilla una singola goccia di acqua. Gli edifici attorno, rosa pastello come quasi tutto il paese, osservano diffidenti con le palpebre di legno scorticate dalle estati efferate e dagli inverni noncuranti: è qui che si trova la biblioteca di Palude del Salento.

– 'Giorno, – dice Antonio entrando dalla porta a vetri, le mani in tasca.

La stanza che sembra, e forse è stata, l'ingresso di una scuola elementare presenta una misera targa d'ottone sulla porta: BIBLIOTECA COMUNALE.

– Antonio, – gli tiro la manica. – Ma non è che cambi niente. Non sapevamo cosa domandare a Lecce e non lo sappiamo nemmeno qua.

– Penso che la scelta sia ridotta, – abbozza lui, e si rivolge all'unico funzionario, un uomo sulla sessantina. – Uè, Giova', comu sciamu?

– Ué, Anto'. Fiaccu, ma acquai –. Sta appoggiato, con i palmi aperti, sulla fòrmica verde di quattro banchi bene allineati, occupati da un numero importante di faldoni, ciascuno con un'etichetta bianca sulla costa, e da un paio di torrette nere attaccate a un pc spento. Dietro alla postazione si apre il cono rovesciato di un'ampia scala di chianca, scintillante di sole.

– Questa è la signorina Quarta, – dice Antonio, cingendomi la spalla con il braccio. – Filomena, ti ricordi Giovanni Capone? Quando eravamo picciriddi teneva la bancarella dei lupini qua in piazza. Ha cambiato mestiere.

– Noni Anto', basta col mestiere. Io sto in pensione. Do solo una mano –. Mi squadra. – Voi siete la nipote di Nino, sí?

– E la figlia di Pietro, – aggiungo.

– Tornaste qua per il B&B, ho sentito. Lo risolveste, lu caccunzulu te la malumbra?

Se ricorda, dottoressa, appena arrivata in paese ero stata particolarmente lesta a specificare che non c'era nessun fantasma, e nessun problema alla Dimora Quarta. Lo avevo detto persino ad Antonio. Lo avevo punito per quel commento, come avevo fatto con chiunque altro. Ora non riuscivo piú a mentire. Specie considerato che presto mi sarei trovata a fare i salti mortali per obnubilare le mie ragioni all'impiegato comunale Giovanni, il quale avrebbe capito dalle mie ricerche, subito, che qualcosa non andava.

Lí, di fronte a Giovanni, Antonio stretto a me, il mio capo chino per l'imbarazzo, mi sento di nuovo la bambina perseguitata da tutto il paese, e devo fare uno sforzo per ricordare che non lo sono. Che sono grande, adesso, che il mio corpo è capace di contenere il disagio che piú di trent'anni prima mi ha inghiottita. «Ce la puoi fare», mi dico. «Ce la puoi fare, Filomena».

È allora che alzo la testa, e la vedo.

Una bambina di otto o nove anni, capelli neri, pallida ma divertita, in piedi sul secondo gradino della scala con i gomiti ad anfora sui fianchi. Mi trovo in una ex scuola elementare, la visione di una ragazzina non è fuori contesto fatta eccezione per un dettaglio: indossa un abitino nero e lungo fino alle caviglie, poco convenzionale per la sua età.

– 'Ncora nune capivi, veru? – un bisbiglio da una piccola bocca senza incisivi.

– Tutto bene, Filo? – mi chiede Antonio. Non avevo risposto alla domanda di Giovanni.

– Scusi un attimo, – balbetto trascinando Antonio a qualche metro di distanza, per non farmi sentire. Lo fisso con occhi liquidi di spavento. – La vedi anche tu?

– Chi dovrei vedere? – Antonio si guarda intorno.

– La bambina vestita di nero, – sibilo, chiudendo le palpebre. – Dietro Giovanni, sui primi gradini della scala.

Volto la testa, mi prende l'avambraccio. – Ci stiamo solo noi tre qua dentro.

Giovanni sta aspettando, protendendo la testa per origliare.

Mi do un contegno e mi riavvicino ai quattro banchi allineati. – Mi perdoni, Giovanni...

– Unu, noe, zeru, suntu comu li anni toi, stria. A li muerti sì ttaccata e li muerti su ttaccati a tie, – la bambina vestita di nero scandisce la frase. Si mette a ridere. La ripete, poi comincia a gridarla. – Unu, noe, zeru, suntu comu li anni toi, stria. A li muerti sì ttaccata e li muerti su ttaccati a tie –. E non smette piú.

Stringo i pugni, tentando di ignorare quella che ormai somiglia a una poltiglia indigeribile di suoni. – Dicevo che va tutto bene, alla Dimora Quarta. Ho bisogno di consultare la vostra emeroteca.

– Ma lo sentite anche voi questo baccano? – domanda Giovanni agitato, stringendo gli occhi. – Da dove viene? – La testa roteata a destra, e a sinistra. – Stanno a fare i lavori in piazza?

Antonio si mette un mignolo nel timpano.

Io deglutisco.

La bambina si ammutolisce per un attimo. – Capi te fau, – cioè «testa dura»: mi insulta. E riattacca con la filastrocca.

– Filomena? – Antonio non sa piú cosa fare.

Io sono illuminata da un lampo bianco della coscienza: – Uno, nove, zero, sei, come gli anni tuoi, bambina, – mormoro tra me e me. – Uno, nove, zero, sei, – dico, guardando Antonio. – Uno, nove, zero sei, – sorrido a Giovanni. – Millenovecentosei!

La bambina si mette a salterellare sui gradini, battendo le mani. Mi accorgo solo adesso che è scalza.

Antonio appare sollevato che sia tornato il silenzio.

– Ah, adesso va meglio –. Giovanni, di nuovo calmo, si ravvia il riporto grigio sul cranio smerigliato. – Noi qua un quotidiano solo conserviamo, dottore'. «Il Nuovo Salento», – Giovanni, ormai tramortito dalle mie strane maniere e ansioso di cacciarci, comincia a smistare i faldoni sparsi sui banchi. – Vediamo se siamo fortunati.

La bambina scende dalle scale e corre verso di me: – Facia friddu, stria.

– Ma vedi... – la voce di Giovanni è diventata incerta. – Che coincidenza. I faldoni che stanno qua sopra del 1906 sono. Non mi ricordo di averli presi –. Quando si fa il segno della croce capisco di star regalando all'intera Palude del Salento spunti di conversazione tutti nuovi.

– Però mi servono un mese e un giorno per darti quelli giusti, – continua, asciugandosi il sudore dalla fronte con le dita tremanti.

– Facia friddu, ti dissi, – insiste la bambina.

– Gennaio e febbraio.

– Tenete, – chiosa Giovanni consegnandoci due grossi volumi, ben contento di toglierci di torno. – La sala di consultazione è a sinistra.

Non c'è piú nessuna bambina.

DATA: 27 ottobre 2023, 00.09
OGGETTO: Muri spessi

Cara dottoressa,

senza l'aiuto della misteriosa bambina vestita di nero, non avremmo cavato un ragno da un buco. È un esercizio complesso, far combaciare i lembi giallognoli del lenzuolo del tempo. A nostra disposizione vi sono tre singoli elementi: una suora, una casa e Palude ma, presumibilmente, quando una palude lo era per davvero. Shirley non può aiutarmi a venire a capo di questo puzzle. O cosí sostiene.

– Qui c'è un muro di natura, per cosí dire, differente, – ha detto quando siamo tornati.

Di fronte alla mia richiesta di chiarimento, Shirley si è strizzata il mento e si è guardata le ginocchia come fa – ho imparato – quando non ha risposte. – È caparbia, – ha aperto il palmo verso di me, – la presenza che chiamate Orlando Trispèt. Ma la sua energia è impenetrabile –. Ci ha pensato. – È come se ci fossero delle condizioni.

Cosa significhi, non lo so. Ma so che ieri, nell'emeroteca del paese, ho acquisito un'informazione potenzialmente utile da un trafiletto de «Il Nuovo Salento» che tuttavia appariva stinto e sbiadito in punti cruciali.

> SUORE CANADESI A MURO LECCESE
>
> Lungo lo viaggio delle sorelle dal lontano Canada, de l'ordine nuovo denominato ______. Suggellato da la Santa Sede in Roma, sí fondato ne l'anno ______, l'ordine con delegazione in numero di sedici si dirige ne li terreni piú impervi de la nostra regione con l'intento santo di portarvi preghiera et contemplazione et fondare la prima chiesa europea con identica denominazione.
>
> ALFONSO DI SERIO
>
> Giovedí 17 febbraio 1906

– Non posso neanche cercare su internet, – dico a Shirley. – Com'è possibile che 'sto articolo sia illeggibile proprio nei punti piú utili?

– Questo conferma la mia teoria, – mi risponde lei restituendomi la fotocopia. – Energie impenetrabili.

– Ma tipo?

– «L'Imperatore e la Papessa congiunti in un sodalizio blasfemo», – cita la sua lettura delle carte, il mio albero. Alza lo sguardo verso il soffitto, le pareti, me. Annusa l'aria come se la puzza di bruciato non avesse a che fare con il rogo di rami di leccio nel caminetto del salone. – Non solo l'amore unisce.

Mi siedo sulla poltrona di fronte a Shirley. – Anche l'odio.

Stringe il bracciolo e mi guarda intensamente. – Vammi a prendere il tuo manoscritto.

Schizzo verso la mia camera e torno con il laptop chiuso sui palmi, la stessa premura di un maître scafato con una cloche.

Shirley estrae il pacchetto di Pall Mall dalla tasca di una gonna vezzosa a trapezio, ciano, di sartoria. Un altro prestito della bisnonna Grazia, suppongo. Si accende una sigaretta. – Dai qua. In cucina ci sono dei liquori. Prendimene un bicchiere.

– Di quale liquore?

– Uno qualsiasi, – aggiunge Shirley.

Vado in cucina pensando che se uno spettro è in grado di materializzare dal nulla una sigaretta, dev'essere in grado di materializzare anche un cicchetto di gin. Ma, una volta sulla soglia, la mia vista inizia a sfasare.

Ha presente, dottoressa, le vignette *Trova le differenze* della «Settimana enigmistica»? Be', la cucina davanti a me era sdoppiata: le due versioni della medesima stanza, sovrapposte e sfumate l'una nell'altra, erano identiche nel mobilio, ma non nell'ordine degli oggetti e soprattutto nel nitore.

Nella prima versione della cucina, le credenze erano semivuote e nel lavabo giacevano almeno sette piatti appartenenti a vari set. Tra altrettanti bicchieri.

Nella seconda versione, tutti i piatti erano stati lavati e riposti nella credenza a vetri, per colore. Il servizio bianco con i bicchieri bianchi, quello turchese con le ciotole turchesi, quello decorato a pavoni blu assieme agli altri servizi decorati perché la nonna, la bisnonna e la trisnonna ne avevano accumulati molti ed erano quasi tutti ben conservati. Volevano passarli a mia madre, che non li aveva mai voluti, e dunque a me, immaginando che la mia vita sarebbe stata una replica della loro: banchetti per i figli, i parenti, i parenti dei parenti, gli amici, i colleghi maschi, i loro superiori, i presidenti.

Prima versione: nel frigo, colonie di spore proliferavano indisturbate tra le polpe disfatte della frutta marcia e occorreva indossare una maschera antigas per via del taleggio non debitamente incellophanato.

Seconda: la frutta marcia era stata gettata e il taleggio era riposto in un Tupperware acquistato, ma mai utilizzato.

Prima: la chianca rivelava la torbidezza di molte suole, tra cui quelle di Antonio lorde di terreno.

Seconda: la chianca bianca luccicava sotto i miei anfibi.

Prima: l'armadietto dei liquori contava un numero sproporzionato di bottiglie con due dita sul fondo. Una collezione mista i cui esemplari piú vetusti risalivano – con ogni probabilità – agli albori del secolo scorso.

Seconda: di bottiglie ne erano sopravvissute tre e cioè un whisky, un rum e un gin. Tutte piuttosto piene, tutte comprate in tempi recenti.

Ho optato per il whisky e mi sono avviata verso il salone.

Fa le fasi della luna, il sorriso di Shirley. È pieno, calante, crescente o nuovo, nel senso che spesso resta accigliata per molte ore e si rabbuia. A volte posso vedere un quarto dei suoi denti, a volte la metà, per esempio soltanto la gengiva; a volte, tutti. Era questo il caso.

– Che te ne pare?

– C'erano due cucine, – riesco a rispondere.

– Stai iniziando a pensare in maniera pluridimensionale, – mi dice. – Se solo sapessi che ci sono *molte* cucine.

– Sei stata tu?

– E chi altro dovrebbe essere stato? – Si butta il whisky in gola e arriccia le narici, chiude le palpebre, mima un tremore. – Brucia.

– Mary beveva l'espresso.

– Possiamo bere e mangiare quello che mangiano i vivi. Ma il ricordo dei sapori sfrigola sulla lingua –. La pelle di Shirley si assesta, perdendo parte della sua sbavatura azzurra.

– E aiuta?

– A fare cosa?

– Dico, bere o mangiare cibi dei vivi, aiuta?

– A gestire lo stress della presenza umana sí, decisamente, – dice passandosi un dito sulla guancia per valutarne la rinnovata consistenza. – Sebbene sia straniante.

– Perché hai sistemato? – chiedo.

– Perché vedessi –. Accavalla le gambe. – E possibilmente, imitassi.

– Antonio e Alba non possono vedere cosa hai fatto.

– Basti tu –. Un'altra luna piena sulle labbra di Shirley. Dev'essere una buona giornata. – Domani sarete voi a pulire.

– Tutto quanto, persino i quadri alle pareti. Me lo hai detto. C'è un buon motivo per cui t'importa? – Oso: – Tu hai sempre un buon motivo.

– Muri spessi.

Ancora una volta mi tornano in mente le parole di Pino: «Qua i muri strillano».

– Lo sporco nasconde, – continua Shirley. – E noi dobbiamo trovare –. Il cicchetto vuoto che tiene in mano si riempie di liquido marrone impalpabile. Lo tracanna: nessun disagio da pizzicore. – Questo era alcol dei morti, – si giustifica.

Metto il laptop sul divano, accanto alle sue ginocchia educatamente serrate. È molto difficile domandare, ma lo faccio. – Hai letto?

– Certo che ho letto, – dice, sibillina, mettendosi il computer sulle cosce.

– E?

– Bello o brutto, non è affar mio.

– Ma voglio sapere cosa ne pensi –. Trito la felpa tra le mani. – È importante, per me.

Shirley si toglie gli occhiali per fissarmi a iride nuda. – Perché hai voluto raccontare questa storia?

– Non saprei –. La domanda è capziosa, e mi irrita.

L'indice di Shirley a destra e a sinistra come un metronomo. – Scrivere non è un mestiere per vigliacchi. Tu vigliacca lo sei, o non lo sei? Deciditi.

Allunga il braccio verso di me. Vedo le unghie corte e quadrate, manutenute di fresco, e lo smalto rosso, cerca il centro del mio petto: la pelle morta di Shirley Jackson a contatto con la felpa oversize di Filomena Quarta. Valica il cotone senza far danno. Trova la mia pelle viva e penetra lo sterno. Sussulto. Le sue dita, non strette, non larghe, attorno al mio cuore.

– Non è piú il tempo di nascondersi.

Posso sentire la paura gocciolare nell'esofago. Stilla dopo stilla.

– Adesso, – ritrae la mano pulita a dispetto del sangue e delle viscere, – questa è una sutura, perché sono due romanzi diversi cuciti assieme senza continuità…

– È scritto in parte da me, e in parte da Mary, – dico con un filo di voce.

– C'è una cosa che devi vedere.

Shirley mi passa il portatile.

Comincio a leggere.

Acqua che non desidero mai piú vedere; mai piú toccare. Io e Jane, in cenci, e Trelawney che caramente ci scorta, solchiamo il fiume Magra. Trattengo i conati per non slabbrarmi come volume mal rilegato, l'anima percossa dagli stessi schizzi che percuotono le ruote.

Sono giorni che non dormiamo. Giorni in cui è impossibile farsi una ragione degli indizi che conducono a quanto già so fin nelle viscere e mi solca, puntello affilato a perforare lo stomaco e l'utero macerato: Shelley ed Edward sono morti.

A lordare noi vedove prive di certezza alcuna della vedovanza, la sozzura della pena e del lungo viaggio privo di requie: i nostri capelli sono secchi di sale e umidi di lacrime. Trelawney, a confronto, appare uno squisito gentiluomo all'uscita dall'opera. Non ha smarrito il lindore dei baffi e della barba, né la piega della pressa sui calzoni.

Due pire sulla sponda.

Due fuochi innalzati ai nembi.

I nostri mariti. I nostri amici, i nostri amanti, i nostri rivali. I nostri, i nostri, nostri su cui abbiamo apposto il sigillo nuziale ebbre del possesso e del terrore dell'irrilevanza. I corpi ridotti ormai a brandelli di memoria, le gole a voci che sono echi di un'eco, smarrite lí dove la sabbia incontra la pozzanghera che lusinghiamo chiamando fiume.

Due pire sulla sponda.

Oh, buon Dio, sono i loro resti adorati che ardono, incubo riflesso nelle orbite di questa luna immonda?

Jane. La seta candida del fazzoletto attorcigliata attorno al medio e all'anulare, pregna del sangue delle gengive. Gli occhi bassi sulla ghiaia. Il fegato lanciato agli sterpi di un'altra notte senza risposte.

Troppo abbiamo morso il freno, paralizzate dal sentiero che conduce, crudele, al dirupo e consegna noi puledre alla tenebra del lutto.

«Tra poco arriveremo a Lerici», dice Trelawney, il nero cilindro lucente che rifulge della fiamma che lasciamo alle spalle.

Non dico nulla, non suppongo nulla. Né devo.

Prendo la mano di Jane che, senza nerbo, non forma il pu-

gno. Resta lí, sulle gonne, inerte, cosa senza vita, e non sembra reagire al mio contatto.

Lontani sono gli anni; gli anni di noi, Shelley. Il capitano Roberts mi ha detto che hai salpato. Con quanta facilità volge a te il mio eloquio, con quanta spontaneità intraprendo un dialogo solipsistico con te che non sei piú.

Dove sei, Shelley? A quale sirena hai immolato la tua vergogna? Elfo, ti ricordi? Ricordi di me e di te, prima che la conoscessi?

Lascio le dita immote di Jane. Ogni spasmo vitale sacrificato all'indugio su una soglia che sarebbe meglio non varcare.

Potrei chiederle. Potrei chiederle: Jane, a chi va il tuo sospiro?

A Edward, al mio Shelley? A me?

Giano bifronte, cosa accadrà se penetriamo lí dove non osano i mortali?

A Lerici ogni strada è preclusa. Il viaggio in carrozza è impossibile. Trelawney ci porge la mano grossa per scendere.

Prima me, l'abito infangato sugli orli. Il seno illuso dalla maternità negata duole nel corsetto bagnato dai fiotti disegnati per nutrire il feto che, nel mio grembo, non si è completato. È trascorso poco piú di un mese dal mio aborto.

«Dovremo attraversare la baia in feluca».

Scende anche Jane. Forse sono io, quella fortunata. Io ho perduto un marito. Lei un marito, e un amante.

Non fosse per Trelawney, tra me e Jane non rimbalzerebbe suono. Ci unisce e ci divide il respiro ansimante di chi in cuor suo sa, ma non dice.

Acqua che non desidero mai piú vedere; mai piú toccare.

Acqua, di nuovo.

San Terenzo brilla e perfora la notte, ma non è un brillare usuale. Lucciole di festa tingono la riva cui ho riservato pena e orrore. Forse i selvaggi locali celebrano la vuota tomba che abbiamo scavato a polpastrelli nudi? Chi caleremo nella fossa, se non noi stesse?

La bruma marina è pennellata di stelle che contrariano l'ordine naturale: stanno a terra, e non nella volta celeste. Il mondo è capovolto. Di me non resta che Mary Wollstonecraft.

Di Jane, non lo so.

Per la prima volta da quando siamo partite mi guarda, gli occhi bianchi di chi non vuol vedere.

Il nostro scambio muto è una libellula a fil di mare.

È lei a prendermi la mano, adesso.

Colgo un'occhiata in tralice di Trelawney. Siamo state incoraggiate a darci all'amore libero, purché quell'amore non si rivolgesse all'altra. Questo non era previsto. Non era contemplato. Davanti agli uomini, sí, davanti a loro era caldeggiato alzare le sottane a mostrare le caviglie, le cosce, i Campi Elisi che stanno nel mezzo. Siamo state gli automi cantanti e scribacchini dei due giocattolai di carne che giacciono sul fondale, ormai carcassa.

Stringo la mano di Jane piú forte che posso.

«Cosa avranno mai da celebrare, queste mezze persone?» La bocca di Jane si piega nella mutria di una maschera. Piange mentre la feluca costeggia una danza di villani.

«Sei esausta», la accarezzo. «Siamo esauste».

Sono le prime parole che pronuncio da ore.

La fisarmonica sulla terraferma si prende gioco della nostra disperazione, mentre siamo in balía di questa belva che spalanca le fauci al primo refolo di scirocco. Non c'è nulla che ricordi una culla, nel mare. I pesci non vagiscono, non chiedono di essere sfamati, non sorridono, non stringono sonagli.

Il mare, per me, non sarà mai piú sodale della vita.

La feluca, dolce, tocca la rena e il volto di Casa Magni, con la sua terrazza dalle molte bocche fameliche, ci osserva.

«I bambini ci aspettano», mugola Jane.

«Stanno già dormendo», rispondo.

È sabato. Il 13 luglio del 1822.

L'una di notte, mentre attraversiamo il portone.

Sollevo lo sguardo dal capitolo.

Shirley si tende verso di me, gli occhi sgranati come se attendesse una qualche rivelazione.

– Questa è una delle mie parti, – proclamo. – Mary mi ha fatto canalizzare...

– Non hai notato nulla di strano, in quello che hai letto?

Le mie sopracciglia si abbassano fino alla punta del naso. – No, – rispondo.

– Allora la situazione è piú grave di quanto pensassi –. Shirley si spalma sulla poltrona. – Rileggi.

Acqua che non desidero mai piú vedere; mai piú MOSTRI ALLA FINESTRA *toccare.*

Io e Jane, in cenci, e Trelawney che caramente ci scorta, solchiamo il fiume Magra. Trattengo i conati per non slabbrarmi come un volume mal rilegato, l'anima percossa dagli stessi schizzi che percuotono le ruote.

Sono giorni che CUI HANNO STRAPPATO LE TENDE *non dormiamo. Giorni in cui è impossibile farsi una ragione degli indizi che conducono a quanto già so fin nelle viscere e mi solca, puntello affilato a perforare lo stomaco e l'utero macerato: Shelley ed Edward sono morti.*

A lordare noi vedove prive di certezza alcuna della vedovanza, la sozzura della pena e del lungo viaggio privo di requie: i nostri capelli sono secchi di sale e umidi di lacrime. Trelawney, a confronto, COSÍ DA POTERMI SPIARE *appare uno squisito gentiluomo all'uscita dall'opera. Non ha smarrito il lindore dei baffi e della barba, né la piega* IN OGNI MOMENTO *della pressa sui calzoni.*

Due pire sulla sponda.

Due fuochi innalzati ai nembi.

I nostri mariti. I nostri amici, i nostri amanti, i nostri rivali. I nostri, i nostri, nostri su cui abbiamo apposto PAROLE CHE NON CAPISCO *il sigillo nuziale ebbre del possesso e del terrore dell'irrilevanza. I corpi ridotti ormai a brandelli di memoria, le gole a voci che sono echi di un'eco, smarrite lí dove la sabbia incontra la pozzanghera che lusinghiamo chiamando fiume.*

Due pire sulla sponda.

Oh, buon Dio, sono E SUONANO COME UNA MALEDIZIONE *i loro resti adorati che ardono, incubo riflesso nelle orbite di questa luna immonda?*

Jane. La seta candida del fazzoletto attorcigliata attorno al medio e all'anulare, pregna del sangue delle gengive. Gli occhi bassi sulla ghiaia. Il fegato lanciato agli sterpi di un'altra notte senza risposte.

Troppo abbiamo morso il freno, paralizzate dal sentiero che conduce, crudele, al dirupo e consegna noi puledre alla tenebra del lutto.

«Tra poco arriveremo a Lerici», dice Trelawney, il nero cilindro lucente che rifulge della fiamma che NON C'È TREGUA *lasciamo alle spalle.*

Non dico nulla, non suppongo nulla. Né devo.

Prendo la mano di Jane che, ALLA MIA SETE *senza nerbo, non forma il pugno. Resta lí, sulle gonne, inerte, cosa senza vita, e non sembra reagire al mio contatto.*

Lontani sono gli anni; gli anni di noi, LE BROCCHE SONO VUOTE *Shelley. Il capitano Roberts mi ha detto che hai salpato. Con quanta facilità volge a te il mio eloquio, con quanta spontaneità intraprendo un dialogo solipsistico con te che non sei piú.*

Dove sei, Shelley? A quale sirena hai immolato la tua vergogna? Elfo, ti ricordi? Ricordi di me e di te, prima che la conoscessi?

Lascio le dita immote di Jane. Ogni spasmo vitale sacrificato all'indugio su una soglia NON MI È PERMESSO USCIRE *che sarebbe meglio non varcare.*

Potrei chiederle. Potrei chiederle: Jane, a chi va il tuo sospiro?

A Edward, al mio Shelley? A me?

Giano bifronte, cosa accadrà se penetriamo lí dove non osano i mortali?

A Lerici ogni strada è preclusa. Il viaggio NON RESTA *in carrozza è impossibile. Trelawney ci porge la mano grossa per scendere.*

Prima me, l'abito infangato sugli orli. Il seno illuso dalla CHE PRENDERE IL LEGNO A MORSI *maternità negata duole nel corsetto bagnato dai fiotti disegnati per nutrire il feto che, nel mio grembo, non si è completato. È trascorso poco piú di un mese dal mio aborto.*

«Dovremo attraversare la baia in feluca».

Scende anche Jane. Forse sono io, quella fortunata. Io ho perduto un marito. Lei un marito, e un amante.

Non fosse per Trelawney, LE UCCIDERANNO *tra me e Jane non rimbalzerebbe suono. Ci unisce e ci divide il respiro ansimante di chi in cuor suo sa, ma non dice.*

Acqua che non desidero mai piú vedere; mai piú toccare.

Acqua, di nuovo.

San Terenzo brilla e perfora la notte, ma non è un brillare usuale. Lucciole di festa tingono la riva cui ho riservato pena e orrore. Forse i selvaggi locali celebrano la vuota tomba LE UCCIDERANNO TUTTE *che abbiamo scavato a polpastrelli nudi? Chi caleremo nella fossa, se non noi stesse?*

La bruma marina è pennellata di stelle che contrariano l'ordine naturale: stanno a terra, e non nella volta celeste. Il mondo è capovolto. Di me non resta che Mary Wollstonecraft.

Di Jane, non lo so.

Per la prima volta da quando siamo partite mi guarda, gli occhi bianchi di chi non vuol vedere.

Il nostro scambio muto è una libellula a fil di mare.

È lei a prendermi la mano, adesso.

Colgo un'occhiata in tralice di Trelawney. Siamo state incoraggiate a darci all'amore libero, purché quell'amore non si rivolgesse all'altra. Questo non era previsto. Non era contemplato. Davanti agli uomini, LASCERANNO ME PER ULTIMA *sí, davanti a loro era caldeggiato alzare le sottane a mostrare le caviglie, le cosce, i Campi Elisi che stanno nel mezzo. Siamo state gli automi cantanti e scribacchini dei due giocattolai di carne che giacciono sul fondale, ormai carcassa.*

Stringo la mano di Jane piú forte che posso.

«Cosa avranno mai da celebrare, queste mezze persone?» La bocca di Jane si piega nella mutria di una maschera. Piange mentre la feluca costeggia una danza di villani.

«Sei esausta», la accarezzo. «Siamo esauste».

Sono le prime parole che pronuncio da ore.

La fisarmonica sulla terraferma ENTRA E PROFANA *si prende gioco della nostra disperazione, mentre siamo in balía di questa belva che spalanca le fauci al primo refolo di scirocco. Non c'è nulla che ricordi una culla, nel mare. I pesci non vagiscono, non chiedono* ENTRA E MI PROFANA *di essere sfamati, non sorridono, non stringono sonagli.*

Il mare, per me, non sarà mai piú sodale della vita.

La feluca, dolce, tocca la rena e il volto di Casa Magni, con la sua terrazza dalle molte bocche fameliche, SIGNORE, AIUTAMI *ci osserva.*

«I bambini ci stanno aspettando», mugola Jane.

«Staranno già dormendo», rispondo.

È sabato. Il 13 luglio del 1822.

L'una di notte, mentre attraversiamo il portone.

– Orlando Trispét, – grido.

Shirley annuisce soffiando fumo etereo. – Mi hai detto che non ti ha mai parlato?

– Non ha volto. Ha il velo calato sulla faccia, e…

– Ha usato Mary per comunicare. O meglio, ha usato l'energia di Mary. E il tuo manoscritto –. Si alza, i collant neri ben tesi sui polpacci a differenza di quando è arrivata. – Dovevo saperlo, – mormora tra sé e sé, camminando su e giú davanti al caminetto, sotto il ritratto del trisnonno.

– È frequente che uno spettro faccia fatica a comunicare?

– Con i vivi, sí. Con una medium, no –. Si ferma, il volto verso i ceppi fumanti. – L'hai incontrata quando eri piccola?

– Avevo sei anni. Eravamo proprio in questa stanza.

Shirley si gira, il suo indice solerte punta verso di me. – Lei ti ha scelta.

– *Mi ha scelta?*

– La prima femmina dei Quarta. Lo hai detto tu stessa.

Sono seduta compunta, il culo sulla cresta della poltrona come se mi stessero dettando gli estremi di una punizione per un misfatto di cui non ho colpa. – C'erano le nonne, e Annina, e la madre di Annina e la sua di nonna, ancora prima, – dico.

– Il loro sangue non fa lo stesso odore del tuo. E questo è uno spettro nato nel sangue.

Comincia, daccapo, a piovere. Sento le gocce dipingere il selciato del cortile.

– Quanto a Mary stessa, – continua Shirley, – comincio ad avere dei dubbi sul suo ruolo in questa vicenda.

– Cosa vuoi dire?

– Che, con ogni probabilità, Orlando non è un demone. E questo mi conduce a una conclusione –. Si passa una mano sulla bocca, sul mento. – Non è Mary che devi salvare, Filomena. È Orlando.

DATA: 28 ottobre 2023, 22.42
OGGETTO: Togliere la polvere

Cara dottoressa,

i giorni si susseguono rapidi, e anche le scoperte. Shirley si rivela piú preziosa di ora in ora, e il suo consiglio di spolverare i muri è stato semplicemente d'oro. Da persona che non sempre prende bene i suggerimenti delle altre persone, specie quelli non richiesti, di primo acchito ho difficoltà a seguire le regole e adeguarmi agli imperativi di uno spettro che, per quanto autorevole, mi ha subito trattata con boria; ma vengo continuamente disconfermata nella mia diffidenza e somiglio sempre piú a una gatta che vive per la sua carezza. Del resto, Shirley è qui da poco e tra poco – insiste – se ne andrà. Non appena mi avrà aiutata. È questione di curiosità, dice. Non di affetto. E io le credo. Anche se mi auguro che nel poco tempo che ci resta assieme potrò lasciarle una buona impressione di me. Un buon ricordo. Suppongo che con una donna come Shirley sia il massimo cui si può aspirare.

Oggi Antonio era particolarmente bello. Faccio fatica ad ammettere che le parole di Shirley («non hai neanche capito che è innamorato di te») abbiano prodotto un impatto su di me, eppure non lo guardo piú allo stesso modo. Sono, improvvisamente, vittima di uno straniamento. Osservarlo compiere gesti banali quali portarsi una bottiglia d'acqua alla bocca mentre un rivolo sfugge disegnandogli una traiettoria arzigogolata sul mento, e seguire la goccia fino a che s'imprime in un cerchio perfetto sulla camicia a quadri che usa per l'orto, mi provoca un fremito. Mi sorprendo a velarmi delle tende di cotone per squadrarlo, indisturbata, mentre solleva un pallet, immaginando i nervi degli avambracci tesi sotto la casacca di flanella. Prima di dormire, mi trovo a pensare alle sue mani tatuate dalle feci dei lombrichi, e a come sarebbe averle addosso, o dentro, anche se vorrei strappargliele ogni volta che si fa il segno della croce, cosa che capita piuttosto spesso. Fantastico su gambe nude che ho visto, eccome, ma senza mai vederle. Penso a cosa proverei se potessi accarezzargli il petto profumato di bagnoschiuma al sandalo, solo per farlo sentire al sicuro. Alla sua lingua nella bocca. Se catturo un suo sguardo posato sul mio seno, mi si chiude lo stomaco a doppia mandata. Indugio davanti allo specchio al mattino, sebbene non ne abbia motivo perché viviamo assieme e che lui mi conosca negli stati piú beceri è inevitabile. Ma sembro aver scambiato le felpe oversize e i pantaloni di lycra con jeans attillati sul sedere e camicie di seta. Passo la spazzola tra i capelli in svariati momenti della giornata per restituire forma al dipinto cubista che mi ritrovo in testa.

Shirley se ne è accorta, perché non c'è nulla che le sfugga. «Stai tranquilla, gli piaci anche quando fai schifo», mi ha detto. E sono parole importanti, lo so bene, dette da una donna che per tutta la vita ha subíto il mito della bellezza.

In ogni caso io, Alba e Antonio abbiamo ubbidito a Shirley e cominciato a spolverare con attenzione i mobili, i quadri e i muri della Dimora. Avendo *sfasato* con la doppia cucina soltanto ieri, come ho raccontato, so che i suoi standard di nitore sono piuttosto alti; quindi ho convinto i miei inquilini a metterci un po' di olio di gomito.

Abbiamo tirato a sorte per dividerci le stanze da sistemare, esclusi i bagni perché secondo consenso unanime non ce n'era bisogno; troppo nuovi.

A me è toccato partire dalla camera da letto del piano di sotto, cioè la mia. Mentre Spotify riproduceva un vecchio album delle Electrelane, ho spolverato il dipinto dell'angelo custode appeso al muro da Annina. La filatura sul vetro che avevo riconosciuto come griffe di Orlando Trispét tante notti orsono era ancora lí e in qualche modo, ormai, rappresentava una storia di insediamento: la mia, la nostra. Quella di Antonio, quella di Mary, e quella di Shirley che erano tutti arrivati in seguito alla *scossa tellurica* che una scossa non era, e tellurica tantomeno.

La sagoma orrenda della monaca persisteva sulla mia retina a distanza di giorni e mi pulsava dentro, e trillava come l'aggeggio ridicolo dei fast food che t'avvisa quando il tuo ordine è pronto. «Vorrei tutto», mi dicevo passando la pezza sugli angoli della cornice di legno, «fuorché trovarmela di fronte un'altra volta, ma sarà impossibile evitarlo». Sentivo che un ulteriore confronto era dietro l'angolo, sebbene non fosse ancora chiaro in quali termini e con quali conseguenze.

Ad Alba è toccata gran parte del piano di sopra, nel complesso quattro stanze su otto, fatta eccezione per la lounge occupata da Shirley. Ho deciso di fare una pausa e andarla a disturbare.

– Posso entrare? – chiedo infilandomi nella camera che in vita era stata occupata dai miei trisavoli Lorena e Oronzo. Si trova a nord-est del piano di sopra. Essendo molto ampia e sin troppo luminosa, in tempi recenti Alba e mio padre l'hanno parcellizzata in due unità fornite di bagno privato.

Il sole allaga i pavimenti di cotto.

Alba se ne sta in piedi sul materasso, calzini bianchi, canotta nera a coste a dispetto dell'autunno ormai inoltrato, Ray-Ban scuri sugli occhi nonostante siamo in casa, cicca di paglia spenta tra le labbra. Sta ascoltando Frank Ocean e lustrando, assorta, una vecchia Madonna d'avorio di veglia sulla testiera del letto. – Ovvio, – risponde senza distrarsi dall'operazione.

– Stai bene, zi'?

– Oh, alla fine ti è piaciuta Caterina? Mica me l'hai detto.

È arrivata ieri all'imbrunire, annunciata da una clacsonata e dal gracchiare del cancello. È una giovane donna vivace che mi pare somigliare ben poco a Silvia, la ex fidanzata di Alba; e non uso la parola «fidanzata» a sproposito, perché dovevano sposarsi prima che mio padre morisse.

– Molto.

– Sono cacata sotto, Filo, – farfuglia Alba riponendo la Madonna d'avorio sul chiodo, – è nata come una cazzata, ma ci sto bene.

Alba non è la persona disinvolta e insensibile che può apparire, tutt'altro; quando papà è crepato in seguito al furto, nel fatidico giorno in cui il percorso della mia vita ha mutato direzione e si è rivolto verso sud, è caduta in una sorta di depressione. Lo vedeva piú lei di me, ultimamente, e il restauro di questa casa li aveva molto avvicinati. Ma non si era trattato soltanto di questo, è chiaro. Silvia era ed è una donna rigorosa e assente, mentre Alba è morbida come una montagna di panna e richiede gli stessi accorgimenti: rende qualsiasi dessert piú buono, eppure va montata e mai lasciata fuori dal frigo, nel senso che se non le dai sufficienti attenzioni si affloscia e inacidisce. Fuor di similitudine, si allontana e comincia a far finta che tu non esista. Non te la fa pesare perché non è nel suo carattere, ma va a trovare quelle attenzioni altrove senza che tu nemmeno te ne accorga, o abbia la piú pallida idea del perché abbia smesso di cercarti. La combinazione letale di uno Scorpione ascendente Gemelli. Ora: Caterina ha un sorriso sincero ed è dei Pesci, sebbene non ne conosca ancora l'ascendente.

– Sembra una persona con cui si può parlare di tutto, – dico.

– Lo è. Tu, invece, – si sfila i Ray-Ban, scende dal materasso, mi viene incontro, – passi parecchio tempo con Antonio.

Una vampata mi accende le gote. – Non ci sei mai, – mi precipito verso la finestra spalancata per far prendere aria alla stanza, dandole le spalle. – Che dovrei fare?

Alba, lesta, picchietta sulla mia nuca. – Voltati.

– No, – rido.

– Lo sapevo! Sei rossa come una melagranata!

La abbraccio. – Mi manchi, – sussurro.

– Lo so, faccio schifo. Con la Cate ci stiamo ancora abituando una all'altra –. Mi accarezza il gargarozzo come si fa con i gatti. – In piú, non capisco come funziona con quella Shirley. So quando è vicina perché mi si drizzano i peli sulle braccia e mi sento di troppo. Con Mary era diverso.

Sgrano gli occhi, porto un dito sulle labbra. – Non farti sentire!

– Ma non è qua.

– No, – mi guardo attorno, – però è capace di questa e altre diavolerie.

– Scommetto cento euro che è pure permalosa.

– Congratulazioni per la tua vincita.

Alba pesca un accendino dalla tasca dei pantaloni di lino nero, accende il moncherino di sigaretta. – Eh, sticazzi, amo.

Scuoto la testa. – Sono disperata. Il Santo non viene fuori, non c'è traccia di Mary, né di Trispét. Nessuno si raccapezza, nemmeno Shirley. E io ho troppa paura di combinare pastrocchi –. Una brezza indifferente spira dal bosco. – Tu, qua, hai trovato qualcosa di utile?

Alba s'infila una felpa candida. – Nada. Shirley deve essersi sbagliata, – bofonchia ponderando l'inverosimiglianza di quell'affermazione.

La voce di Antonio ci raggiunge. Viene dal piano di sotto. A lui è toccata in estrazione la pulizia della cucina, della sala da pranzo, del salone e dello studio del nonno.

Alba rimane di sopra a sistemare, io scendo.

Le nuvole lucenti nel cielo, oltre i vetri temperati delle finestre alla francese, sono la sindone della faccia di Dio;

ammesso che un Dio ci sia, o ci sia mai stato. La camera suona l'audiolibro de *L'incubo di Hill House* e odora di Antonio: pulizia ossessiva cui si aggiunge una nota nuova.

– Hai cambiato profumo? – chiedo cercando un modo casuale, guardandomi attorno.

Lui è lí con la sua pezza viola in mano, la camicia a quadri gialli e blu di flanella che gli ho regalato io perché mi stava troppo larga, gli occhi rotondi. Mi avvicino al suo collo mettendomi in punta di piedi.

Lo faccio. Lo annuso. Un tuono in bottiglia mi percorre dalla testa fino al buco nelle mie mutande che tanto spesso, negli ultimi mesi e forse anni, mi sono dimenticata far parte del mio corpo. I miei talloni toccano di nuovo il pavimento ma in quel collo, dottoressa, io ci sarei rimasta.

– Ho cambiato bagnoschiuma –. Le dita strette attorno al panno. – È alla vaniglia.

– Cosa volevi dirmi? – gli dico stirando le labbra.

– Ah, – sembra tornare sul pianeta Terra, – a parte che *Hill House* romanzo è quasi piú bello della serie, – posa la pezza viola sulla scrivania, – c'è qualcosa che devi vedere.

La voce che legge l'opera piú celebre di Shirley – appartenente a una scrittrice italiana da me amata – continua a raccontare, e dice: «È un ritratto di famiglia, sciocchi. Un gruppo di famiglia, anzi. Si capisce subito; la figura al centro, quella maschile, alta e senza veli – ohibò! –, è il vecchio Hugh, che si frega le mani per aver costruito Hill House».

Raggiungo Antonio impalato di fronte allo scorcio di parete incastonato tra le due librerie.

– Prendila con le pinze. Potrebbe essere una sensazione, o un falso ricordo, – parlotta Antonio, serio, mettendo l'indice sulla foto a corredo dell'articolo sulla fondazione di Palude che vede protagonista il mio trisnonno Oronzo e i contadini con le vanghe in mano, quella che abbiamo appeso assieme, proprio io e lui, quando mi ha aiutato a traslocare. – Io questa ombra, in questa foto, non l'avevo mai notata.

Sento della sabbia, impastata alla saliva, incrostata attorno all'ugola. Un'extrasistole che somiglia a una sberla al cuore. Una scossa elettrica mi attraversa la clavicola.

Dietro il mio trisnonno torvo, dietro i molti lavoratori accigliati disposti attorno a lui in semicerchio, dietro il cartello con le due parole cancellate con il nero e la scritta PALUDE DEL SALENTO, dietro la Dimora com'era allora, cioè un rettangolo bianco con due buchi che chiunque si sarebbe rifiutato di chiamare finestre, scorgo una sagoma appena percettibile, quasi priva di contorni, che si potrebbe descrivere come una donna, una donna con una gonna nera e ampia, vaporosa, lunga fino a terra, le mani intente a tenerla, la bocca aperta come se stesse urlando di terrore.

Guardo Antonio e sul suo viso è riflesso il mio sgomento.

– Mary, – diciamo all'unisono.

– Io non l'ho mai vista, – si affretta a specificare Antonio, – ma da come me l'hai descritta... Stavo passando la pezza. Ho avuto il dubbio. E ti ho chiamata.

Stringo gli occhi per fendere la mia presbiopia incipiente: ultimamente non ci vedo piú tanto bene, da vicino. La mia mano si allunga per staccare la fotografia incorniciata dal muro.

– Lasciala dov'è, – sento alle mie spalle.

Sia io che Antonio ci giriamo verso la porta d'ingresso dello studio. Ma lui non vede nulla. Io, invece, vedo Shirley. Cammina lentamente verso di noi, finché allunga il collo verso lo scatto.

– Com'è possibile che *lei* sia qui? – Le mie dita a pala contro il vetro della cornice.

– Facevo bene a sospettare del suo ruolo in questa vicenda –. Si pulisce gli occhiali. – Orlando è un mostro di rabbia e di dolore. Come la maggior parte delle donne che conosco, del resto –. Una risata amara. – Ti viene in mente qualcuno che conosca i mostri meglio di Mary Shelley?

DATA: 29 ottobre 2023, 19.16
OGGETTO: Il Santo ritorna

Cara dottoressa,

questa mattina ho aperto gli occhi e ho pensato ad Antonio. A cosa stava facendo, se si era già alzato, qual era il suo programma per la giornata e se l'avremmo trascorsa assieme o meno.

Cosa mi sta succedendo? Mi sono ridotta a una liceale? Pensare che Antonio non mi interessava minimamente al liceo.

Per fortuna non ho avuto molto tempo per crogiolarmi in questi sentimenti alieni, che ancora non riconosco come miei. Alle 8.30 è squillato il telefono facendo un pandemonio. Avevo dimenticato di inserire la modalità «Non disturbare».

– Pronto? – rispondo, ma se m'avessero domandato come mi chiamavo, forse non avrei saputo dirlo.

– Dottore', l'ho trovato.

Rotolo fuori dal letto. Dalla finestra, che ostenta un'accecante scala di grigi, arriva l'odore acre della cumarina. Mi protendo verso i vetri. Antonio, il giacchetto con il collo di finta pelliccia e lo zuccotto nero, sta facendo avanti e indietro con il tosaerba a pochi metri dal muro a secco che segna il perimetro del giardino. Ha le cuffie. È concentrato. Il mio sport preferito: fissarlo a sua insaputa.

– Davvero? – ripeto intontita, il telefono all'orecchio, i piedi nudi sulla chianca ch'è freddo perché ci ostiniamo nel nostro proposito di non accendere i caloriferi prima di novembre.

Caffè, di corsa.

Shirley è in cucina, seduta su uno sgabello, il gomito sull'isola e un volume consumato, di bancarella, in cui nasconde la faccia. Legge una copia di *Misery* trafugata dalla mia libreria. Una copia che mi è piuttosto cara e ho comprato anni prima in un viaggio in Basilicata con mio padre. Quando mi vede entrare, la posa. Ha capito che si tratta di una telefonata importante.

Metto il vivavoce e mi siedo accanto a lei.

– È una cosa nu picca streusa.

– Perché strana, Pino?

Shirley sgrana gli occhi. È truccata. Le gote rosa bonbon e i capelli rossi fulgidi corteggiati dalle tonalità fintamente timide delle giornate bigie. Gli occhi da pupa di celluloide come se si fosse curata di utilizzare lo strumento di tortura medievale noto come piegaciglia, prima di scendere al piano terra.

– Piccene... Nu ha indirizzo. Si può contattare solo al telefono fisso di un bar.

Il caffè mi scende nella gola, ma quasi batto i denti. Mi dimentico di mettere i calzerotti di Annina. – Ma come l'ha scoperto?

– Eh, sapesse dottore'. Nun sacciu lea da ogni impacciu, si dice, ma per fortuna io non mi sono fermato, noni. Mi sono dato da fare. Allora, – si schiarisce la voce, – ce l'ha presente Luigino Mastrantonio, che è cugino di Isabella Greco, la titolare dell'officina meccanica, e abita proprio all'uscio accanto a Mariapia Centonze, madre di quattru figghi beddhri assai, ma molto vivaci, matri mia, pure mutu, là in contrada Gramsci? Ecco, quello è mio cugino, e si è sposato con Alfredina Pascazio, sorella di quello che conosce pure lei, insomma, il traslocatore, quello che diede picche a lei con i mobili, si ricorda? Be', Alfredina ha chiesto a suo nipote, Roberto, che gestisce la bottega dei surgelati, eh, Piccardi, insieme alla zia Giovanna, che nel frattempo...

– È davvero necessario? – sibila Shirley.

– Mi fido Pino, mi fido, – taglio corto.

– Insomma, dottore', per fargliela proprio stretta, stretta, – passa un'ambulanza ovunque si trovi, – Giovanna gli ha detto che i genitori te lu Santu ancora acquai stanno, a Palude. E da lí è stato facile. Giuseppe Scarpa, lu cristiano ti la putea, il salumiere, che è marito di Giovanna, li conosce bene, allora li ha chiamati e ha domandato. Cosí, semplicemente. Gli ha chiesto addu stava.

– E le hanno dato il numero di un bar perché lui non ha cellulare?

Shirley inarca le sopracciglia.

– None, nu nde tene cellulari. Dice che abita in un bosco e fa l'artista.

Il Santo, finalmente. Alcibiade Santeramo. L'ombra saggia che viene dalla mia infanzia. Ho disperatamente bisogno di un demiurgo, per affrontare Orlando Trispét. Non ne so abbastanza, non mi domino abbastanza per fare quello che devo fare, qualunque cosa sia.

Shirley indossa un altro abito della bisnonna, con ogni probabilità. Nero, gonna plissé, mocassini lucidi su calze nere spesse. Un cimelio della vedovanza, e non c'è motivo per cui una vedovanza non debba essere anche stilosa. – In che senso sta in un bosco e fa l'artista? Tra le due cose c'è un collegamento che mi sfugge?

– Le ha dato un orario per chiamarlo? – chiedo, ignorando Shirley. Ma il senso della mia domanda era: *posso chiamarlo subito?*

– Al mattino, dice.

Mi sembra che le luci penzolanti sull'isola della cucina danzino sulle nostre teste. Come il mio esofago nello stomaco. Sono eccitata. – Perfetto. Grazie infinite, ma davvero infinite Pino.

– Dottore', un'ultima cosa ci sta.

– Mi dica.

La voce di Pino si abbassa di un paio di ottave e si fa

sussurro. – Lu Santu nu cole b'essa cchiato, non vuole essere trovato. I genitori non glielo volevano manco dare il numero a Scarpa, che pure è praticamente parente. Quindi mi dovete promettere riservatezza, se no ci va di mezzo lui –. Rumore di accendino. Una boccata di sigaretta. – E se ci va di mezzo lui, ci vado di mezzo io.

– Non si preoccupi Pino, non vedo a chi dovrei dirlo.

– Scrittrice siete, dottore'. Lo sanno tutti che chi se la fa con gli scrittori, prima o poi, finisce nei romanzi.

– Cosa le devo per il suo disturbo, Pino?

– Nienzi, già pagato da suo padre, glielo dissi.

– Tuo padre è morto, – commenta Shirley. – Gli ha fatto un bonifico dalla bara?

– È una storia lunga, – rispondo.

E non perdo tempo. Compongo il numero del bar sul tastierino. Il prefisso non mi è familiare, e lo googlo. Ma, dottoressa, mi capirà se non scriverò, qui, l'ubicazione del Santo. Con il capitalismo della sorveglianza non si sa mai, e non mi piacerebbe nuocere né a lui né a Pino. Né al povero Giovanni Scarpa che tanto s'è prodigato, sebbene non possa dire di conoscerlo.

Antonio arriva in cucina. Il mio stomaco fa un nuovo saltello sul posto quando dice «buongiorno» trascinando con sé un alito di gramigna e vaniglia. Sto messa cosí.

– Chi stai chiamando? – chiede.

– Il Santo, – intoniamo sia io che Shirley.

Lui strabuzza gli occhi azzurri. – L'hai trovato!

Annuisco mentre spero che qualcuno risponda al telefono.

Cinque squilli.

Al sesto, una lingua a me non familiare.

– Good morning, is Alcibiade Santeramo there? – dico, sperando che l'interlocutore parli inglese. – I was given this number –. Chissà se l'uomo all'altro capo può sentire il misto di timore, impazienza e frenesia nella mia voce.

– You are lucky, he's here just now. Hold.

Mi sembra che le mattonelle della cucina possano staccarsi da un momento all'altro e venire ad ascoltare la chiamata insieme a me, Shirley e Antonio che intanto ha poggiato i gomiti sull'isola della cucina, i pugni sulle guance morbide – suppongo – di barba ben rasata e ora punta il sedere all'insú, le caviglie piegate che minacciano di spezzarsi. Non è hipster; è elegante. C'è una differenza.

Rumori di fondo. Un registratore di cassa. Vociare. Tintinnio di tazze e cucchiaini da zucchero. Bustine strappate. Saluti affettuosi, che si nascondono dietro frasi di circostanza. Inconfondibili suoni d'ambiente.

– Un bar? – dice Antonio che nulla ha sentito della mia conversazione con Pino.

Gli metto una mano sul braccio e penso: «È lí che ti ho rivisto, dopo tanti anni. Nel bar di quella merda di tuo padre. Mi dispiace di essere stata scortese, quel giorno. Non sai quanto sia felice che le cose siano cambiate».

Qualcuno prende la cornetta.

– Filomena?

Ci guardiamo, tutti e tre.

– Alcibiade? – sorrido. Ed era un grande sorriso, dottoressa.

– Quanto tempo –. Forse, stava sorridendo pure lui. O, almeno, la sua voce sorrideva. – Mi ha detto la zia Giustina che mi stavi cercando.

– La zia Giustina?

Il Santo ride. – È una burlona.

Faccio mente locale. – La signora con la treccia vicino a casa tua.

– Sí!

– La bambina in biblioteca?

– Si diverte con poco.

– Ciao, stria! – risata inconfondibile.

– È raro che si allontani, – continua Il Santo. – Per te, ha fatto un'eccezione. Vero, zia?

– Ma io non l'ho chiamata, – mi giustifico.

– Sí, l'hai chiamata. Non proprio tu. Il tuo ricordo del nostro incontro.

– Non sapevo come trovarti.

– La zia è rimasta la mia guida. È troppo simpatica, non potrei mai fare a meno di lei, – specifica il Santo.

Shirley si mangia l'unghia del mignolo, un pizzico seccata. Il suo modo di comunicare: *arriva al punto*. Ma senza spezzare la bolgia.

Inizio a essere commossa. La voce del Santo viene dai giorni tetri che lui solo aveva rischiarato. – Non sono mai riuscita a dimenticarvi.

– Neanche noi, – parole soffici come una carezza trattenuta per piú di trent'anni. – E ora ci rivedremo.

Antonio mi guarda con la bocca semichiusa, esalante. È un sospiro di sollievo. I suoi occhi azzurri, coinvolti, scintillano sotto le lampadine gialle rincantucciate nei collari elisabettiani dei lampadari.

– Quando?

– Vengo sempre a Palude per il Samhain –. Parliamo la stessa lingua, solo che io avevo impiegato molto tempo per impararla. – E resto fino ai Morti.

– Qua è successo un macello –. Faccio una pausa. Dico la verità. – *Ho fatto* un macello.

– Non ti mettere a piangere, adesso, – dice Shirley, ma non percepisco alcuna durezza nel suo commento. Piú che altro, la preoccupazione che faccia una scenata e rallenti ulteriormente una procedura che le pare infinita senza alcun valido motivo.

– Chi c'è, lí con te? – chiede il Santo.

Shirley avvicina la bocca al mio telefono. – Le ho spiegato molto, ma il resto tocca a te. Non vedo l'ora di andarmene.

Lui esita, come se stesse decifrando dei segnali impercettibili a chiunque altro. – È... americana?

Antonio sembra contento di assistere a quella strana chiacchierata.

– È americana, – rispondo. – La conoscerai –. Mi correggo. – Se non la conosci già.

– Non sono famosa quanto dovrei, – specifica Shirley.

– Passo a trovarti domani sera e mi racconti tutto, – mi rassicura il Santo. – Anche se credo di avere già capito. Vengo con il volo delle 11 del mattino. Il tempo di sbarcare, ritirare il bagaglio, arrivare da Lecce con il bus e stare un po' con i miei. È parecchio che non li vedo.

– Vieni quando vuoi. Ti aspetto. Anzi, ti aspettiamo tutti.

– Tu, intanto, stai tranquilla e cerca di tenere a mente che la metamorfosi è un lavoro sporco, – dice, – ma ne vale la pena.

Shirley si assesta sullo sgabello. – Un filosofo.

– È proprio una stronza, – il Santo ride di gusto. – Mi piace.

– È terribilmente stronza, – gli faccio eco. – E incredibile –. Guardo Shirley con tenerezza.

Lei si sistema gli occhiali sul naso, prova a scacciare senza successo la falena che le dorme nei capelli color rame. Solleva con simmetria ammirevole soltanto la metà della bocca, le labbra chiuse.

Dalla finestra alla francese che affaccia sui verdi e sugli arancioni esplosivi del giardino sonnecchiante nel refolo autunnale, noto che il cielo sulla Dimora s'è chiuso, e ha iniziato a piovere.

DATA: 30 ottobre 2023, 23.46
OGGETTO: Organza nera e oro

Cara dottoressa,

– Mi fate vedere la foto? – dice il Santo.

Sto seduta accanto a lui e allo spettro della mutaforma Giustina, minuta e nella sua sembianza originale di novantaduenne, sul divano. Il camino è acceso, il tepore eccellente.

Alba ha acciambellato le gambe per terra. Scruta il Santo curiosa, gli occhi ammirati che indossa ogni qualvolta una persona capace di compiere scelte anticonvenzionali senza esitazioni entra nel suo radar, il maglioncino color panna con le fibbie di cuoio sulle spalle, i capelli attentamente spettinati.

Shirley, nelle Chanel a punta della bisnonna che affondano nel folto vello del tappeto borgogna, passeggia irrequieta di fronte alla fiamma che disegna torri merlate sulla pietra fuligginosa, la mano a torturarsi il mento.

Antonio ascolta composto, ginocchia unite sulla poltrona a destra del focolare. Fino a che si alza, va nello studio del nonno, stacca la cornice dalla vite del muro, torna e mette l'articolo di giornale con la fondazione di Palude tra le unghie dipinte di blu del Santo.

– La vedi, quest'ombra? – dice indicando la sagoma di Mary. – Prima non c'era.

– Mary *si è fatta* portare lí, – dice Shirley. – È lei lo spettro potente, tra i due.

La zia Giustina tira su con il naso. Ha un grosso neo peloso sull'angolo sinistro della bocca sdentata, il velo di pizzo nero ben assestato sulla piccola testa, gli occhietti senza iridi né ciglia, solo pupilla.

– Ma chi è questa Mary Shelley? – domanda Alcibiade indirizzandosi verso tutti i presenti, a turno, con lo sguardo.

– Quella che ha scritto *Frankenstein*, – dice Alba.

– Ma non era un uomo?

Antonio ride, perché una volta s'era domandato la stessa cosa. Sembrano passati decenni, ma è meno di un mese.

Il Santo si toglie la pelliccia. Una vera e propria pelliccia di peluche nero, grossa quanto quella di George Harrison durante l'ultimo concerto dei Beatles sul tetto di Abbey Road. – Adesso mi sono riscaldato, – sorride. – Fa freschetto, qua dentro –. In realtà è lui ch'è vestito troppo leggero: indossa una blusa di organza scura percorsa da fili dorati che paiono luci di Natale e gli illuminano il petto nudo, quasi del tutto glabro; lunghi orecchini Swarovski pendono dai lobi. Riprende la cornice in mano e l'avvicina al naso. – Potrebbe essere questa foto il problema, – dice.

– Lo sapevo, – si intromette Shirley.

Il Santo la fissa, sodale. – 9 novembre 1906.

– Tenia dece anni, – la zia Giustina adesso è seria. – Quistu ete sirma –. Spinge il dito contro uno degli uomini torvi immortalati nello scatto a corredo del pezzo di quotidiano. *Sirma*, in dialetto, significa «mio padre».

Noto che Alba e Antonio si toccano le orecchie. Alba si dà delle bottarelle sul padiglione auricolare, Antonio strizza gli occhi e fa per coprirsele.

– Che c'avete, voi due? – chiedo.

– I timpani mi fischiano di brutto, – risponde Alba.

– Idem, – dice Antonio.

– È perché stanno parlando sia lei, – il Santo indica Shirley, – che la zia.

– Inizio a invidiarla, questa cosa di vedere i morti, – continua Alba. – Almeno leggerei il labiale.

Antonio corrobora: – Sí, il canale non è pulito, diciamo.

– Ma nu mme recurdu bbueno, – continua la zia Giustina con un pizzico di rammarico, come se le dispiacesse di non poter essere piú utile.

– Esatto, i morti si scordano –. Il Santo si passa una mano tra i capelli ricci, sale e pepe. – O meglio, si scordano dei rimpianti e dei rancori se riescono a viaggiare, ad allontanarsi, a rinascere nei loro termini. Orlando Trispét non ha potuto farlo –. Il fuoco si riflette nella cornice di ottone. – Per colpa di questa foto.

– Dici che è una specie di punto di ancoraggio? – chiede Antonio.

Il Santo annuisce e gli Swarovski tintinnano proiettando lucciole sulle pareti.

– Quindi c'entra il trisnonno, – dice con un filo di voce.

Tutti alziamo gli occhi verso l'ovale a olio di Oronzo che ci osserva severo, il mezzo sorriso che ora mi appare enigmatico dalla parete sopra il camino.

– Per saperlo con certezza, c'è solo un modo, – il Santo mi passa il braccio attorno alla spalla e mi stringe a sé, – ma non ti piacerà.

– Devi fare quello che ti chiede Orlando –. Shirley mette un dito nella fiamma, il dito si trasforma in un accendino, e appare la solita Pall Mall.

– Ma non chiede niente, – rispondo, spazientita.

– Hai detto che ogni volta che è apparsa ti ha teso la mano, – dice Alba. – Magari è quello. Qualcosa tipo: *vieni con me*.

– Tutte le storie che ho letto, due o tre cose me le hanno insegnate, – dico. – Ma un conto è leggerle, un altro è viverle –. Ricordo le parole di Mary la prima volta che mi ha *portata* a Casa Magni attraverso i suoi occhi. Ma Trispét di occhi non ne ha.

– E l'altro articolo che hai trovato grazie alla zia, – dice il Santo e la zia ride, spalancando il pozzo nero senza incisivi, – aveva dei punti ciechi.

– È una maledizione, – chiosa Shirley. – Tutto quello che riguarda Orlando Trispét…

Il Santo la interrompe. – Voi sapete che quello non è il suo nome, vero?

– Come fai a esserne sicuro? – domanda Alba.

– L'articolo della Biblioteca Comunale, quello del febbraio 1906, parla di sedici suore canadesi. È un azzardo, non abbiamo certezza che lei facesse parte del gruppo, ma insomma, – tira fuori dalla pelliccia una sigaretta elettronica, – due piú due.

La zia Giustina interviene. – Sine, sine, rriara. A mia e a l'autri carusseddi in purtara li bebbé.

– Ecco, io dubito che tra sedici suore canadesi che portavano caramelle ai bambini ce ne fosse una con un nome maschile e un cognome che è l'anagramma di *spettri*, – continua il Santo. – Questi della foto erano contadini dei primi del Novecento, e di sicuro non masticavano nemmeno una parola di francese.

Antonio si accarezza la barba e alza le sopracciglia. – Già l'italiano...

– Sirma cuntava pulitu, – dice Giustina. – Ia stutiatu –. Cioè, «parlava in modo pulito, aveva studiato».

– Insomma, dobbiamo evocare di nuovo Orlando Trispét? – Alba è molto seria.

Il cuscino del divano sotto le mie gambe si riempie di spilli.

Il Santo scruta il camino come se una risposta potesse venire dal carbone.

Ma è Shirley a parlare. – Sí.

– Domani è il Samhain, – dice il Santo con una certa *gravitas*. – Sarà piú facile.

– Te l'ha detto Filomena che l'ultima volta siamo quasi morti tutti e tre? – Antonio si allunga verso il Santo con i gomiti sulle ginocchia. I suoi occhi azzurri si sono fatti severi, e per un secondo mi ricorda suo padre.

– Sarà piú facile, ma non senza rischi, – continua il Santo. – Non me la sento di fare ipotesi, anche perché io Orlando Trispét non l'ho mai vista, – parole schiette, – ma se tanto mi dà tanto, ha ragione Shirley. È un mostro di dolore e di rabbia –. Stringe le palpebre. Gli angoli della sua bocca si abbassano. Sembra sul punto di piangere. – Chissà cosa ha sopportato.

– Non è quanto ha sopportato, – Shirley smette di passeggiare avanti e indietro e si ferma davanti al caminetto, la statua ieratica di una martire senza beatificazione, – è che non ha potuto condividerlo, né raccontarlo, né trasfigurarlo in alcun modo. È senza bocca, senza corpo, senza nome –. Guarda me, proprio me, dritta negli occhi attraverso le lenti. – Orlando Trispét non solo non esiste, ma non è mai esistita.

È una comunicazione cristallina, dettata con la stessa chiarezza con cui Shirley Jackson aveva scritto in vita: sintesi e drittezza, nessuna remora nel definire cosa sia l'orrore.

Antonio e Alba la sentono. Lo capisco dalla loro espressione. Mi guardano entrambi mesti, cosí come in quel momento fanno tutti, i vivi e i morti.

– D'accordo, – dico. – Domani sera evocheremo Orlando. Succeda quel che succeda.

– Brava, stria, – dice Shirley, soddisfatta.

La zia Giustina annuisce.

Alba si alza a prendere i bicchieri per fare un brindisi al mio coraggio.

L'unico accigliato è Antonio.

DATA: 31 ottobre 2023, 09.12
OGGETTO: Figlia di mio padre

Cara dottoressa,

spero stia benissimo.

È mattina a Palude. La mattina di Halloween.

Antonio non ha ancora colto le zucche nell'orto, e nessuno ha pensato di decorare la casa. Non serve.

Bambini e adulti – negli Stati Uniti, sí, ma ormai in tutto il mondo – stanotte si travestono da fantasma. Noi i fantasmi, qui, li abbiamo per davvero: alcuni gentili, come Mary; alcuni difficili, per cosí dire, come Shirley; alcuni arcani e mostruosi, come Orlando Trispét che mi ha perseguitata, direttamente e indirettamente, per tutti questi anni.

Oggi, nella Dimora, ciascuno sembra essere nervoso a modo suo.

Shirley ha finito *Misery* – per la decima volta, – e sta trafficando con i bicchieri sporchi senza particolare inclinazione all'interazione.

Alba non è andata al lavoro e sta in cucina, torva, a fare call dove risponde male a tutti.

Quanto ad Antonio, è da ieri che mi risponde a monosillabi. È chino nell'orto e non sta ascoltando piú l'audiolibro di *Hill House*; non sta ascoltando niente se non i sussurri e i movimenti delle bestie negli acquitrini, sui tronchi, nei pertugi della calce che dovrà attendere la primavera prima di ritrovare l'uniformità dignitosa propria dell'estate.

Il Santo tornerà intorno alle 22, quando i suoi genitori si coricano.

Allora, faremo quanto abbiamo stabilito: evocheremo Orlando Trispét.

Da quando è morto mio padre, non so piú chi sono. Per ora passo molto tempo a distrarmi, a dimenticarmi della sua pelle di medusa pescata da bambini crudeli con il retino, secca e rigida mentre i veleni della vecchiaia recrudescevano nel ricordo del sole e della sabbia che non vedeva piú da molti anni.

Mi manca molto, dottoressa. Non lo ammetto facilmente, né volentieri. Ha commesso degli errori, lo so bene. Ma io non ho potuto fare a meno di amarlo, anche quando – forse – non avrei dovuto.

Chi sono, se non sono piú sua figlia?

Ho investito talmente tanta energia nella sopravvivenza di papà da aver cercato, in questi due mesi, qualcosa e qualcuno cui regalarmi. Arriva a grandi passi il momento in cui sarò tenuta a scoprire se l'ho trovato.

La strada è stata molto lunga, e mi ha portata qui. Non ha senso porre quesiti alla strada. Fa quello che deve fare; ti conduce dove è indispensabile che tu vada. E una cosa è certa: non si possono trarre conclusioni prima che il viaggio sia terminato. Lo ha detto anche Mary, che giudicare *in itinere* è il malcostume dei vivi. Non l'ho dimenticato.

Qualunque sia la mia destinazione, ho bisogno di dirle che la ringrazio.

Non voglio allarmarla, ma neppure mentirle.

Se non le scriverò nei prossimi giorni, sappia che lei fa parte di questa storia quanto tutti noi. Anche se forse non lo aveva desiderato, né previsto.

DATA: 1° novembre 2023, 10.05
OGGETTO: (nessun oggetto)

Non so bene da dove cominciare, dunque comincerò e basta: questa mail costituisce testimonianza della mia sopravvivenza agli avvenimenti occorsi nella Dimora Quarta durante la notte di Halloween del 2023.

Sarà un lungo e bizzarro resoconto, dottoressa: si metta comoda.

Alle 22 in punto il Santo appare in cortile nella sua decappottabile con il tettuccio giú, annunciato dal fruscio della pelliccia di peluche e dal tintinnio degli orecchini nella campagna che, con il capo chino, serra le palpebre e riceve la benedizione fatale della prima brina. L'abbigliamento è simile, nelle forme, a quello del giorno precedente; ma la pelliccia è bianca e il completo oro, con tanto di blazer. Uno scintillio di luce che lusinga gli orecchini penduli dell'opale, sfavillante eredità di Giustina. Il fantasma della zia scorta il nipote rincantucciata nello scialle e nell'abito da lutto alla caviglia che lascia intravedere i malleoli sporgenti, responsabili della marcia claudicante di novantenne.

Vado ad accogliere il Santo e Giustina nell'androne, Alba e Antonio – ben acconciati e con i maglioni ancora olezzanti di naftalina dal cambio stagionale – già a proteggermi le spalle. Di fianco a loro Shirley, in uno spolverino di paillette dorate ricavato dagli anfratti dell'armadio della bisnonna Grazia.

– Rimarrei soltanto per i vestiti, – mi ha detto nel pomeriggio, la voce androgina cantilenante mentre ricomponeva la quarantottore con cui era arrivata.

Io la guardavo appoggiata allo stipite della porta della lounge. – Scegli quello che ti pare e portatelo. Dubito che la bisnonna ne sentirà la mancanza.

– Lo dici tu, – ha risposto avvolgendo scarpe mai messe nella pellicola trasparente.

Quando la sera è scesa, agghindata, aveva un'espressione diversa dal solito. Non avevo idea di cosa si stesse agitando nella sua testa rossa, i germogli di capelli spezzati domati nella solita coda di cavallo che cadeva molle sulla nuca. Mi era sembrato di vederla parlare con qualcuno sulle scale, con aria concentrata. Lí per lí ho pensato di averlo sognato. La tensione, mi sono detta, mi obnubila la vista. Mi sbagliavo. Ma andiamo con ordine.

Il caminetto del salone brucia allegro. L'atmosfera è festiva, ma greve; le luci gialle della Dimora sfarfallano come se si stessero preparando.

– Qualche calo di tensione, – commenta Alba, ma io e Antonio ci guardiamo negli occhi sapendo che non c'è nessun calo, che la casa piuttosto è viva, e ha paura quanto noi.

– Che mortorio qui, – dice il Santo portando con sé una folata di profumo di soldi. Ho omesso di raccontarglielo, ieri, dottoressa: ci ha rivelato di avere acquisito la villa di un celebre architetto in un bosco, nel quale si occupa di *land art*.

– Tutte installazioni sostenibili, effimere e *site-specific*, – spiega, sottolineando che preferisce rimanere anonimo ma percepisce un lauto fisso dall'ente turistico della zona.

– Inoltre, ricevo su appuntamento ma *on a need-to-know basis*, niente internet, e offro consulti a chi ne ha bisogno, se la zia approva –. Una specifica: – La zia è molto selettiva.

Giustina corrobora con un solenne cenno del capo.

Come la sera precedente, prendiamo posto nel salone. Lo schema si replica, quasi identico: io, Giustina e il Santo sul divano, Alba per terra come un ragazzino cresciuto troppo in fretta, Antonio, ancora accigliato, sulla poltrona a destra. Ma anziché trottare avanti e indietro, Shirley s'è accomodata sulla poltrona a sinistra.

– In questa stanza è cominciato tutto, – dichiaro, – ed è in questa stanza che tutto deve finire –. Affetto sicurezza, ma non sono sicura di nulla.

– Dobbiamo accendere candele, o cose cosí? – chiede Alba al Santo.

Lui si mette a ridere. – Secondo me qui c'è abbastanza fuoco, – l'indice verso la vampa tesa nella cappa come se volesse allungarsi fino a incendiare il cielo.

– Beviamo qualcosa per rilassarci, – dice Shirley con due calici di vetro nel palmo, si colmano da soli dito dopo dito. Ne consegna uno a Giustina, che lo prende di buon grado portando l'orlo alla fessura senza labbra.

– Beviamo qualcosa per rilassarci? – ripete Alba. Probabilmente aveva sentito perfettamente Shirley, ma pensava di stare esprimendo un suo pensiero.

– Vado io.

Scatto in piedi. Non mi è riuscito di vestirmi per l'occasione, come sembrano aver fatto tutti gli altri. Ho brutalmente pescato dai miei stracci dei jeans piuttosto stretti e un body nero con il collo alto.

Apro il frigo per trarne una bottiglia di prosecco, senza molta convinzione. Lo metto sull'isola della cucina, tirando fuori il cavatappi da un cassetto. Sto uscendo con lo sguardo sui quattro bicchieri pieni e in equilibrio precario, due nelle mani e due stretti nell'incavo dei gomiti, quando noto i piedi di Antonio avanzare nella mia direzione.

– Ti aiuto, – dice.

Lo ringrazio e, passandogli due bicchieri, le nostre dita si sfiorano.

I suoi occhi mi penetrano cosí profondamente che posso sentirli nuotare nello stomaco tra i resti del pranzo.

– Non c'è nulla che desideri piú di venire con te, ovunque andrai.

– È per questo che mi hai a malapena rivolto la parola per tutta la giornata? – Sono vulnerabile e risentita.

Antonio mi prende il polso con delicatezza e mi scorta indietro fino all'isola della cucina. Poggia i bicchieri, e io faccio altrettanto.

– L'alternativa era dirti quello che ti sto per dire adesso, – il mio polso ancora incastonato tra le sue falangi, – ma non è semplice.

Libero il polso. Il suo maglione bianco è di ottima lana, ma spiegazzato. I pantaloni blu scuro, lisi sulle rotule. A un'indagine dettagliata, sembra essersi vestito di fretta e senza molta cura, proprio come ho fatto io.

– Provaci, – dico.

Lui stringe le labbra una contro l'altra. Le palpebre immobili come quelle di un bambolotto rotto sulla bancarella di un antiquario di provincia, la pelle di biscuit frantumata da uno sciame di piccole rughe attorno alle orbite, e la barba che odora di naftalina come gli indumenti. – So bene che mettere le lucertole sulle scarpe di una ragazza non è granché come dichiarazione, – si mette un ciuffo dietro l'orecchio, gonfia e sgonfia il petto, – ma da piccolo ero innamorato di te.

Una sequenza di boati distanti mi fa voltare il viso verso la finestra. Il cielo si illumina a intermittenza. Non sono lampi, ma fuochi d'artificio.

– E lo sono ancora. Con te, posso essere tutto.

Io salgo sulle punte dei piedi, e lo bacio sulla bocca.

Non è uno di quei baci a mandibole spalancate, con uroboro di lingue. Piuttosto, un ex libris stampigliato sulla prima pagina di un romanzo che si legge da bambini, ma che solo da adulti si mostra nella prosa memorabile, nei temi complessi e nella portata sovversiva.

Anche io sono innamorata di Antonio. Anche io l'ho scelto molti anni fa, anche se l'ho scoperto solo adesso.

Scendo dalle punte e gli accarezzo una guancia. – Se sopravvivo...

– Devi sopravvivere, – risponde Antonio, la voce fonda coperta dal tuono artificiale delle batterie di petardi e mortaretti che viene da Palude. – Devi pubblicare il romanzo, ricordi? Devi diventare una grande scrittrice e dobbiamo mettere in piedi il Bed&Breakfast. Io devo cucinare, Alba deve restare Alba e tutto questo deve servirci a una cosa sola, cioè a non crescere. Possiamo rimanere degli imbecilli per sempre.

Sento il cappio del pianto attorno al collo.

– Mio padre è morto, Antonio. C'è una Filomena che non tornerà mai piú, ma io lo so, – mi asciugo la faccia curandomi di non sbavare il trucco, – ce n'è un'altra che mi sta aspettando. Non avere paura di conoscerla –. Gli ho preso entrambe le mani. – Io non ne ho piú.

La voce di Alba dall'androne domanda: – Tutto bene voi due? – E aggiunge che lí ci sono delle gole secche.

Nel salone aleggia una certa impazienza.

Io e Antonio torniamo nella stanza carichi di cristalleria.

– Si possono fare convenevoli fino a un certo punto, se a breve tocca evocare un mostro, – mi rimprovera Shirley. – Dai il bigliettino ad Alcibiade.

Metto la mano nella tasca dei jeans e ne estraggo un pezzetto di foglio A4 su cui mi sono sforzata di imprimere la mia calligrafia piú chiara.

Il Santo smezza l'appunto con la zia Giustina. – Arma trista, cu te pigghia, – legge ad alta voce. – Cos'è? – chiede.

– Sono le parole che calmano Orlando Trispét, ma Filomena non ricorda da dove vengano, – risponde Alba. – Cantate, suonano cosí, – intona la nenia.

– Ete na canzona te li piccinni, – dice Giustina. – La scrissi iddhra.

La zia rotea la testa verso l'ingresso, cosa che fanno a turno anche il Santo e Shirley. La falena fantasma si libra a mezz'aria, e a mezz'aria si ferma come se fosse appoggiata su qualcuno che né ad Antonio e Alba, né a me, cosa ben piú drammatica, riesce di vedere.

Il Santo abbassa gli occhi. Infine, li mette nei miei. – Tu ti preoccupi moltissimo di cose che sono lontane, e in effetti non ti riguardano –. Arriccia le labbra in un sorriso affettuoso. – E non ti accorgi di chi ti sta di fronte.

Aggrotto le sopracciglia.

– Voltati, Filomena.

Mi porto la mano alla bocca per soffocare il singhiozzo.

– Beddhra mia, – sta sulla soglia, le braccia aperte, gli occhi umidi.

Ricordo gli abiti chiari, panna e cipria e beige, e il seno grandissimo su cui ho dormito arrotolata come un gatto, quando la mia stazza era approssimativamente la stessa. I capelli a lunghezza di pettine, biondo cenere, ravviati sul cranio. I denti immuni alla parodontite anche in tarda età. Le iridi dorate, lucenti dell'arte di cui era maestra indiscussa, e io pessima discepola: la gioia.

– Sei tu, – mormoro desiderando di abbracciare lo spettro quintessenziale della mia infanzia, di infilare il naso nel décolleté che quand'ero piccola profumava dei biscotti al burro. – Sei tu che ci hai protetti.

Era nata nel giorno del mio onomastico, Santa Filomena, il 5 luglio. M'aveva fatto trovare lei la porta della Dimora aperta, il pomeriggio di settembre in cui ero arrivata; aveva riempito lei d'infiorescenze di campagna i vasi dell'androne; aveva acceso lei il camino di quella che era stata la sua camera da letto, chiamandomi a sé. Era stata la mia tata, e la tata di mio padre prima di me. La sua carne di fantasima che non brillava nella scala dei cerulei quanto dell'argento, sembra calda e molle quanto la lana che – incessantemente – aveva sferruzzato quando respirava.

Giustina si caccia via una goccia d'acqua dalle occhiaie. – Uarda –. Dà una gomitata al Santo. – Cce duci.

– Mi potete spiegare? – chiede Alba disincastrando le gambe.

– Credo sia Annina, – sussurra Antonio. – E credo che la ninna nanna sia la sua.

– Albuzza, – sorride Annina. – Come è cresciuta. Antonio puru.

La falena fantasma danza. – Ho capito, – dice il Santo, indicandola con il dito. – Questo è il maschio.

– Se dalle finestre entra la femmina e si accoppiano, significa che uno spettro sta per compiere il suo ultimo destino, – ha continuato Antonio. – Cosí si dice.

La voce profonda di Shirley: – Sono le 11.

– Perché non mi ricordavo che quella nenia la cantassi tu? – chiedo ad Annina.

– La iddi, la malumbra. Un'ombra di monaca proprio sopra alla testiera del letto dove mo' dormi tu. Era il 1943. Tuo padre aveva dieci giorni e stava nella culla, accanto a me, – un'espressione di dispiacere ogni qualvolta lo nominava. – Era maggio. Una giornata stupenda. Fuori dalla finestra, di colpo lu sciardinu se fice giallu, come appassito. Gli alberi nudi, il cielo niuru. Sentii gocciolare, ma il rumore non veniva da fuori. Da li pariti usciva acqua. Paria chiantu. Non capivo e mi scantavo. Volevo chiamare qualcuno, ma la porta non si apriva.

– Trispét, – dico.

– Tuo padre, da quel momento, si ammalò gravemente. Polmonite, dicevano. Non guariva e nessuno, nemmeno il dottore, capiva perché. Io sí –. Annina si liscia le nocche bianche. – Mia madre dicia ca Orlando Trispét non bulia ca li Quarta si cumpritaunu prima cu nascianu, eppure Pietro ce l'aveva fatta. Era nato. E lei non poteva sopportarlo.

Il Santo, in simultanea, fa una sorta di report ad Alba e Antonio: capiscono qualcosa, dicono, ma non tutto.

– Stavamo uscendo pazzi, – continua Annina. – Una notte, con tuo padre in braccio, ho guardato verso il muro dove era apparsa la malumbra –. Il labbro le trema. – «Anima triste, è passato tanto tempo», le ho detto. «Lo so che nessuno ti consola ma che colpa ha, lui, del tuo tormento?»

– Papà guarí.

– E tu, di quelle parole, facesti una ninna nanna per

tenere lontana la sciagura –. La vestaglia dorata di Shirley ondeggia nella luce soffusa del fuoco.

Annina conferma con il capo. – Ma non fu sufficiente. Due anni dopo Checchina partorí il fratello di tuo padre, Paolo. Era prematuro, e morí. Orlando Trispét si prese la sua rivincita e si quietò.

– Finché sono arrivata io, nell'ottobre del 1980, – dico.

– Avevi una settimana quando ti portarono acquai. Diluviava cosí tanto che veniva giú il cielo. C'era un pranzo importante di lavoro per Pietro e per Nino, volevo che tua madre si rilassasse e ti misi con me in camera mentre marituma cucinava e loro mangiavano in sala da pranzo. Tu piangevi assai. Ti presi in braccio e successe un miracolo –. Le iridi di oro di Annina luccicavano. – Mi affacciai alla finestra: splendeva il sole e il giardino era fiorito come se era marzulina, primavera piena. Il cappero era in festa e gli uccelli cantavano –. Una carezza sulla mia guancia. – Tu ti mettesti a ridere. Ridevi, beddhra mia! Comu ritivi! E io capii.

– Cosa? – domando.

– Che Orlando Trispét presto non sarebbe stata piú sola, – conclude Shirley, come se stesse unendo i puntini. – La prima femmina dei Quarta.

– Ma allora perché terrorizzarmi, quando avevo sei anni?

Annina diventa seria. – Eri mutu piccinna. Uno o due anni. Fu allora che tuo padre mi vietò di cantarti la ninna nanna. Diceva che ti spaventavo senza ragione –. La labbra torte all'ingiú. – Come avevo spaventato a lui.

– Cosí, il legame con Orlando si è spezzato, – è intervenuto il Santo. – Anche tu ti sei dimenticata di lei.

Giustina è molto attenta. – E iddhra si rraggiò.

– Eccoci qui, – dice il Santo scattando in piedi, sistemandosi il blazer. – Tutto chiaro.

– Cosa sarebbe cosí chiaro? – chiedo.

– Te l'ho già detto una volta –. Shirley si accarezza la vestaglia brillante. – È Orlando che devi salvare.

– C'è una cosa sola che desiderano le Ombre, – continua il Santo. – Ed è essere *viste*.

Mi si accelera il battito. – Cosa devo fare?

– Cominciamo, – per essere un maestro d'orchestra gli manca soltanto la bacchetta. – Alzatevi tutti, mettetevi in cerchio e prendetevi la mano.

Lo sguardo perplesso dei presenti, fantasmi inclusi.

– E se dico tutti, intendo *tutti*. I vivi, e i morti, – precisa il Santo.

La prima a porgere la mano, secca e liscia come sasso di fiume, è Giustina. Antonio, alla sua destra, rotea le pupille tutt'intorno e tende le dita senza, tuttavia, vederla. Fino a che è lei ad afferrarlo. Le guance gli si arrossano, la bocca si chiude, la schiena si drizza.

Il Santo, alla sinistra di Giustina, guarda Antonio come si fa con un budino molle appena posato sulla tavola dopo il secondo. Credo lo trovi attraente. – È un'esperienza diversa per ognuno, – sussurra malizioso nella sua direzione, riferendosi al contatto con gli spettri.

Annina si inserisce nel circolo a sinistra del Santo, alla destra di Alba.

– Posso? – chiede ad Alba avvicinando le falangi, a conca, al suo palmo.

Alba risponde: – Certo, – perché la sente, e poi, – mamma mia, – sussulta, e sorride dicendo: – È bellissimo.

Alla sinistra di Alba si innesta Shirley, afferrando il polso di Alba e di Antonio senza alcuna espressione particolare. Alba contrae i muscoli in uno spasmo non appena percepisce di trovarsi tra due spiriti.

– E io? – chiedo. Sono rimasta fuori dal cerchio.

Il Santo indica un punto del tappeto con il mento. – Tu devi stare qui, al centro.

Emetto un respiro rumoroso, soffiando dalle labbra a O, e ubbidisco.

– Annina, per favore, canta –. Lo sguardo del Santo diventa assente. – Cantate tutti.

La Dimora risuona della nenia che Annina ha finito di comporre quando i muri cominciano a piangere.

Il cuore mi sta brutalizzando il petto. Dispnea. Sono in tempo per interromperli, per fermare quel rituale folle?

Arma trista, cu te pigghia?
Ha squariatu tantu tiempu.

Il Santo ha gli occhi chiusi. – Sai cosa devi fare, Filomena Quarta, – grida sovrastando il canto. – Lo hai già fatto.

Nun ne tene curpa 'a stria,
nienti sape te lu turmientu.

La fiamma nel camino, da rossa, diventa azzurra come un fuoco fatuo. Le luci gialle del salone, e della Dimora tutta, cortile incluso, si spengono. La casa è colpita da una gragnola di tenebre cruente, molcite soltanto dal suono umano delle ugole e dalla fosforescenza fioca dei fantasmi.

Arma niura, chi turtura,
nisciunu te cunsula.

I cingoli delle finestre iniziano a gracchiare furiosamente come se qualcuno o qualcosa li stesse spingendo con violenza dall'esterno, senza riuscire ad aprirle.

Dalla cappa del focolare viene uno sbuffo di carcassa guasta, e Antonio inizia a tossire come se gli si stessero staccando i polmoni.

Castimata e cacatura,
prestu nun sarai chiui sula.

Alba trattiene il vomito e i suoi conati per poco non fanno vomitare me.

– È qui, – mormora Annina.

– Cantate! – urla il Santo.

Il grecale fischia imperioso come un tifone dalle fessure della porta d'ingresso e dalle finestre. Le ante di legno mugolano come se cento strumenti di tortura le stessero obbligando a staccarsi dai cardini contro la loro volontà.

– Non ti arrendere, Dorothy, – dice Shirley. Perché sembra che la casa si stia sollevando dal suo letto di torba per librarsi sopra Palude del Salento.

Un suono simile a un gong annuncia il collasso del ritratto del trisnonno Oronzo dalla parete, di fronte ai miei piedi, faccia all'ingiú.

Dalla fiamma azzurra nel camino cola una cascata di luce immacolata.

Sbatto le palpebre.

– Non smettete di cantare! – ripete il Santo.

La luce immacolata assume la forma della tonaca di Orlando.

È curva. Le spalle sono strette, convesse sotto il lungo velo nero sul volto. Lentamente, come se le costasse fatica e sforzo, muove il braccio nel tessuto drappeggiato e prova ad allungarlo nella mia direzione. Una singola stilla di cemento gocciola dalla manica senza mano.

Con il palmo a conca, la raccolgo.

Nel mentre, sento le falangi fredde di Shirley sulla spalla: l'ultima cosa che ricordo del salone sono occhi fermi.

Palude del Salento, 9 novembre 1906

Sono in piedi sotto uno scroscio di acqua.

Mi porto la manica fradicia alle narici. Tanfo di fogna e di decomposizione.

Guardo la mia mano. Le linee sul palmo non somigliano a quelle che saprei disegnare su un foglio. Dorso e dita sono grossi, arrossati e conciati. Cespi di peli neri spuntano dalle nocche. Le unghie lunghe, spesse e quadrate sono sporche di terra e ruggine.

Una mano di maschio.

La infilo nel cavallo dei pantaloni di cotone gualciti ma robusti, zuppi alle caviglie. Raggiungo l'intrico di rovi del pube e afferro il membro. Passo alla sacca lasca dello scroto che contiene due uova di quaglia prive di incertezze.

La mano, ora, sa di cesso e di umori.

Davanti a me si staglia un paesaggio familiare in tutto, ma privo degli elementi che sempre ho dato per scontati.

La terra sotto i piedi lunghi, negli scarponi neri dipinti di terriccio e di fango, è poltiglia. Nessun selciato. Non la macchina mia, di Alba o di Antonio parcheggiata. Né quelle dei nonni e dei miei genitori. Nessun cancello gracchiante. La campagna a destra e a sinistra è solcata da rigagnoli di scolo fulgidi e gorgoglianti, lunghi fin dove arriva l'occhio, e non c'è alcuna strada sterrata.

Il bisbiglio del diluvio mi rassicura, eppure stento a dare un nome alla mie stesse sensazioni.

Le orecchie fischiano. I rumori d'ambiente vi penetrano appena. Infine, si fanno nitidi.

Un vociare affaccendato, urgente. Colpi di pala, isteria. Un grido di donna.

Mi picchio i timpani come se potesse fare la differenza.

Non un solo grido; molti.

Un urto sulla spalla. – Mesciu, – cioè «maestro», – bene state? – Un ragazzo intirizzito, mingherlino, gli occhi azzurri e feroci, eppure insolitamente familiari, una vanga spezzata in mano, gli spuntoni del manico simili a una corona farlocca.

Annuisco asciugandomi la fronte e le sopracciglia.

– Due o tre ce ne mancano, – dice il ragazzo. Ai suoi piedi, una pozzanghera rossa. L'acquazzone sta lavando via il sangue che gli impregna la casacca e i calzoni.

Respiro piú profondamente che posso, ma a fatica. I polmoni sono palle della lotteria agitate nel bussolotto del torace da una valletta decrepita. Mi volto.

Una tavola incisa con il punteruolo recita CONVENTO DI PALUDE DEL SALENTO e indica un ampio rettangolo dipinto a calce bianca, alla bell'e meglio, il cui tetto di canne subisce il diluvio. La Dimora Quarta mi osserva dai due oblò privi di tende che paiono orbite scavate nei mattoni. La porta, un pezzo di legno sufficientemente rifinito, è una bocca chiusa a chiave. E custodisce il segreto per cui mi sono spinta oltre la soglia del tempo in cui Filomena Quarta è nata.

Filomena, sí. Ma a chi appartiene il corpo pesante che abito?

Altre grida. «Due o tre ne mancano», ha detto il ragazzo.

A cingere il casolare, i verdi vigliacchi del bosco. I pini marittimi, le querce virgiliane e i lecci genuflessi sul lato posteriore, dove oggi c'è il giardino: da lí venivano le urla.

Metto due o tre passi in avanti. Ho freddo, ma sento le gambe leggere e avverto uno slancio, un tepore profondo che farei fatica a descrivere se non con la parola *soddisfazione*. Di tutte le emozioni provate in quel momento, tra cui non si possono che annoverare lo sgomento e il terrore, quella strana felicità è la piú aliena.

La mia visuale, a quel punto, è buona abbastanza da vedere qualcosa. Non molto. Troppo. Mi ritraggo. Uno strillo acuto, seguito da due schizzi cremisi sulla calce, annuncia il tonfo di un corpo che restituisce l'anima a chiunque, o qualunque cosa gliel'avesse prestata.

– Filomena.
Una voce familiare.
– Filomena!
Shirley somiglia a un cane randagio incapace di trovare la strada di casa. È agitata e circospetta. Si guarda attorno nervosamente, a destra e a sinistra. Lo spolverino di paillette della bisnonna ancora addosso, le labbra rosse palpitanti.
La mia lingua non vuole sollevarsi dal suo letto.
– È orribile, – mugola Shirley con la mano sulla bocca. – Sono demoni –. È sul punto di scoppiare in lacrime. – Le stanno ammazzando una per una.
Scuoto la testa per chiedere spiegazioni.
– Le suore! Le suore dell'articolo che hai trovato in biblioteca! Ci sono i cadaveri accatastati sul retro, li ho contati, – la sua voce normalmente radiofonica ora è rotta, argentina. – Vieni, – mi dice prendendomi per la manica.
Scuoto la testa di nuovo, ma stavolta intendo dire *no*.
– Mesciu, – un uomo, non il ragazzo di poco prima, mi sta chiamando. – Eniti e bititi ce travagghiu pulitu, propriu comu circaste, – «venite a vedere che lavoro pulito abbiamo fatto, proprio come avete chiesto».
Shirley mi guarda con ansia.
– Mo' egnu –. Ora vengo. La mia voce. La lingua si muove, dunque. Ma non per esprimere i miei pensieri; solo quelli del corpo che mi ospita.
– Non dovete temere maestro, la parte migliore l'abbiamo lasciata a voi, – una terza persona, di cui non vedo il volto: questa parla in italiano perfetto. «Ia stutiatu», aveva detto Giustina di suo padre.

I muscoli dei polpacci decidono di proseguire verso il casolare, cinto da un cumulo di sacchi come corpi turgidi dalla pelle di iuta, e di secchi pieni d'acqua piovana. Non sembra che possa farci granché. Sono comandata da un altro che apparentemente dà ordini a tutto e tutti, fuorché alla mia mente.

Camminando, provo a piegare il gomito. Risponde, ma fiacco e controvoglia, alla moviola. Man mano che soggiorno in quegli arti di golem, l'effetto della mia volontà si fa piú tenue.

– La chiave, – mi dice Shirley con urgenza quando arriviamo di fronte alla porta di legno. – Serve la chiave.

Chino il mento. Un gancio con un mazzo di ferraglia mi pende dal passante sinistro dei pantaloni. Quattro o cinque chiavi piuttosto corte e una piú lunga delle altre. La inforco e la ficco nella toppa, girandola con decisione. La serratura scatta, ma la porta non si apre. Dall'altra parte deve esserci qualcuno a bloccarla. Faccio tremare il legno assecondando la mia urgenza; fino a che non si spalanca.

Una bocca di bestia, sovrumanamente larga, con tre file di denti aguzzi da pesce gatto, mi si avventa sulla faccia. Sento colare sulle guance l'illusione di una bava di catrame, mentre decine di spilli infilzano la nuca. La mia ugola emette un guaito incontrollato di orrore.

Poi un tentennamento.

Le fauci si ritirano lentamente dal mio capo di maschio, e si riducono rivelando due labbra semiumane. La pelle del viso è una membrana lucida solcata da rizomi di vene verdi e gonfie come zampe di mantide. Sclere lattiginose, iridi di schiuma. Capelli bianchi e neri, collo d'avvoltoio, bavero di stoppa.

– Mary, – sussurra Shirley: uno dei sorrisi di luna piena piú luminosi mai proiettati.

– Tu? – soffia dalla bocca a forma di scolo putrido. – E lui! – la sclera di tenebra lentamente imbianca e restituisce l'iride di piscina d'inverno. – Cosa ci fai con lui? – Il buio delle ciocche degrada lentamente nell'usuale biondo Tiziano. – Lui è il loro padrone –. Sputa per terra.

Io mi sposto a sinistra, cercando il vetro stirato della finestra. La luce bianca riflette gli specchi dei rigagnoli di bonifica che pettinano la campagna. Dalle gocce di pioggia che lo tempestano come stelle emerge un volto ch'è un rompicapo di tratti familiari. Il naso del mio bisnonno. Il mento di mio nonno. Gli occhi di mio padre.

– Mesciu Oronzo, – urla l'uomo che parla in italiano e mi osserva da lontano. – Che aspettate a entrare?

– Mary, – mormora Shirley di nuovo, con la voce cauta. – Siamo venute a prenderti.

L'espressione di Mary si contrae di dubbio. Guarda Shirley, guarda me, e dietro di me e di Shirley per constatare se ci sia un trucco e quale, come si fa con il prestigiatore che materializza due rose scarlatte dal cilindro.

– Filomena, – esala finalmente di rimando, scandendo il mio nome lettera per lettera, le vene del viso ritornano placidi delta di fiume. La pelle cerulea finalmente si distende, ma subito viene frantumata da un pianto furioso. – Non c'era altro modo, – comincia a dire, ripetendo la frase due o tre volte. – Non c'era altro modo per portarti qui.

– Dov'è? – la voce di Oronzo. La mia voce.

– È rinchiusa qui da una settimana, senza cibo né acqua, – balbetta Mary cercando di arginare le cascate che zampillano dalle ciglia. – Sta per morire.

Una compassione inusitata sul viso di Shirley, il mento alzato verso la maschera male intagliata che indosso. – Non c'è nulla che tu possa fare.

Io voglio stringere le labbra, piegarle, piangere, scappare. Lui vuole digrignare i denti, e procedere oltre l'entrata. Sento i muscoli delle cosce guizzare in avanti.

– Queste sono ombre di cose passate. Non possono accorgersi di noi, – biascica Mary.

Oronzo attraversa la porta.

C'è odore di muffa, di deiezioni non raccolte, di miseria indicibile e di disperazione.

Tende strappate; i lacerti di cotone acrobati senza rete sui bastoni di legno irregolare. I vetri delle finestre del casolare sono chiusi, ma un ultimo grido, affilato come il taglio netto di un machete nella carne, perfora le mura. Seguono schiamazzi, risa, festeggiamenti, congratulazioni assortite in un idioma trasfigurato dalla violenza di un branco di maschi cui non farei il favore di definire cani.

– Mesciu, fattu avimu, – una voce, un'altra, non le riconosco piú, ma quante sono? Arriva fino a me mentre mi rendo conto di conoscere quell'interno e non solo perché sarebbe stato, un giorno molto lontano, la mia casa.

Vicino alle finestre sta un tavolo povero e sghembo: appare trascurato, come se non venisse toccato da molti giorni. Vi giace un quaderno di fattura lussuosa. Sulla copertina di pelle nera e liscia è posato uno strato di polvere talmente spessa da annerire i polpastrelli. Una sola pagina è sopravvissuta alla razzia cui sto prendendo parte.

> Journal de Dorlan Tresept, rebelle et Mère Abbesse de l'Ordre des Adoratrices de l'Eau Magnifique Jaillie du Côté du Christ, arrivée à l'endroit marécageux que nous baptiserons Palude del Salento avec une délégation de quinze sœurs et novices le 1er fevrier 1906.

Con la mano feroce, le unghie luride, Oronzo la strappa e la mette in tasca. Adesso, la prima e la quarta di copertina del diario somigliano alle ali di un corvo senza testa.

Dal fondo della stanza arriva un lamento sommesso.

Le gambe vogliono correre verso la branda senza materasso. La gola, tuonare la mia presenza. Sono percorsa da una rabbia lacerante: voglio strozzare chiunque abbia osato mugugnare.

Guardando il Cristo con le palpebre a mezz'asta che mi chiedono pietà mi trovo in salone, durante la piú mostruosa delle visioni mai indotte da Orlando Trispét, in occasione del rapimento di Mary.

La visione del luogo dove sono adesso.

Cinghiandomi, procedo lentamente.

Dorlan sta dietro la branda, rannicchiata come una talpa sotto il sole cocente, le ginocchia contro il naso, le mani a coprire tutta la faccia. La tonaca bianca, la fusciacca rossa in vita, il velo nero sparso sulle spalle.

Mi avvicino, e si fa ancora piú piccola.

Voglio ucciderla. Ho un'incudine sulla nuca, la sciatica mi martoria la coscia, i ciottoli continuano a rotolare nel bussolotto del torace perché il tanfo consente a malapena di respirare.

Cosí, comincia la lotta. Dirla *lotta* non rende giustizia alle due parti in gara.

È una guerra.

Ci sono io, Filomena, la Filomena del presente, la medium, l'ex giornalista, la scrittrice, l'ereditiera, la stria, quella che deve *fare* delle cose, che deve *scoprire* delle cose, che ha bisogno di spezzare la maledizione e guarire la sua casa infestata e pensa lucidamente, ha viaggiato nel tempo, non può parlare eppure si agita e urla, oh, se urla, come un cazzo di coro di balene nel bel mezzo dell'oceano.

Dall'altra c'è Oronzo. Una mente cosí debole che ci sono scivolata dentro come il coltello in un panetto di burro lasciato fuori dal frigo, eppure una torre di possanza: nervi guizzanti in cui scorre l'intelligenza ineludibile dei muscoli, vene che pulsano di conquista. Un corpo offerto in sacrificio al male.

E Filomena riconosce quel male, *le appartiene*, lo sente rovesciarsi come un fiume di ossa e ottundere come il laudano, è seconda carne, summa di molte imprese tatuate sulla pelle di Oronzo arrostita dalle estati affamate, tanto che quella suora, quella stupida suora, quella ridicola suora, *è lei l'ultimo ostacolo tra me e quanto mi spetta*.

Con quei pozzi di malaria io mi farò ricco.

Io.

Quegli acquitrini li hanno bonificati di merda, di merda sono i loro rigagnoli medievali, i loro ruscelletti del cazzo, mentre io, io schiocco le dita e manifesto le idrovore, io ho il futuro in tasca, i progetti, le macchine e le braccia, molte braccia, braccia di maschi, maschi capaci, maschi ubbidienti, l'orecchio dei potenti, l'orecchio dei soldi e invece stanno distruggendo la mia terra, le ladre, *la mia*, quella che mi sono guadagnato pezzo per pezzo, nessuno le ha invitate, queste puttane, nessuno le ha chiamate, e ora pretendono di farci un convento, ci hanno rubato il cibo dal piatto, sí, a noi cui la terra non appartiene mai, e pure quando ci appartiene, e sappiamo cosa farci, nemmeno allora possiamo metterci le mani, ma chi glielo ha detto, ma come si sono permesse, è stato il demonio, non Dio, a mandarle, bene facciamo a sbudellarle, le scrofe.

E adesso tocca a te, Scrofa Badessa.

Chiusa nell'angolo. Imbelle. Inerme. In fin di vita.

Mi avvicino ancora, ma chi si avvicina? Io, oppure Oronzo? Impossibile dirlo.

Ha la mandibola percorsa da una scossa elettrica. Dorlan scalcia, grugnisce, le mani ancora sulla faccia. No. Queste ombre si accorgeranno di me. Penso all'albero di tarocchi di Shirley. Nella sete e nella fame è germogliata, la quercia di noi Quarta. «La Morte è un Matto cui la carne è caduta dalle ossa. Sa esattamente cosa fare».

Tutto quel che sono confluisce nella mano di Oronzo Quarta. Nulla rimane di me, al di fuori della volontà canalizzata nelle dita bitorzolute piegate come artigli di arpia. Il sangue si arresta nelle vene. La pelle conciata diventa blu. Si afferra il polso, spaventato; io, accovacciata nel grembo dei suoi sensi, succhio quella paura. Mi nutre, e ne godo come un cucciolo di lupo.

Le ginocchia di Oronzo si piegano. La mano blu vuole schiaffeggiare, picchiare e vilipendere. Il trisnonno, no, non lo chiamerò mai piú a questo modo, non è il mio trisnonno, è il male: il male reclama il suo potere anche sulla morte.

Ma la Morte sono io.
Con il laccio emostatico della mia energia ancora stretto, forzo l'arto di Oronzo ad accarezzare. A fare piano e con cura. Cosí, con delicatezza, le falangi brutali discostano le nocche senza nerbo della suora dal viso.
Sorrido. Se abbia sorriso anche la maschera male intagliata che indosso non lo so, ma ne dubito. Lei non può piú vederlo.
Dorlan non esiste piú.
Un'altra sarebbe emersa dalle sue spoglie.
Un'altra è già emersa.

La porta si spalanca. La pioggia è, ormai, diluvio e il ragazzino con gli occhi azzurri attraversa l'uscio; secchi, sacche e vanghe in mano.
– Mesciu, – incalza. – Orlando Trispét muriu o no? – Sposta la branda dal muro con un calcio ben assestato. Si mette a mescolare sabbia, acqua e cemento. Inizia a passare la cazzuola grondante di intruglio color antrace sul muro. Di tanto in tanto guarda, come a cercare approvazione. Le iridi ciano prive di arazzi gialli mi sono familiari. – L'autre le sippillimu intra lu boscu, – cioè: «le altre le seppelliamo nel bosco».
Io sento montare la pressione; nella testa di pezza di Oronzo si va formando una frase. Piú la sento formarsi, piú la rifiuto. Piú la rifiuto, e piú si forma.
Il ragazzo si mette il cadavere di Dorlan sulle spalle. Prende dalla tasca martello e chiodi. Il cemento si rapprende in fretta.
– Mesciu, – dice quando solo il viso della monaca resta scoperto, afferrando il velo per un lembo e rovesciandolo sul volto. Si umetta le labbra. – Tegnu paura ca me la sunnu la notte.
La lingua di Oronzo scatta sul palato per sibilare, contratta e attaccata all'arcata inferiore. Un incisivo è mobile e dissestato.

La frase è, ormai, formata. Il mio antenato deve pronunciarla. È scritto, che le pronunci.

Nessuno saprà il tuo nome.

Stringo i denti; sarebbe a dire che Oronzo stringe i suoi. Manca poco che l'incisivo voli sulla casacca del ragazzo.
Dopodiché, la mia mano si allunga.
E sollevo il velo.

DATA: 2 novembre 2023, 16.17
OGGETTO: Il muro maestro

Cara dottoressa,

Antonio sta preparando i cardi – appena colti – in brodo mentre Annina, non vista ma udita, guida le sue mani.

Alba è in giardino con Caterina. Passeggiano per l'orto, accarezzando le braccia verdi delle carote in cerca d'aria. Dalle finestre arriva un'eco distante delle loro risate, e un refolo di scirocco profumato di sesso e complicità.

Il Santo passerà a salutare prima di pranzo. Il suo aereo parte alle 17. Se ne torna nel bosco, con la promessa viva che andrò a trovarlo.

Shirley sta seduta di fianco a me, a destra, sul letto. – I vivi non conoscono il tempo, – la sua voce è tornata ferma, l'espressione decisa e distaccata.

Mary passeggia avanti e indietro per la mia camera, impaziente, mangiandosi l'unghia del pollice; godo del fruscio familiare delle gonne di taffetà sulla chianca.

Aspettiamo Pino. Arriverà a momenti.

– Stavo diventando pazza, – dice Mary con gli occhi per terra.

– Quindi, era una *tasca temporale*? – chiedo.

Shirley annuisce. – Un loop generato dalla furia nei confronti di quella fotografia –. Si toglie gli occhiali spruzzati di strass, li pulisce sulla gonna. La sua gonna, quella con cui era arrivata. E con cui sarebbe andata via.

– Una sequenza di eventi che continuavano a ripetersi identici da un secolo, – Mary si torce le mani. – Un ciclo ininterrotto dall'arrivo del tuo trisavolo al convento, fino allo scatto –. Si gira verso di me. – Allo scatto si riavvolgeva tutto e ripartiva.

– Come una bobina, – specifica Shirley.

– Non c'era altro modo per interromperlo –. Mary gesticola. – Dovevo attirarti lí. Da sola, lei non era capace.

– Ti aveva parlato? – chiedo.

– Orlando? No, no, – Mary è molto seria, ancora scossa dalla sua permanenza nella tasca. – Sono stata io a parlarle.

– Perché non mi hai detto nulla?

– Potrei chiederti lo stesso, – sorride cortese, ma ben nascosto nella cortesia c'è un rimprovero.

Getto gli occhi oltre i vetri delle finestre alla francese, e oltre il perimetro della Dimora. – Credete che abbiano finito?

– Non sarà una cosa breve, – risponde Shirley. – Preparati.

Tiziano Pascalis resta un poliziotto anche in pensione, sí. Antonio lo ha chiamato di prim'ora, attorno alle 6. Gli ha detto di radunare i suoi vecchi e nuovi amici, di venire subito con la Scientifica: c'è da scavare, lí nel bosco. Sa che il padre si sveglia presto. Quanto a noi: facciamo fatica a dormire, nonostante siamo molto stanchi.

– È un'aurora crudele per Palude, – dico occhieggiando un manipolo di appuntati in divise ben stirate che, con le terga poggiate sul muro a secco, stanno annotando le parole di tre persone in camice bianco sotto i cappotti grigi, neri, marroni. Tiziano è in sollucchero.

– Antonio me lo conferma. Il ragazzo che… – mi passo una mano sugli occhi per cancellare una visione incancellabile, – … era il suo bisnonno. Vito Pascalis.

– Tutto il paese è stato complice degli eventi del novembre 1906 –. Dice Shirley senza turbamento. – Nessuno ha parlato.

– Nessuno le ha cercate, – Mary solleva un sopracciglio. – Dorlan ha radunato un'accolita con l'obiettivo di insediarsi in Italia contro il parere dell'Ordine.

– Come fai a saperlo? – domanda.

– Era nella pagine di diario che sono andate perdute.

L'angolo sinistro della bocca di Shirley si alza come se qualcuno le avesse cucito un filo nella pelle e stesse tirando. – *Rebelle et Mère Abbesse.* Ribelle e Madre Badessa. Deliziosa notazione.

Mary si siede alla mia sinistra. – Sei una donna coraggiosa, Filomena Quarta, – le ninfee nelle sue piscine d'inverno sono nuovamente fiorite.

– Gli uomini opprimono gli uomini, – risponde Shirley. – Le donne opprimono le donne. Ma piú di ogni altra cosa, gli uomini opprimono le donne.

– Dubito che la pietà e l'amore siano cosí simili come sostengono i poeti, poiché raramente vedo nascere compassione di fronte alla situazione delle donne, a meno che esse non siano belle –. Mary si mette una ciocca di capelli dietro l'orecchio. – Cosí scriveva mia madre, molti anni fa.

– La mia m'ha tormentato perché ero brutta –. Una breve intermittenza nella sbavatura azzurra della pelle di Shirley.

Mary le accarezza un ginocchio. – Tu sei bellissima.

Appare Annina sulla porta, trafelata. – È arrivato.

Mi sollevo nei miei jeans ormai vagamente maleodoranti. Non li cambio da due giorni.

Corro ad aprire il cancello. Parcheggia il suo furgone bianco zozzo di fango sopra i copertoni, e ne viene fuori anche Fabio. Picconi e trapani tra le braccia e nelle valigette.

– Dottore', – le dita a conca nella mia direzione, – noi ci proviamo.

– Ma non promettete niente, – sorrido, gli metto una mano sul giaccone che riluce sotto il sole slavato. – Lo so, Pino. Grazie.

Ho bisogno di scrivere l'ultimo capitolo di questa storia.

Nella mia camera da letto, a quel punto, stanno stipati Mary, Shirley, Annina, Antonio, Alba e Caterina.

– Daje, amo, – mi dice Alba accarezzandomi la spalla. – È quasi finita.

– Spero che non ti dia fastidio se ci sono anche io, – bisbiglia Caterina.

– Spero di vederti sempre piú spesso, – rispondo.

Alba mi fa l'occhiolino.

Pino e Fabio depongono il dipinto dell'angelo custode sul materasso e tirano delicatamente indietro il letto fino a fargli toccare il camino spento.

Pino mi rivolge uno sguardo di estrema apprensione, il trapano con la punta grossa tra le dita. – Se i muri strillano di nuovo, dottore', lo sa, con tutta la buona volontà, ma io smetto.

– Non strilleranno, – dice Mary.

Pino, la prima pressione sul pulsante di accensione – un rumore insopportabile, eppure quanto mai gradito –, rotea leggermente la testa come se avesse colto.

Caterina, la frangetta castana perfettamente pettinata sulla fronte, osserva il traforo del muro con occhi quieti e perplessi.

– A proposito, – dice Alba dileguandosi verso il salone. Torna con la cornice in cui è riposto l'articolo di giornale sulla fondazione di Palude. Lo solleva come un trofeo, affinché tutti i presenti lo vedano. E lo scaglia per terra. Lo pesta fino a frantumarne del tutto il vetro. Intanto, i trapani fanno il loro lavoro e la camera rimbomba di rumore bianco.

Antonio si china. Scosta i frantumi di vetro e prende tra le mani l'articolo di giornale con la fotografia di Oronzo, del suo bisnonno, del padre di Giustina e di tutti gli altri *demoni*, come li aveva definiti Shirley. Lo strappa in pezzetti minuscoli. Shirley e Annina si guardano. Capisco il senso di quell'occhiata.

– Vado a prendere la scopa e la paletta, – dico, ma non mi muovo.

– Dottore', – Pino, gli occhiali di plastica trasparente sugli occhi, piange. La voce spiritata. – Venite.

Mi avvicino.

Una mano. Le ossa di una mano.

Occorre molto tempo per disseppellire l'intero scheletro dal muro portante; brandelli di stoffa bianca, nera e rossa sono sopravvissuti all'omertà del cemento.

Accarezzo il teschio, che non è coperto da alcun velo.

– Tutti sapranno il tuo nome, – dico ad alta voce, le lacrime che mi colano sulle guance. Devo avere un fazzoletto.

Tasto i jeans troppo stretti. Non c'è nessun fazzoletto. Ma c'è un foglio.

> Journal de Dorlan Tresept, rebelle et Mère Abbesse de l'Ordre des Adoratrices de l'Eau Magnifique Jaillie du Côté du Christ, arrivée à l'endroit marécageux que nous baptiserons Palude del Salento avec une délégation de quinze sœurs et novices le 1er février 1906.

– Filomena, – sussurra Mary.

Alzo gli occhi.

Il sole le attraversa il viso e le mani. La sua pelle di spettro non è azzurra, né argentea, né dorata. È iridescente.

La falena fantasma le svolazza attorno come un cagnetto in festa.

– Merci bien, – mi dice con un sorriso fiero di peonie, e gigli, e orchidee da cui emana un alito di primavera. – Merci à tous –. China il capo, una volta, verso ciascuno dei presenti. I vivi e morti.

Inizia a camminare in direzione di Annina. Le mani congiunte che si diramano verso le sue, e le afferrano: – Merci.

Antonio punta l'indice verso una delle finestre alla francese che è rimasta socchiusa. – Guardate.

Una falena striata di bianco e di rosso, che non avevamo mai visto, entra e si posa sulla spalla sinistra di Dorlan. La falena fantasma si appollaia sulla destra.

– Sei libera, – le dice Annina, e mentre lo dice, anche lei brilla.

– Dottore' –. Fabio si guarda attorno. – Mo' li possiamo mettere i radiatori, se vuole.

SALENTO, SCOPERTI I RESTI DI SEDICI SUORE

La strage sarebbe avvenuta nei primi del Novecento

Al mattino del 2 novembre, la polizia della cittadina di Palude del Salento in provincia di Lecce e sita all'intersezione tra Galatina, Galatone, Cutrofiano e Sogliano, è stata interpellata da Filomena Quarta, proprietaria dell'edificio storico Dimora Quarta, con la notizia di alcuni ritrovamenti di resti umani probabilmente risalenti ai primi del Novecento.

Uno sforzo di coordinazione tra le forze dell'ordine e la Scientifica ha fatto sí che emergessero i primi risultati.

Sepolte nel boco adiacente alla villa sarebbero state rinvenute le spoglie di quindici donne. A offrire una pista concreta è stata la stessa Filomena Quarta, secondo la quale si tratterebbe di una delegazione canadese di suore appartenenti allo scomparso ordine delle Adoratrici della Magnifica Acqua Sgorgata dal Costato di Cristo insediatasi sul territorio nel 1906. Sempre secondo la proprietaria, le monache avrebbero bonificato gli acquitrini ed effettivamente fondato il paese la cui costruzione era stata, finora, attribuita al suo stesso antenato Oronzo Quarta.

Appare, al momento, impossibile stabilire l'identità delle monache.

Piú chiare le circostanze della badessa dell'Ordine, Dorlan Tresept, le cui ossa sono state rinvenute all'interno della Dimora Quarta, incastonate in uno dei muri maestri.

«La biblioteca comunale», ha rivelato Quarta in esclusiva al nostro quotidiano, «sarà ora intitolata a Dorlan Tresept, straordinaria fondatrice del nostro paese». Secondo l'intervistata, la cui ricerca personale avrebbe avuto un primo esito

proprio nella biblioteca di Palude del Salento –, questo è solo l'inizio. Ci impegneremo a restituire un nome a tutte le altre fondatrici assassinate.

PANCRAZIO GRECO per «La voce del giorno»
2 novembre 2023

DATA: 5 novembre 2023, 18.55
OGGETTO: È solo l'inizio

Cara dottoressa,

è sempre meraviglioso sentirla. Grazie di avermi inviato lo stralcio di «La voce del giorno» in cui si parla di Dorlan; a Palude non c'erano piú copie del quotidiano e i trafiletti di cronaca raramente finiscono online.

Ancora una volta, l'ennesima, non posso che ringraziarla per il suo ruolo in questa vicenda. Eccomi qui a dirle che potrebbe rivelarsi ancora piú prezioso di quanto non si sia mai sognata.

Ma mi lasci riprendere le fila dell'accaduto.

Come può immaginare, all'indomani dei ritrovamenti sono sorte numerose necessità burocratiche. La Dimora ha ospitato un viavai piuttosto stressante di persone di ogni estrazione professionale: dalla Scientifica, ai carabinieri, agli storici, e persino i sindaci di Galatina e di Lecce ci hanno fatto visita. Io sono stata assediata dai giornalisti, che possono diventare snervanti anche a dispetto delle buone intenzioni, e ne so qualcosa essendo stata dalla stessa parte della barricata per molti anni. Ho tollerato con un sorriso e sperato che finisse, ma non mi lamento perché sono certa che Dorlan, ovunque sia adesso – certamente molto lontano da qui – trovi pace nel sapere che, nuovamente, esiste.

Mia madre mi è stata molto vicina; abbiamo dormito assieme in queste notti e non mi ha lasciata nemmeno per un attimo. È stato un bene. È tornata dal suo compagno questa mattina, e ha giurato che d'ora in poi verrà ogni volta che riesce, forse persino tutti i giorni, almeno a prendere un caffè o aiutarmi con questo e quello. La casa non sembra piú la stessa. Come me, come tutti noi, lo sa e lo sente.

Se non fosse stato per mamma, per Alba, per Annina e naturalmente per Antonio, che suppongo ora possa definirsi il mio compagno, mi sarei sentita piuttosto sola.

Mary e Shirley sono andate via questa mattina.

– Filomena, ci abbiamo pensato, – ha detto Mary, sulla porta.

Shirley con la sua quarantottore, e il trench blu consumato, le stava di fianco.

– Riguardo al manoscritto...

– Mi sembra poco importante, adesso, – l'ho interrotta. – Avete fatto già molto.

– Ascoltala, – ha detto Shirley.

– Grazie, Shirley, – ha annuito Mary nella sua direzione. – È *effettivamente* importante –. Si è rassettata lo chignon. – Riguardo al tuo manoscritto, noi pensiamo che dovresti prendere una direzione differente da quella che avevi anticipato.

L'ho guardata con gli occhi stretti. – Cosa intendi?

– Intende che è finito il tempo di nascondersi, – ha detto Shirley.

– Vedi, – Mary si tormentava le mani come al solito, – nel tuo computer, non lo so, – si è rivolta verso Shirley cercando solidarietà, – forse non dovevamo, o non era lecito, o era scorretto permetterci di curiosare, ma sta di fatto che abbiamo letto. Hai scritto giorno per giorno alla tua psicologa e...

Shirley ha rovesciato gli occhi e posato la valigetta per terra. Ci sarebbe voluto piú di quanto pensava.

– Non ci fraintendere, *Mary & Jane* è assai riuscito, e puoi senz'altro eliminare le mie parti se non funzionano, o conservarle in minima parte, o tenerle. Insomma, sta a te, – ha continuato Mary. – È tuo.

– Quello che Mary sta cercando di dirti, è che hai scritto un altro romanzo, in questi mesi. Ed è *quello*, che dovresti pubblicare, – ha concluso Shirley.

Devo aver fatto una smorfia. – Le mail alla mia psicologa?

Mary e Shirley hanno annuito.

– Non sarà difficile –. Guizzavano carpe koi di oro bianco, nelle piscine d'inverno di Mary.

– E scrivere non è un mestiere per vigliacchi, – ha ribato Shirley, i capelli fiammeggianti e in ordine per il prossimo viaggio.

– Se mai avessi bisogno di noi... – ha detto Mary.

– Ho sempre bisogno di voi.

È stata Shirley ad avvicinarsi per prima, e a stringermi. Mary ha cinto entrambe.

Si sono girate verso la porta spalancata, e incamminate verso il sentiero sterrato. Il cortile, giallo d'autunno contro il cielo cenere, sembrava allargarsi attorno alle due presenze.

– Ho un'idea, – Shirley si è fermata, e si è voltata. – Perché non fai di questo posto una residenza di scrittura? Puoi chiamare tutte le scrittrici e gli scrittori morti che ti pare a fare da mentori, cosí come hai chiamato noi.

– *Residenza di scrittura Trispét*, – ha sorriso Mary mentre Shirley apriva il cancello. – Suona benissimo, non credi?

Cara lettrice, caro lettore,

devi sapere che *Gotico salentino* non era nei miei piani; esiste perché mio padre è morto nel 2023 e scrivere di fantasmi sembrava la maniera piú utile per restargli accanto.

Ringrazio di cuore Giovanni Sanesi, incrocio fondamentale per questo romanzo, che qui appare – seppure travisato dalla mia fantasia – nelle vesti del Santo. Ma non avrei mai conosciuto Giovanni se non fosse stato per Elena Mannocci; un immenso grazie va anche a lei.

Del resto, molti dei personaggi di *Gotico* sono – in qualche modo – reali.

Per Alba ho preso in prestito il corpo, e alcuni tratti della personalità, di Gio Rubino, mia compagna di confidenze, feste e scempiaggini.

Dentro Annina c'è il ricordo della mia tata Caterina Silletti, che so essere ancora lí, da qualche parte, a vegliare su di me sebbene non assaggerò mai piú i suoi kipferl profumati.

Ringrazio Meta Mari per essersi accollata il mio processo creativo fatto di torture e di carezze.

Una nota a parte va alla famiglia salentina di mio padre, cui *Gotico* si ispira in modo lasco e assolutamente immaginario. A differenza di Oronzo, sono sicura che il mio trisavolo, Giovanni Pasca, fosse un uomo eccellente: è stato il primo concessionario delle terme di Santa Cesarea dove ha fatto costruire Palazzo Pasca, straordinario edificio eclettico sulla scogliera che oggi porta un altro nome perché, purtroppo, fu venduto molti anni prima che io nascessi. Grazie, trisnonno. Credo saremmo andati molto d'accordo.

Grazie a Biancamaria Furci per essersi assicurata che questo romanzo toccasse le corde giuste, nel modo giusto. E a Maria Valentina Tarantino per aver lavorato sul dialetto presente tra queste pagine.

Grazie infinite a PNLA, piú precisamente a Piergiorgio Nicolazzini e Arianna Miazzo, i miei agenti. Avete fatto tutta, e dico tutta, la differenza del mondo nella concezione, stesura e pubblicazione di questo romanzo che inizialmente era molto piú vigliacco. Mi avete tenuta per mano, passo dopo passo, e io non lo dimenticherò mai.

Grazie a Marco Peano, Angela Rastelli e a Einaudi per avere voluto *Gotico salentino*. Quando l'ho scritto non ho sognato, nemmeno per un secondo, che potesse interessarvi. Ma è stato cosí.

Ora ringrazio il mio compagno da ormai dieci anni, Carmelo Vanadia. Il mio primo lettore, migliore amico, fratello e amante cui il personaggio di Antonio è in parte ispirato. Grazie, di cuore, di esserci.

Infine, ringrazio Maristella Buonsante. Mi ha insegnato tutto quello che so, e continua a farlo. Il carteggio tra Filomena è anche una sorta di fantasmagoria delle nostre infinite chiacchierate quotidiane. In questo senso, *Gotico* è una lunga lettera d'amore.

Ho dimenticato di certo moltissime persone, ma ve ne sono due che tengo a salutare, ovunque siano: Mary Shelley e Shirley Jackson. Questo libro racconta della loro impronta, impressa per sempre in questa dimensione.

Dedico *Gotico salentino* alle donne la cui memoria è andata perduta ma permane carica di rabbia, e di tenerezza.

MARINA PIERRI

Nota.

La citazione in epigrafe, ripresa anche a pagina 207, è tratta da *Canti di Natale* di C. Dickens, trad. it. di L. Lamberti, Einaudi, Torino 2007.

Le citazioni di Mary Shelley alle pagine 90, 92 e 100 sono tratte da Id., *I miei sogni mi appartengono*, a cura di M. F. Solari, L'orma, Roma 2015. Si veda in particolare la lettera a Maria Gisborne del 15 agosto 1822, da cui l'autrice, a pagina 92, prende in prestito queste parole: «Ora, Jane è una donna con una sua sensibilità, ma non è certo dotata di grande immaginazione; non è affatto suggestionabile, né nei sogni, né in altre situazioni», «Alzati, Shelley, la casa è allagata».

La citazione a pagina 130 proviene da S. Jackson, *Abbiamo sempre vissuto nel castello*, trad. it. di M. Pareschi, Adelphi, Milano 2020 [© 1962 Shirley Jackson; © 2009 Adelphi Edizioni s.p.a., Milano].

A pagina 176 si cita da S. Jackson, *L'incubo di Hill House*, trad. it. di M. Pareschi, Adelphi, Milano 2016 [© 1962 Shirley Jackson; © 2009 Adelphi Edizioni s.p.a., Milano].

La frase «nessun fantasma rispettabile disturberebbe mai la classe media» a pagina 140 proviene da E. Birkhead, *The Tale of Terror. A Study of the Gothic Romance*, Russell & Russell, New York 1963.

La citazione della madre di Mary Shelley a pagina 215: «Dubito che la pietà e l'amore siano cosí simili come sostengono i poeti, poiché raramente vedo nascere compassione di fronte alla situazione delle donne, a meno che esse non siano belle», è ripresa in M. Wollstonecraft, *Sui diritti delle donne*, a cura di B. Antonucci, Bur Rizzoli, Milano 2022.

Ove non diversamente indicato, tutte le traduzioni si intendono realizzate dall'autrice.

Indice

Einaudi usa carta certificata PEFC
che garantisce la gestione sostenibile delle risorse forestali

PEFC
PEFC/18-32-03

Certificato PEFC
Questo prodotto è realizzato con materia prima da foreste gestite in maniera sostenibile e da fonti controllate
www.pefc.it

Stampato su carta HOLMEN con fibra vergine
proveniente da foreste sostenibili
www.holmen.com/paper

Stampato per conto della Casa editrice Einaudi
presso ELCOGRAF S.p.A. - Stabilimento di Cles (Tn)
nel mese di febbraio 2025

C.L. 26740

Ristampa						Anno			
0	1	2	3	4	5	2025	2026	2027	2028